IÉMOIRES
SECRETS
OUR SERVIR A L'HISTOIRE
DE LA
PUBLIQUE DES LETTRES
EN FRANCE,
PUIS M. DCC. LXII JUSQU'A NOS JOURS;
O U
JOURNAL
D'UN OBSERVATEUR,

TEN ANT les Analyfes des Pieces de Théâtre
i ont paru durant cet intervalle ; les Relations des
Temblées Littéraires ; les Notices des Livres nou-
tux , clandeftins , prohibés ; les Pieces fugitives ,
es ou manufcrites , en profe ou en vers ; les Vau-
illes fur la Cour ; les Anecdotes & Bons Mots ;
Eloges des Savants , des Artiftes , des Hommes
Lettres morts , &c. &c. &c.

TOME TRENTE - SIXIEME.

. . . . huc propius me ,
. . . . vos ordine adite.
Hor. L. II , Sat. 3 , v. 81 & 8e.

A LONDRES,
HEZ JOHN ADAMSON.
M. DCC. LXXXIX.

MÉMOIRES

SECRETS

POUR SERVIR A L'HISTOIRE DE LA
RÉPUBLIQUE DES LETTRES EN
FRANCE, DEPUIS M. DCC. LXII,
JUSQU'A NOS JOURS.

ANNÉE M. DCC. LXXXVII.

10 *septembre*. ON a oublié de dire dans le
temps, que le malheureux Julien, ce negre
luttant pour la liberté depuis si long-temps,
contre lequel le parlement avoit rendu un arrêt
tout à la fois injuste, absurde & servile, qui
s'étoit pourvu au conseil en cassation, y a suc-
combé également : ce qui a indigné tous les amis
de la liberté.

11 *Septembre.* Les manufactures de draps se
plaignent aussi du tort que leur fait le traité de

commerce avec les Anglois ; celle d'Abbeville a députe ici à cet effet. On ne veut que des draps anglois, qui se trouvent d'une meilleure fabrique & moins chers que les nôtres : ce qui tend à rendre ce traité de commerce encore plus désavantageux, c'est l'espece de ligue de la nation angloise de ne point acheter de nos marchandises. On cite un négociant françois qui, étant allé lever boutique à Londres de nos marchandises nationales, n'a point trouvé de débit & a été obligé de revenir.

11 *Septembre*. Les cours, le châtelet même avoient eu quelque velléité de sévir contre le libelle intitulé : *Observations d'un avocat, &c.* Mais on a cru mieux de laisser l'auteur couvert du ridicule de s'être vu brûlé par la Bazoche & de ne pas lui donner la gloire de recevoir une flétrissure plus sérieuse & plus légale. Un écrivain patriote n'a pu cependant contenir son zele ; mais soutenant la même tournure dérisoire, il en a fait une dénonciation. Il y réfute victorieusement ce pamphlet audacieux & bas à la fois, où la raison est outragée de toutes manieres ; où les loix les plus sacrées, les loix de la nature, les loix fondamentales du royaume sont renversées & le despotisme le plus absolu mis à la place du gouvernement monarchique, le meilleur gouvernement possible, selon Bossuet.

Ce qui rend la réfutation plus importante, c'est que l'écrivain patriote ne se contente pas d'avancer des assertions, comme son adversaire, tirant toutes les autorités de lui-même ; mais il s'étaie à chaque pas de l'histoire, des paroles, des ordonnances de nos Rois, & même des derniers, sous lesquels le despotisme a fait des progrès si rapides , Louis XIV , Louis XV ; Louis XVI.

Cet ouvrage court , bien écrit , sage , circonspect , devient une philippique véhémente contre l'avocat prétendu , qu'il foudroie & pulvérise.

11 *Septembre.* Voici le résumé de l'arrêté du parlement de Besançon , peinture énergique des malheurs de l'état : « A arrêté que le Roi
» sera très-humblement supplié de faire cesser
» la disgrace de son parlement de Paris & de
» lui accorder une confiance méritée , & de
» le rappeller dans le lieu où il est fixé de-
» puis le regne de Philippe-le-Bel , pour ren-
» dre la justice au peuple de son vaste ressort;
» de faire punir suivant les loix du royaume
» les administrateurs infideles & tous ceux qui
» ont participé à la déprédation ; de conti-
» nuer à établir l'ordre & l'économie dans les
» finances ; de supprimer toutes dépenses inu-
» tiles , les charges , les commissions , les pen-
» sions & les gratifications ; d'annuller les échan-
» ges ruineux pour le domaine de la cou-
» ronne ; de faire rentrer au trésor royal les
» fonds qui en ont été divertis , ainsi que les
» intérêts usuraires qu'il a payés ; de les ré-
» duire à l'avenir au taux prescrit par les or-
» donnances , & d'éclairer toutes les parties
» de l'administration pour y faire les retran-
» chements dont elles sont susceptibles; de n'a-
» dresser à son parlement de Besançon aucuns
» édits , portant établissement de nouveaux
» impôts , que les peuples épuisés par les an-
» ciens seroient dans l'impossibilité physique de
» supporter ; & sera ledit seigneur Roi très-

» humblement fupplié d'accomplir le vœu que
» fon parlement lui a porté depuis 1783, de
» convoquer les états généraux, feuls capables
» de fonder la profondeur des plaies du royau-
» me, & d'octroyer les aides & les fecours
» qu'ils jugeront néceffaires pour les befoins de
» de l'état. »

11 *Septembre.* La Lettre de M. Daudet de
Joffan à M. Bergaffe eft bien fupérieure au mémoire prétendu du Sr. de Beaumarchais. C'eft
un roman fort agréable, écrit avec goût &
capable de féduire par un ton de candeur
& de modération apparente. Au fond, il
ne prouve rien & fe contente de nier; ce qui
eft fort aifé & ce que doit faire tout accufé.
Ce n'eft qu'un tiffu de menfonges ingénieufe-
ment ourdis, & l'on fait que l'auteur eft maître
paffé en ce genre. Au furplus, ce qui le décré-
ditera auprès des gens fenfés, des bons efprits,
c'eft qu'il eft bien loin de ce ton de com-
ponction qu'il devroit avoir en pareille circonftance, où il ne s'agit pas de rire, mais de
foutenir avec une fermeté noble un combat à
outrance, de venger en preux chevalier l'honneur d'une femme outragée & le fien propre :
une pareille pofition n'eft pas celle du farcaf-
me, de l'ironie, de la plaifanterie enfin. Cette
infenfibilité ne peut qu'indiquer une ame baffe,
cuiraffée contre l'opprobre & l'infamie.

12 *Septembre. Le Roi Théodore à Venife,*
opéra comique en trois actes, annoncé depuis
long-temps, avoit fans doute été retardé par
la fageffe de l'adminiftration occupée à écarter
tout ce qui pouvoit exciter ou ranimer la fermentation. On fe rappelle la plaifanterie qu'il

occafionna lors de l'affemblée des notables à Verfailles : dans une grande ville comme celle-ci, & dans un parterre à bons mots comme le nôtre, il auroit pu s'en débiter beaucoup & de très-piquants, vu les circonftances. On a donc attendu que la tranquillité fût revenue dans la capitale, & cet opéra bouffon s'eft exécuté hier. Il n'a pas eu le grand fuccès qu'on s'en promettoit. La platitude du poëme a fait tort à la mufique, délicieufe fans doute, mais tant exaltée par les prôneurs de Verfailles, que l'admiration en a été de beaucoup ralentie. Peut-être par la fuite cet ouvrage reprendra-t-il la fupériorité dont il jouiffoit avant d'être joué fur le théâtre lyrique par excellence.

12 *Septembre*. Extrait d'une lettre de Troyes, du 9 feptembre.... Le vendredi 7, M. le procureur général eft entré aux chambres affemblées, & a dit qu'il venoit de lui être notifié un arrêt du confeil en date du 2 feptembre, qui caffoit les arrêtés de la cour des 7, 13, 22 & 27 août. On lui a demandé fi cet arrêt étoit revêtu de lettres-patentes ? Il a répondu que non. On lui a objecté que les gens du Roi devoient favoir que la cour ne reconnoiffoit point d'arrêts du confeil non revêtus de cette formalité, qu'il eût à fe retirer. Le greffier en chef a fait part de la fignification qui lui avoit été faite de cet arrêt par un huiffier de la chaîne. Même demande : même réponfe. Arrêté que la cour ne prendroit aucune connoiffance de cet arrêt & qu'il n'y avoit lieu à délibérer.

On s'eft enfuite occupé de lettres-patentes,

prerogeant le parlement entier à Troyes durant les vacances. On a confideré combien ces lettres-patentes étoient fauſſement motivées, combien même elles étoient dériſoires, & déja 90 voix avoient voté pour écrire une lettre au Roi & lui repréſenter le ridicule de ces lettres-patentes, lorſque M. d'Ormeſſon, toujours grand forma-liſte, s'y eſt oppoſé, par l'impuiſſance où ſe trouvoit la cour d'aller directement au Roi, par la néceſſité où elle feroit de correſpon-dre avec les miniſtres, de porter ſur ſes re-giſtres des lettres miniſtérielles ; ce qui com-promettroit ſa dignité : en ſorte qu'on a re-mis à délibérer la ſemaine prochaine ſur cet objet.

12 *ſeptembre.* Il paroît conſtant qu'on n'a rien trouvé, comme on a dit, ſur M. le comte de Kerſalaun, lorſqu'il a été arrêté, ſans quel-ques lettres de MM. du parlement dont il s'étoit chargé pour différentes perſonnes, hom-mes & femmes ; lettres qu'on a bien ſaiſies, qu'on a peut-être ouvertes, mais ſi myſtérieu-ſement qu'on ne s'en appercevoit point : du reſte on a eu honte d'un procédé auſſi deſpo-tique & auſſi infame, & les lettres ont été remiſes depuis à leurs adreſſes reſpectives. Quoi qu'il en ſoit, on avoit ſi fort à cœur d'arrê-ter ce gentilhomme Breton, que, dans la crainte qu'il ne pût un autre route, on avoit poſé un officier du guet & trois hommes à quatre barrieres différentes. Il avoit ſon valet de cham-bre dans ſa chaiſe. On l'a auſſi arrêté & mis à la Baſtille ; mais il eſt déja relâché, on aſſure même ſans avoir été interrogé. On a mis les ſcellés chez M. de Kerſalaun, où il

ne s'eſt rien trouvé : on parle ſeulement d'une brochure qu'il avoit ſur lui & dont il s'eſt adroitement débarraſſé. Cette anecdote mérite d'être éclaircie.

12 *Septembre*. Le coup de fouet donné depuis quelque temps aux adminiſtrateurs de l'hôtel-dieu a produit les plus heureux effets.

En exécution des lettres-patentes du 22 avril 1781, les ſalles conſtruites aux frais du gouvernement ſe ſont ouvertes le 2 août dernier. Juſqu'à cette époque, il n'y avoit eu qu'environ 500 malades couchés ſeuls ; au 1er. novembre prochain il y en aura 1675. Comme le nombre des malades n'eſt ordinairement que de 2000, il s'agiroit de trouver encore l'eſpace pour placer 400 lits de plus, environ.

12 *Septembre*. On parle ce ſoir de faire M. l'archevêque de Touloufe abſolument premier miniſtre & d'expédier des lettres-patentes à cet effet. On ſe promet les plus heureuſes ſuites de cet événement ; bien de gens veulent aujourd'hui que tout le tapage fait par les parlements ait été le réſultat des intrigues de ce prélat ambitieux, & voici leurs conjectures à cet égard.

Voyant toujours le Roi engoué des projets de M. de Calonne, qui avoit flatté S. M. que, par leur exécution, il ſuffiroit à tout ; il a laiſſé aller le cours des choſes ; & s'y prêtant a provoqué indirectement cette réſiſtance générale. Le Monarque, ne ſachant plus comment faire face à une commotion de cette eſpece, a été forcé de renoncer à ces projets déſaſtreux & de ſe remettre tout-à-fait entre les mains

de l'archevêque , en le faisant minftre prin=
cipal.

Celui-ci a commencé par expulfer les deux
fecrétaires d'état, de la guerre & de la marine,
afin de pouvoir fouiller à l'aife dans ces deux
départements & y opérer toutes les réductions
qu'il jugera poffibles , fans être contrarié ou
contredit ; il les rendra, fur ce pied , à ceux
qu'on y nommera , obligés de s'y conformer.
Les prôneurs de M. l'archevêque affurent que
les économies fur la guerre feule font déja por=
tées à 32 millions.

Ayant ainfi carte blanche, on veut qu'il trouve
le moyen de fe paffer de l'impôt du timbre
tout au moins ; ce qui feroit un grand ache=
minement à la réconciliation.

Pour fe rendre agréable on ne doute pas qu'il
ne faffe rappeller le parlement & ne fignale par
là fa fuprématie.

Comme M. le garde des fceaux & le baron
de Breteuil l'offufquent encore , il s'agit de les
expulfer , d'en faire même deux victimes im=
molées au parlement , fur lefquelles il fera re=
tomber tout l'odieux des coups d'autorité frap=
pés fur ce corps & fur la magiftrature en gé=
néral. Quant au garde des fceaux , l'on regarde
fon expulfion comme prochaine : celle du baron
eft plus difficile , en ce que depuis le procès
du cardinal de Rohan, ce miniftre s'eft mer=
veilleufement ancré chez la Reine; on fait que
le prélat en parle avec une forte d'effroi, qu'il
a déclaré ne pouvoir gourmander comme il
voudroit le baron, trop foutenu par une grande
puiffance.

23 *Septembre.* Il vient d'arriver encore un

arrêté du conseil souverain de Roussillon, qu'on dit être pour le moins aussi fort que celui de Besançon. Toutes les réclamations vont bientôt devenir inutiles. On voit un arrêté de Troyes en date du 11, où le parlement, au sujet des lettres-patentes de prorogation, exalte les bonnes intentions du monarque pour que la justice continue d'être rendue à ses sujets; mais en même temps lui représente qu'elles sont absolument trompées; que sa translation hors du principal & vrai siege de son ressort fait un tort irréparable aux justiciables, tort qui s'accroît chaque jour, & il supplie S. M. de mettre au plutôt fin à cette calamité.

Le premier président en conséquence a été chargé de se retirer pardevers le Roi pour lui porter cet arrêté : il s'est rendu hier au soir à son hôtel & a dû aller à Versailles aujourd'hui. On conçoit qu'il n'auroit osé faire cette démarche, quitter Troyes, poste qui lui a été assigné par S. M. même, & se rendre à la cour, s'il n'y avoit été autorisé secrétement, & si cet arrêté n'étoit une tournure imaginée pour le raccommodement.

On sait que Monsieur a dit à quelqu'un : *le Roi mon frere veut qu'on reconnoisse son autorité, & tout ira bien ensuite.*

On sait que lors du commencement de cette scission, Mad. Adelaïde ayant voulu parler en faveur des magistrats, le Roi lui répondit : *Ne me parlez pas de ces mutins, ils en veulent à mon autorité.*

13 *septembre.* Il y a trois semaines environ que M. le duc d'Orléans remit au Roi un plan d'administration calqué sur celle de sa

maison, qui lui avoit été présenté par le marquis du Creft, chancelier, garde des sceaux, chef du conseil & surintendant des maisons, domaines, finances & bâtiments de S. A. Le Roi en fut enchanté, en parla avec éloge à sa famille, aux ministres, aux courtisans, & ce fut une épouvante générale dans Versailles. On crut que M. le duc d'Orléans alloit être premier ministre. Les intrigues furent bientôt mises en jeu, & l'on ne trouva d'autre moyen pour expulser le premier prince du sang, que de faire établir l'archevêque de Toulouse premier ou principal ministre.

Ce plan étoit resté manuscrit & inconnu, l'on ne sait comment; mais M. le comte de Kersalaun en avoit un exemplaire imprimé sur lui. Pendant qu'il étoit en dépôt dans le bureau des commis de la barrière, il a glissé adroitement cette brochure dans la main d'un de ses gardes, en lui disant à l'oreille de la remettre à M. du Creft, qu'il en seroit bien récompensé. Ce garde, après avoir bien conservé quelque temps le livre, a eu des remords, & l'a porté à la police : cette remise a fait connoître l'anecdote ; mais étant trop tardive, le garde a été puni, ainsi que l'Officier, qui a été cassé pour n'avoir pas sans doute assez surveillé son prisonnier.

On ne sait à quel point la découverte de cette brochure, entre les mains du comte de Kersalaun, pouvoit le compromettre ; mais il s'est conduit avec beaucoup de fermeté vis-à-vis du commissaire Chenon, & du lieutenant de police.

Il a vertement réprimandé le premier d'oser

se préfenter à fes yeux & vouloir l'interroger?
lorfqu'il avoit déja à fe reprocher envers lui
une première iniquité, une vexation dont il
avoit porté plainte. & la matière d'un procès
non encore terminé.

Il a dit au fecond, qu'en qualité de magiftrat, il devoit favoir que fes fonctions extra-
judiciaires, en pareil circonftance, ne pouvoient
s'exercer légalement contre un citoyen, encore
moins contre un gentilhomme Breton.

On affure que dans une lettre au baron de
Breteuil il s'eft élevé encore avec plus de force
contre les détentions illégales : il a dit qu'à
fon égard, dès qu'il feroit libre, il rendroit
plainte contre cet acte de defpotifme exercé
envers lui ; qu'il en pourfuivroit les auteurs,
fauteurs & adhérents pardevant un tribunal réglé, & n'auroit point de ceffe qu'il n'eût obtenu juftice.

Malgré cette réfiftance vigoureufe, on ajoute
que les ordres ont été donnés pour que M.
le comte de Kerfalaun fût bien traité & l'on
efpère que fa captivité ne fera pas longue.

14 Septembre. On a la réponfe du Roi, en
date du jour d'hier 13, au premier préfident,
qui a été fort bien accueilli. S. M. y dit qu'elle
a prévu les inconvénients de la tranflation du
parlement qui étoit devenue indifpenfable : qu'elle
va pefer dans fa fageffe les repréfentations de
fon parlement, & qu'elle lui fera connoître inceffamment fes intentions.

Tout cela eft fort fingulier & ne fe croi-
roit pas fi l'on n'en étoit témoin.

M. d'Aligre, qui auroit dû être fort empreffé de reparfir pour porter ces paroles de paix

à fa compagnie, refte, fans doute avec l'agrément de la cour; il doit aller ce foir à l'opéra
& ne retournera que demain à Troyes.

14 *Septembre*. M. le comte de Lally-Tollendal, compofe actuellement une tragédie; c'eft
un fujet tiré de l'Anglois, ayant quelque rapport avec l'hiftoire; elle eft déja avancée &
il a eu l'honneur d'en lire quelques actes devant Monfieur. Ce prince en a paru fatisfait,
& M. de Tollendal dit être d'autant plus flatté
de fon fuffrage, que dans la converfation,
dans les objections que fon alteffe Royale
lui a faites, il l'a jugée très-inftruite, connoiffant parfaitement les regles de l'art dramatique.

15 *Septembre*. L'arrêt du confeil du 2 feptembre commence à fe répandre & à fe diftribuer par-tout. Il eft précieux à conferver pour
l'énumération des griefs reprochés au parlement,
dont voici le réfumé:

1°. Par l'arrêté du 7 août, d'avoir déclaré
une tranfcription faite en préfence de S. M.
nulle & illégale d'où il paroîtroit réfulter,
vis-à-vis des peuples, que les cours peuvent
réformer les actes émanés du Roi, ou leur ôter
leur force par les qualifications qu'ils leur ap-
pliquent.

2°. Non content d'une irrégularité auffi
fcandaleufe, par l'arrêté du 13 d'avoir effayé
de perfuader au peuple que c'étoit par une
déférence volontaire pour les defirs du Roi,
que de tout temps il s'étoit prêté à enrégiftrer les impôts; qu'il n'avoit aucun pouvoir à
cet égard & qu'il n'en pouvoit pas recevoir
du Roi: que cette erreur avoit duré affez long-

emps, & qu'il déclaroit que le Roi ne pous-
roit à l'avenir obtenir aucun impôt , fans au
préalable avoir convoqué & entendu les états
généraux du royaume ; voulant ainfi profiter
du befoin des circonftances pour forcer le Roi
à cette convocation qui appartient à lui feul,
& que lui feul peut juger néceffaire ou inutile : par un attentat inoui de la part des officiers du Roi, de s'être déterminés à attaquer
ainfi fa puiffance & de profiter du titre dont
S. M. a bien voulu les revêtir , pour exciter
les fujets à la fermentation, par un prétendu
examen des bornes de l'autorité royale ; pendant que , dans le même moment, ils fe re-
fufent à examiner les édits qui leur font envoyés , & , par cette conduite, mettent en
doute l'amour du Roi pour la vérité, fa juftice & fa bonté.

3°. Le Roi , auquel il appartient de déterminer le lieu où il juge à propos que la juftice foit rendue dans fon royaume, & de changer, par fon autorité, le lieu défigné par les ordonnances pour être le fiege de fon parlement ; pour
ramener le parlement à fon devoir, l'ayant féparé
de la fermentation qu'il excitoit & recevoit de la
capitale ; d'avoir dans fon arrêté du 22 août,
perfifté dans les précédents , & de s'être préfenté à la nation, comme ayant des droits in-
dépendants de l'autorité du Roi, & le pouvoir, fans fa volonté, d'exercer leurs fonctions
dans le lieu où il lui plairoit d'envoyer leurs
perfonnes.

4°. D'avoir donné le complément à tous ces
actes irréguliers par l'arrêté du 27, plus ar-
rentatoire que tous les autres à l'autorité du

Roi , & plus indécent dans ses expressions;
puisque le parlement s'oublie au point de déclarer le gouvernement capable de *réduire la
monarchie françoise à l'état du despotisme ; de
disposer des personnes par des lettres de cachet ;
des propriétés , par des lits de justice ; des affaires civiles & criminelles, par des évocations ou
cassations , & suspendre le cours de la justice
par des exils particuliers , ou des translations arbitraires.*

5°. Non content d'avoir inscrit dans ses registres une déclaration aussi fausse & aussi injurieuse , d'en avoir ordonné l'envoi aux sieges
inférieurs , comme si elle contenoit des dispositions qu'ils dussent faire exécuter , ou des
principes qu'ils dussent suivre : d'avoir en même
temps ordonné que cet arrêté seroit imprimé
dans le jour & envoyé aux bailliages & sénéchaussées dans les 24 heures ; précipitation qui
n'accompagne jamais que le doute qui naît de
l'abus du pouvoir , ou du mauvais usage que
l'on en fait.

6°. De professer de la sorte une doctrine
nouvelle , contraire à sa propre constitution ,
attentatoire à l'autorité du Roi ; de s'être permis
d'affoiblir aux yeux du peuple , l'obéissance due
à l'autorité royale , en supposant , contre tout
principe , qu'il avoit le droit de frapper de nullité deux loix enrégistrées par les ordres du
Roi , en contravention des loix du royaume &
de l'ordonnance du mois de novembre 1774 ,
enrégistrée le 12 , & contre laquelle les officiers
du parlement n'ont jamais cru devoir se permettre aucune réclamation.

En conséquence lesdits arrêtés sont cassés ;

comme attentatoires à l'autorité du Roi, contraires aux loix & au respect dû à ses volontés, tendant à détourner de l'obéissance qui lui est due, les peuples, auxquels les parlemens doivent l'exemple de la soumission : fait défenses d'y donner suite, en quelque manière que ce puisse être, & aux baillifs & sénéchaux, &c. d'y avoir égard ; enjoint aux intendants & commissaires départis d'envoyer le présent arrêt aux jurisdictions inférieures, &c.

16 *septembre.* Quoique les arrêtés de divers parlemens portent sur les mêmes objets, ils out chacun un genre d'éloquence particulier & renferment quelques détails qui leur sont propres. Celui de Toulouse, connu aujourd'hui, graces aux presses clandestines, respire tout le feu des têtes méridionales.

1°. Il caractérise M. de Calonne comme un homme sans foi & sans pudeur, qui, en étalant des vues d'ordre, d'économie & de liquidation, (édit de décembre 1783 ; arrêt du conseil du 14 mars 1784 ; édits d'août & de décembre 1784 ; édit de décembre 1785) a consommé la ruine de la France & l'a précipitée dans un abîme dont elle n'a pas encore sondé la profondeur.

2°. Il s'exprime non moins énergiquement sur l'abbé Terray, qu'il qualifie de *ministre dur & impitoyable.*

3°. Il s'éleve contre les coups d'autorité frappés sur le parlement de Guienne ; contre l'oubli des principes, jusqu'à faire exécuter un édit non encore enrégistré, avant même que les délais de la vérification fussent expirés, & punir cette cour de s'être opposée à une exécution auffi précipitée qu'irréguliere.

4°. Il oppofe le contrafte des vexations exercées contre les magiftrats dont les anciennes ordonnances veulent, au contraire, qu'on garantiffe la fureté & la liberté, afin qu'ils foient plus hardis & plus courageux à s'acquitter de leur devoir ; lorfqu'on réferve toute fon indulgence pour l'auteur des défordres, qui, non content de fes profufions fcandaleufes, a eu l'effronterie d'employer le nom facré du Roi pour accréditer fes impoftures.

En conféquence demande le rappel du parlement de Paris & de celui de Bordeaux ; il demande que le premier pourfuive le procès commencé contre le fieur de Calonne ; il fupplie le Roi d'affembler inceffamment les états généraux, & repréfente l'impoffibilité où il feroit de procéder à la vérification d'aucun nouvel impôt, qui n'eût été préalablement confenti par la nation.

16 *Septembre.* M. le comte de Segur, notre miniftre plénipotentiaire près de l'impératrice de Ruffie, efpéroit revenir dès le temps où cette fouveraine a entrepris fon voyage de la Crimée : il eut alors ordre de ne point partir avant le retour de l'impératrice à Pétersbourg : depuis rien ne le retenant plus, on le comptoit en route, mais récemment le bruit s'eft répandu qu'il avoit été arrêté par le roi de Pruffe : voici ce qui a donné lieu à cette anecdote.

Notre cabinet inftruit de la rupture que le Divan vient de faire éclater entre la Porte & la Ruffie, en faifant mettre aux fept tours le mi-

niftre de cette derniere puiffance à Conftantino‑
ple, fur fon refus de figner au nom de fa fou‑
veraine la reftitution de tout ce qu'elle avoit
ufurpé fur l'empire Ottoman, depuis le traité de
Kainardgi, a envoyé contre-ordre au comte de
Segur : on prétend qu'il lui eft enjoint, fût-il
deja fur les terres de France, ne fût-il qu'à quel‑
ques lieues de Paris, de retourner fur le champ
à Pétersbourg . . . . Le maréchal inftruit de ce
contre-ordre, a dit à quelqu'un : *voilà mon fils
arrêté de nouveau* ; & c'eft ce mot *arrêté* qui a
donné lieu à l'équivoque.

16 *Septembre.* Les comédiens italiens ont
joué hier *Dormenon & Beauval*, comédie nou‑
velle en deux actes & ariettes. Cette premiere
repréfentation en fera vraifemblablement la der‑
niere ; ce qui doit faire juger combien l'ouvrage
eft mauvais. Le fujet eft tiré d'un conte de
M. Imbert & la mufique eft attribuée à M. Me‑
reaux, qui n'eft pas abfolument fans talent,
mais n'en a pas à beaucoup près affez pour faire
reffortir, ou plutôt pour couvrir un mauvais
fond.

16 *Septembre.* M. Bafli, procureur au parle‑
ment, s'étant avifé ces jours derniers de paroître
au palais en robe, de jeunes clers l'ont entouré,
lui ont arraché fa perruque, déchiré fa robe &
fait mille avanies qui lui ôteront l'envie d'y re‑
venir, jufques à ce que les magiftrats foient
de retour.

17 *Septembre.* Le 1 feptembre le parlement de
Touloufe a écrit au parlement de Paris la lettre
fuivante, dont le protocole eft bon à con‑
noître.

« Messieurs, nous admirons le courage magnanime avec lequel vous soutenez les droits de
la nation. Quand le patriotisme seroit éteint
dans tous les cœurs, votre exemple suffiroit pour
l'y ranimer. Les liens qui nous unissent à vous,
nous imposent une plus étroite obligation de
marcher sur vos traces, pour ne point dégénérer
de notre origine. Vous trouverez dans notre
arrêté du 17 août dernier, que vos principes
sont les nôtres, & que nous les avons puisés,
comme vous, dans les sources les plus pures de
notre droit public. Ce concert unanime de toute
la magistrature fera sans doute impression sur le
cœur du Roi. Il ne tardera pas à reconnoître que
vous l'avez bien servi ; & vous recueillerez le
prix le plus flatteur de votre zèle, dans les bé-
nédictions du peuple.

» Nous sommes avec une ardeur fidelle &
sincere,

» Messieurs,

» Vos freres & bons amis,
» Les gens tenant la cour du parlement de
Touloufe. »

17 *Septembre.* Le parlement de Bordeaux, dans
un arrêté du 3 septembre, à l'occasion des lettres-
patentes qui le transferent dans la ville de Libourne, & sur les conclusions du procureur général en date du premier, commence par discuter
les lettres closes, avoue qu'il auroit dû peut-
être, dans l'intérêt des peuples de son reffort,
& dans celui de la nation, donner un exemple
de plus de fermeté & de dévouement, n'écouter

que la loi, & ne voir dans les ordres qui lui
ont été donnés, qu'une surprise faite au seigneur
Roi.

Il termine par déclarer que lesdites lettres-patentes sont évidemment surprises à la religion
du prince, contraires à l'intérêt des peuples de
son ressort & à l'article XX de la capitulation
de la province de Guienne ; qu'en conséquence
il ne peut procéder à leur enrégistrement, &
néanmoins qu'attendu que tous les membres qui
composent la cour sont réunis dans la ville de
Libourne, elle ne cessera de s'occuper de tout ce
qui intéresse le service du Roi, le bien de la
province, & le maintien de l'ordre public.

17 septembre. Il n'est plus question de l'es-
cadre du lord Gower, mais d'une nouvelle de
lord Hood, composée des vaisseaux suivants au
nombre de dix, dont les huits premiers de 74 &
les deux autres de 64 ; savoir, le *Triumph*, le
Pegase, l'*Edgar*, le *Goliath*, le *Ganges*, le *Bed-
ford*, l'*Elisabeth*, le *Magnificent*, le *Crown*,
l'*Ardent*.

17 Septembre. On annonce un arrêté du conseil souverain de Roussillon, au moins aussi fort
que ceux des parlemens de Grenoble, de Toulouse & de Besançon.

18 septembre. M. le comte de Châtenet-Puy-
segur, major des vaisseaux du Roi, officier distingué par ses connoissances & sa pratique,
après avoir travaillé durant deux ans à composer
un volume en forme d'atlas, contenant les
cartes de l'isle de Saint-Domingue & de ses
débouquemens, avec le détail des opérations
qui lui ont servi à les construire, vient de publier son ouvrage par ordre de sa majesté. Il en

a adreffé le 9 août des exemplaires aux juges &
confuls de Nantes, & ceux-ci, le 25, lui ont
répondu avec de grands éloges.

18 *Septembre*. L'affemblée provinciale d'Orléans,
qui s'eft tenue pour la premiere fois dans cette
ville, a eu pour préfident M. le duc de Luxembourg : celle de Lyon, qui s'eft tenue le 20
feptembre, eft préfidée par l'archevêque de cette
ville ; & celle de la province de Rouffillon, qui
fe tiendra dans la ville de Perpignan le 20 octobre prochain, fera préfidée par M. l'évêque d'Elne
& de Perpignan.

18 *Septembre*. Le premier préfident, le jour
où il eft allé à Verfailles, a dîné chez l'archevêque de Touloufe, & les bons patriotes n'ont point
aimé cette entrevue. On affure que le prélat lui
a promis les faveurs de la cour & fur-tout l'érection de fa terre en duché-pairie, s'il pouvoit
parvenir à rendre fa compagnie plus fouple. On
ne fait pas au jufte les conditions de l'accommodement ; mais l'on craint fort que le parlement qui s'étoit couvert de gloire jufques à
préfent, ne finiffe par fe déshonorer. On fait que
beaucoup de meffieurs font très-ennuyés à Troyes.
M. d'Eprémefnil fait tout ce qu'il peut pour les
ranimer. On attend avec impatience les nouvelles de l'affemblée d'hier 17, où il a dû être
rendu compte de la réponfe du Roi & des conditions particulieres exigées par fa majefté pour
le rappel des magiftrats à Paris. Plufieurs ont
déja fléchi & demandé la permiffion d'aller dans
leurs terres.

18 *Septembre*. Extrait d'une lettre de Dijon,
du 8 feptembre ..... Par un arrêt du 18 août
dernier, le parlement de cette ville a réparé,

autant qu'il a pu, fon erreur dans l'affaire de l'Hermite. Il a déchargé la mémoire de Claude Gentil & celle de Guillaume Vauriot des condamnations contre eux prononcées par arrêts des 8 & 9 mars 1782 ; renvoie Claude Pageot, Antoine Loignon & Jean-Baptiste Gentil de l'accufation contre eux formée, & condamne les deux vrais coupables à être pendus.

18 *Septembre.* On parle de nouveaux arrêtés du parlement de Bordeaux, d'un entr'autres fur les lettres de cachet, qui mérite d'être connu.

19 *Septembre.* Extrait d'une lettre de Marfeille, du 8 feptembre. Mlle. Contat qui fe trouve fort bien du féjour de nos provinces méridionales & répare fa bourfe en même temps que fa fanté, fait aujourd'hui les délices de notre wille. On ne lui a pas encore rendu tout-à-fait les mêmes honneurs qu'à Mad. de St. Huberty, on n'a pas fait les mêmes extravagances ; mais les couronnes de laurier & les vers ne lui ont pas manqué. C'eft dans *le mariage de Figaro* qu'elles ont été proftituées à fes pieds : à l'une d'elles étoit ce madrigal, dont la galanterie eft rendue d'une maniere affez originale :

> Hier, un enfant d'Hélicon
> D'un fecret important m'a donné connoiffance :
> Ami, les neuf fœurs d'Apollon
> N'ont pas toujours été fi chafte que l'on penfe ;
> Thalie, (ah ! qu'il l'eût cru !) fans bruit & fans éclat
> A deux enfants donna naiffance ;
> L'un eft *Molé*, l'autre eft *Contat.*

Pour l'intelligence de ceci il faut vous apprendre que nous possédons en même temps le sieur Molé. Celui-ci a poussé l'héroïsme au point de ne vouloir recevoir aucune rétribution : il recule pour mieux sauter, car, afin de ne point offenser sa délicatesse, nous nous proposons de donner à son bénéfice une représentation des *Amours de Bayard*, dont il possède le manuscrit, non sans quelque dessein.

19 *Septembre*. On étoit surpris que le Roi ne disposât pas de la charge de grand trésorier de l'ordre du Saint-Esprit, vacante par la démission forcée de M. de Calonne. Bien des gens croyoient entrevoir que le Roi conservant encore quelque foible pour ce ministre fugitif, ne vouloit pas disposer de son cordon bleu & attendoit sa résipiscence. Ils se l'imaginoient d'autant mieux, que sa majesté ne se détachoit pas des plans de ce ministre, frappoit les coups les plus violents, afin de les faire exécuter. Enfin le monarque forcé de renoncer aux projets de M. de Calonne, a conféré aussi sa charge à M. de Morfontaine, prévôt de marchands, qui en a prêté le serment le 9 de ce mois.

19 *Septembre*. Il vient de sortir un arrêt du conseil en date du 4 septembre, qui, sur les vues de M. le garde des sceaux, suspend les palais appartenants à Monsieur, au comte d'Artois, au duc d'Orléans, de leur privilege quant à la librairie. Il est motivé sur ce que ces lieux privilégiés deviennent l'entrepôt de tous les pamphlets, libelles, livres prohibés dont nous sommes innondés, contraires aux loix, aux mœurs & la religion. Les syndics de la librairie sont au-

torisé

rorisés à y faire leurs visites & saisies, comme en
nous autres lieux.

Cet arrêt a été enrégistré le 13 à la chambre
syndicale.

20 *Septembre*. L'arrêté du parlement de Toulouse, mais sur-tout la lettre de cette cour au
parlement de Paris, ont fort scandalisé le ministre. On a cru y voir renaître cet esprit de
confédération proscrit par Louis XV, & les
ennemis de la magistrature voudroient s'en prévaloir pour brouiller les cartes de nouveau. L'on
sait que le baron de Breteuil a proposé un plan
de suppression de tous les parlements, de création
d'une certaine quantité de conseils supérieurs,
& d'une extension du pouvoir donné au conseil,
auquel la cour des pairs seroit réunie & qui for-
meroit un nouveau tribunal pour la promulga-
tion des édits & des loix. Heureusement l'esprit
conciliant de l'archevêque de Toulouse s'oppose
à ce bouleversement général, sur-tout si le parlement mollit un peu, comme il l'espere.

20 *Septembre*. Les remontrances annoncées de
la chambre des comptes étant finies dès la semaine derniere, & S. M. ayant donné jour pour
les lui apporter, elles lui ont été présentées le
dimanche 16 de ce mois.

Le Roi, suivant l'usage, a dit au premier
président qu'il les feroit examiner dans son conseil & donneroit ensuite sa réponse.

20 *Septembre*. Extrait d'une lettre de Troyes,
du 18 septembre. Il est bien à craindre que le
parlement ne mollisse & ne ternisse la gloire dont
il s'étoit couvert depuis quelque temps, dans
une des circonstances les plus critiques où la
nation se soit trouvée. En vain les magistrats les

Tome XXXVI.   B

plus ardents , tels que MM. Robert de St. Vincent & d'Eprémefnil cherchent à ranimer les
pufillanimes ; j'entrevois une défection prochaine
que le retour du premier préfident va accélérer.
Il y a déja eu deux affemblées & partage de
voix ; vous fentez que les lâches ne reviennent
point.

Au furplus , l'édit & la déclaration font retirés , & S. M. fe contente de la prorogation du
fecond vingtieme pour les années 1791 & 1792 :
or quelle idée avoir d'un gouvernement qui
demandoit une augmentation de plus de cent
millions d'impôts ; qui lorfqu'on parloit d'éclaircir le déficit , d'examiner fi l'on ne pouvoit pas
diminuer cette furcharge , répondoit que tout
étoit vu , examiné , que les notables eux-mêmes
en avoient fenti la néceffité , qui , en conféquence , transfere le parlement de Paris , prive
les jufticiables de leurs juges au moment le
plus intéreffant pour les plaideurs , frappe coups
d'autorité fur coups d'autorité , & , en moins de
fix femaines , eft obligé de revenir fur fes pas ,
de convenir qu'il pourra fe paffer de ces reffources extraordinaires & fe contentera d'une légere
prorogation d'un impôt déja établi.

20 *Septembre.* Entre les critiques fur le falon
on diftinguoit une facétie ayant pour titre *Sau-
lnire* , dans laquelle Mad. du Gazon étoit mal-
traitée avec un acharnement révoltant. La police qui l'avoit autorifée , eft revenue fur fes
pas & fans doute , d'après les plaintes des pro-
tecteurs de l'actrice , a fait retirer cette critique
de chez les marchands de nouveautés.

21 *Septembre.* Pour mieux fuivre la marche de
la défection du parlement , il faut rapporter

enſemble les différentes pieces qui l'ont amenée.

Le 11 ſeptembre, la cour tenant conſidéra-
tion ſur l'état des juſticiables de ſon reſſort, après
avoir prouvé au Roi ſon reſpect, par l'enrégiſtrement des lettres-patentes qui prorogent à Troyes
les ſéances ordinaires :

Conſidérant que leſdites lettres-patentes ſont
un gage de la ſollicitude dudit ſeigneur Roi,
ſur la diſtribution de la juſtice qu'il doit à ſes
peuples, mais que les diſpoſitions de ces lettres
ſont entiérement illuſoires, qu'on ne peut juger
à Troyes aucune affaire, que des obſtacles in-
ſurmontables éloignent les parties & leur conſeil ;
que les demandes les plus eſſentielles ſont différées ; qu'ainſi le cours de la juſtice eſt inter-
rompu contre l'intention dudit ſeigneur Roi,
ſans que ſon parlement puiſſe eſpérer que le
temps, qui n'a ſervi qu'à démontrer les inconvénients de la tranſaction, apporte aucuns remedes à une ſituation auſſi critique.

A arrêté que le premier préſident ſe tranſpor-
tera ſur le champ près la perſonne dudit ſeigneur Roi, à l'effet de le ſupplier de peſer
dans ſa juſtice toute l'importance des difficultés
que ſon parlement ne ſe permet que d'indiquer
dans le préſent arrêté.

A ce plat arrêté l'on a fait faire au Roi une
réponſe non moins plate, le 13 ſeptembre.

« J'ai ſenti les inconvénients inſéparables de
la tranſlation de mon parlement ; mais les circonſtances l'ont rendue néceſſaire : je donnerai
à ce que vous venez de me repréſenter l'attention que j'aurai toujours à ce qui peut intéreſſer
le bien de la juſtice & le bonheur de mes
peuples.

» Je ferai connoître inceſſamment mes intentions à mon parlement. »

D'abord des lettres-patentes données à Verſailles le 5 ſeptembre & enrégiſtrées à Troyes
le 7, les chambres aſſemblées, portoient :....

« Les circonſtances qui ont interrompu votre
ſervice, pourroient porter préjudice à vos juſticiables, ſi nous ne nous déterminions pas à
différer vos vacations ordinaires ; à ces cauſes,
nous vous mandons très-expreſſément & vous en-
joignons de continuer vos ſéances ordinaires,
tant pour les audiences que pour le rapport des
procès, juſqu'à nouvel ordre de notre part. Or-
donnons à tous préſidents, conſeillers & autres
officiers de notredite cour, de ſe rendre aſſidus
à l'exercice de leurs fonctions, chacun en ce
qui le concerne. »

Enfin le 19 ſeptembre, après pluſieurs ſéances, où les voix avoient été partagées à l'occaſion de l'enrégiſtrement de la prorogation du
ſecond vingtieme, il a paſſé à la pluralité de
55 voix contre 45, & pour pallier du mieux
poſſible cette défection, on a adopté l'arrêté de
M. Robert de Saint-Vincent, portant :

La cour, conſidérant que ſon attachement inviolable aux véritables intérêts du Roi & de
l'état, & aux principes contenus dans les différents arrêtés dans leſquels elle perſiſte, ne lui
auroit pas permis d'enrégiſtrer même une ſimple
prorogation d'impôt proviſoire & momentanée,
ſi la néceſſité des circonſtances & le déſir de ramener la tranquillité publique ne lui en avoient
fait impérieuſement la loi, & ſi ſon zele n'avoit
été ſoutenu par la bonté qu'a eue ledit ſeigneur
Roi en ce moment de retirer deux édits délaſ-

tteux qui avoient excité l'alarme des peuples &
motivé la réfiftance inébranlable de fon parlement ; par la douce fatisfaction de voir enfin
réalifer une partie des économies que la cour
follicitoit depuis long-temps ; par la certitude
que le deuxieme vingtieme ceffera à l'époque
fixée par l'édit qu'elle vient d'enrégiftrer ; par
l'efpérance que ledit feigneur Roi lui laiffe
concevoir que le premier vingtieme perdra le
caractere de perpétuité, contraire à la nature
de tout impôt, & qui n'a pu ni dû lui être
légalement imprimé.

» A arrêté qu'elle ne ceffera de repréfenter
audit feigneur Roi, que le moyen le plus fûr
& le plus conforme à fes vues bienfaifantes, eft
d'égaler la dépenfe à la recette, & de continuer d'apporter la plus févere économie dans
tous les départements, & les réduire, en fupprimant les abus, au même pied qu'ils étoient à
l'avénement dudit feigneur Roi à la couronne :
réduction qui peut facilement s'opérer, fans
porter atteinte à la fureté de l'état & même à
l'éclat du trône.

» Arrêté que fi, malgré les reffources abondantes que doit procurer l'ordre nouveau dans
toutes les parties de l'adminiftration, que ledit
feigneur Roi vient d'annoncer à fes peuples par
fon édit de ce jour, il fe croyoit forcé par des
befoins réels, ou par des circonftances inatten-
dues & contre le vœu de fon cœur, de leur demander de nouveaux fecours, & qu'il lui plût
en conféquence adreffer à fon parlement aucuns
édits portant nouvelles impofitions.

» La cour qui n'entend point fe départir des
principes qui ont fervi de bafe à tous fes arrêtés

& juftifé fes refpectueufes réfiftances , ne ceffera
point alors de lui repréfenter qu'elle regarde
comme hors de fon pouvoir d'enrégiftrer aucun
impôt dont la nation préalablement affemblée
en états-généraux n'auroit pas reconnu & fixé
invariablement la juftice , la durée & l'emploi.

» A arrêté en outre que le premier préfident
fe retirera auprès de la perfonne du feigneur
Roi, à l'effet de porter au pied du trône l'hommage fidele & refpectueux de la reconnoiffance
publique, pour avoir révoqué des impofitions
auffi onéreufes à fes peuples. »

21 *Septembre*. Le moment préfent eft une brochure nouvelle , où regne beaucoup de ce que
les Anglois appellent *humour* ; ce qui donne une
certaine énergie au ftyle de l'écrivain. On y
trouve des affertions affez hardies , mais en général beaucoup de bavardage & peu de faits :
en outre un grand acharnement contre M.
Necker, une grande idée de l'homme de lettres ,
& ce qui gâte fur-tout l'ouvrage , ce qui le
décrédite en décelant le but pour lequel il a été
compofé , c'eft un éloge emphatique du miniftre
principal.

21 *Septembre*. L'arrêté du confeil fouverain de
Rouffillon eft du 3 feptembre. Il ne le cede
point en force à ceux de Touloufe & de Be-
fançon : ce qu'on y trouve de particulier , c'eft
la réclamation des droits de la province , qui
jufques au moment de la réunion n'avoit reconnu pour loix que celles faites avec l'approbation & le confentement de la nation , qui par-
tageoit avec le fouverain la puiffance légifla-
tive.

Du reste, le conseil demande le retour du parlement de Paris, la continuation du procès commencé contre le sieur de Calonne, de cet administrateur *qui s'est déjà jugé par sa fuite*, & l'assemblée des états-généraux.

22 *Septembre*. Enfin l'espoir du retour du parlement a calmé totalement les esprits. On ne craint plus d'émeute dans cette capitale, & l'on a déja retiré les corps-de-garde, les patrouilles qui en faisoient une ville de guerre: 1900 hommes du régiment des gardes, outre le service de Versailles, étoient sur pied chaque jour; l'hôtel de la police n'a point fermé durant cet intervalle, même la nuit; c'étoient continuellement des couriers expédiés par M. de Crofne à Versailles, pour rendre compte du degré de fermentation qui s'accroissoit d'un instant à l'autre. Les officiers aux gardes n'ont pourtant pas encore eu la liberté de s'absenter.

22 *Septembre*. Les comédiens italiens ont donné hier la premiere représentation d'un ouvrage à grande prétention & par sa nature & par son titre. C'est une comédie en cinq actes & en vers, ayant pour titre, *les Gens de lettres, ou le Poëte provincial à Paris*. Cette piece n'a point répondu à son titre imposant; elle n'a eu aucun succès & l'on ne croit pas qu'elle reparoisse.

22 *Septembre*. Le premier président dès hier étoit de retour de Versailles: il a tenu au Roi le discours suivant, qu'on s'est hâté d'inférer aujourd'hui dans le journal de Paris.

« Sire, votre Majesté vient de donner à ses peuples une preuve bien signalée de son amour pour eux & de sa justice. Héritier du sceptre

B 4

& des vertus de Charles V, vous ferez compté ;
Sire, parmi les plus fages d'entre les Rois.
Votre parlement, empreſſé de concourir aux
vues bienfaifantes de votre Majeſté, fenſible-
ment touché de l'aſſurance que vous daignez lui
donner par votre édit, qu'il n'eſt pas de moyen
que votre Majeſté ne foit difpofée à employer,
lorfqu'il pourra tendre au bonheur & au foulagement de fes peuples, a ordonné l'enrégiſtrement de l'édit, & m'a chargé, par la même
délibération, de porter aux pieds du trône de
votre Majeſté l'hommage de reconnoiſſance publique, de fon profond refpect & de fa fidélité
inaltérable. »

Répenfe du Roi : « Je fuis fatisfait des marques
de fidélité & d'obéiſſance que mon parlement
vient de me donner ; je compte qu'il s'empreſſera
toujours de concourir à mes vues pour le bonheur
de mes peuples & de mériter ma confiance. »

22 *Septembre.* Quoique les bouffons jouant
alternativement à Verfailles & à Saint-Cloud,
faſſent peu de fenfation, un M. Bernardi Mengozzi, Italien vraifemblablement, réclame plufieurs ariettes entrelaſſées dans les opéra qu'ils
ont donnés : le journal de Paris, par une lettre
du *19*, eſt chargé de publier la paternité réelle
de M. Mengozzi.

23 *Septembre.* Bien des gens étoient tentés
d'attribuer à l'avocat Moreau, ce vil fauteur
du defpotifme, *les Obfervations d'un Avocat fur
l'Arrêté du Parlement de Paris, du 13 Août 1787.*
On ne peut guere en douter après avoir lu la
Réponfe d'un François, dont l'auteur attaque
nommément le fieur Moreau, du moins le défigne
fi rellement par fes qualités, qu'il n'eſt plus poſſi-

ble de le méconnoître. Ce pamphlet très-court est vigoureux, &, en réfutant victorieusement cet apologiste de la cour, le couvre d'une honte indélébile.

23 *septembre.* La comédie françoise vient de perdre Mlle. Olivier, morte ces jours-ci d'une fievre putride : sa tête ayant été prise dès le commencement de sa maladie, elle n'a pu faire aucun acte de catholicité. En conséquence le curé refusoit de l'enterrer, &, par accommodement, il a voulu qu'elle n'eût qu'un convoi de pauvre, que quatre prêtres : les comédiens, pour honorer véritablement les obseques de leur camarade, ont fait distribuer au cimetiere cent écus aux pauvres. Par un petit mensonge officieux, afin d'excuser la mesquinerie du convoi & en dissimuler la véritable cause, ils ont fait répandre le bruit que Mlle. Olivier au lit de la mort avoit dit : « mes amis pourroient être tentés d'honorer ma mémoire par des frais funéraires trop fastueux ; je les supplie de donner aux pauvres ce qui pourroit être prodigué à l'ostentation. » Ce discours philosophique & charitable est absolument de leur invention. Elle auroit été très-capable de le tenir ; mais encore un coup, elle étoit trop subjuguée par la maladie.

Cette jeune actrice, née à Londres, avoit d'abord joué la comédie à Versailles, où M. de Lassone, le premier médecin du Roi, l'entretenoit. Depuis reçue à Paris, elle commençoit à s'y former & acquéroit des partisans. Elle étoit fort bien de figure, mais d'une tournure gauche ; c'étoit une blonde aux yeux noirs, réunion fort rare.

Mlle. Olivier vivoit avec le sieur Dazincourt,

B 5

& ils étoient tendrement attachés l'un à l'autre :
fon amant eft dans la plus amere douleur.

On obferve à l'occafion de la mort de Mlle
Olivier, que les comédiens femblent abdiquer
aujourd'hui leur vraie qualité, pour s'en tenir
au titre vague & plus honnête de *Penfionnaire
du Roi* : c'eft ainfi qu'ils ont fait annoncer dans
le journal de Paris la mort de cette actrice.

23 *septembre*. On commence à publier aujour-
d'hui avec une grande affectation & à haute &
intelligible voix, ce qui ne s'étoit fait depuis
long-temps, l'édit par lequel S. M. révoque
tant celui du mois d'août dernier, portant fuppreffion des deux vingtiemes & établiffement
d'une fubvention territoriale, que la déclaration
du 4 du même mois, concernant le timbre, &c.

Rien de fi embarraffé, de fi entortillé & de fi
plat que le préambule de cet édit, abfolument
fans énergie, fans majefté, fans nobleffe & d'un
ftyle proportionné.

14 *septembre*. Comme par le défaut de tournelle, les prifons de Paris fe rempliffoient de
criminels & qu'il étoit à craindre qu'elles ne
puffent plus les contenir, on a écrit aux jurifdictions inférieures de garder leurs accufés jufqu'à nouvel ordre.

24 *septembre*. Le gouvernement a vu paroître
avec peine une *Differtation fur le droit de convoquer* les états-généraux, tiré des capitulaires,
des ordonnances du royaume & des autres mo-
numents de l'hiftoire de France. En effet, fon
objet eft très-alarmant pour le miniftere, puifqu'il s'agit de prouver, qu'au refus du Souverain la Nation peut quelquefois fe convoquer
elle-même ; ou plutôt que les grands du royaume,

les princes & les pairs peuvent faire cette convocation, sans être coupables de rébellion & d'attentat contre l'autorité souveraine. Quand on a
lu cette brochure, on reste parfaitement convaincu de ce droit, & par le raisonnement que
l'auteur déduit des principes du droit naturel
incontestables, & par les faits qu'il allegue, &
par les autorités irréfragables qu'il rapporte.

24 *septembre*. Il paroît toujours décidé que
M. le comte de Brienne aura le département
de la guerre ; on assure qu'on l'attend incessamment de son commandement de Guienne, s'il
n'est déja arrivé. Quand il sera nommé, l'on
manifestera les réformes faites dans ce dépar-
tément, qu'on fait monter à plus de trente
millions ; ce qui est trop beau pour le croire.

Quant à la marine, ce n'est plus M. Hector,
c'est M. le comte de la Luzerne, aujourd'hui
gouverneur de Saint-Domingue : on veut qu'on
ait expédié un bâtiment pour l'aller chercher.

Ce comte de la Luzerne, lieutenant général
des armées du Roi, est un pauvre homme ;
mais il est frere de l'évêque de Langres, intimement lié avec l'archevêque de Toulouse ; il tient
au comte de Montmorin, au garde des sceaux,
à M. de Malsherbes : voilà bien des genres
de mérite pour avancer en faveur !

24 *septembre*. La *Supplique du Peuple au Roi*,
à travers les doléances, les fadeurs qu'elle contient tour-à-tour, est remarquable par les
instances qu'on y fait au monarque de laisser
juger légalement un ministre prévaricateur :
qu'il seroit trop révoltant, après avoir abusé le
plus indignement de la confiance de S. M. ;
après avoir commis tous les crimes qui cou-

duiſent l'homme d'une claſſe ordinaire à l'échaf faud ; après s'être publiquement démaſqué, en gagnant au plutôt une terre étrangere, de voir jouir tranquillement du fruit de ſes diſſipations. Telle eſt la maniere dont on y parle de M. de Calonne.

On y releve encore les foibleſſes, les incon ſéquences du gouvernement dans tout ce qui vient de ſe paſſer ; on y démontre combien l'état des réformes annoncées eſt illuſoire ; on s'y récrie contre la mal-adreſſe d'annoncer que les ſeuls retranchements dans la maiſon de la Reine peuvent ſe monter à plus de 900,000 liv. tandis que la dépenſe totale de la feue Reine n'a jamais excédé 600,000 liv.

Voilà ce qui mérite d'être extrait de ce pam phlet de 22 pages, qui du reſte n'eſt que médio crement écrit.

25 *Septembre.* Nos ſpéculateurs ne ceſſent de s'évertuer pour trouver le moyen de remplir le déficit, ſinon de l'état, au moins de leur bourſe: tel eſt *le moyen ſimple de ſortir honnêtement du cul de-ſac.* Ce titre eſt fondé ſur la plaiſanterie d'un conſeiller qui, en ſortant de la ſéance du 13 août, dit *que le Parlement venoit de ſe mettre en un cul-de-ſac.*

L'auteur plaiſante d'abord, & fait enſuite une ſorte d'apologie de l'édit & de la déclaration du timbre qui ont tant révolté; il termine par fournir ſes propres idées pour remplir le déficit ſans mettre aucun impôt. Il veut qu'on ſupprime les anciens & qu'on les réduiſe à deux ; l'un, l'impôt territorial, & l'autre, l'impôt ſur le pa pier, depuis le papier d'emballage & d'enve loppe, juſques au ſuperfin : il finit par préve

...ir toutes les objections qu'on pourroit lui faire.

Il paroît difficile que dans une feuille de seize pages on épuise ainsi une matiere aussi importante ; quoiqu'il en soit, ce projet offre au moins une grande simplicité de manutention.

25 septembre. Dernière Lettre du Peuple au Roi, avec je n'dis qu'ça, on y a gros : c'est-à-dire avec une lettre particuliere du facétieux *Barogo*, en maniere d'admiration, sur les deux traits historiques, rappellés à S. M. par la nation françoise.

Pour bien entendre cette plaisanterie, il faut avoir vu une piece foraine qui a le titre de *Barogo.* Sous le langage populaire & niais de cet Allobroge, on ne laisse pas que de glisser des vérités assez dures. Cet écrit est tout récent, car il n'est daté que du 8 septembre.

25 Septembre. Extrait d'une lettre de Lyon, du 15 septembre. C'est le 1 septembre que Me. Millanois, premier avocat du Roi en la sénéchaussée de Lyon, a requis à ce siege l'enrégistrement des lettres-patentes qui transferent le parlement à Troyes. Il a fait un discours pathétique où, en gémissant sur le sort de ce premier tribunal, & en manifestant d'une façon non équivoque son zele, son dévouement, son adhésion à tout ce que cette cour avoit fait, & par sa déclaration, a semblé provoquer celle de la sénéchaussée.

Ce jour, les lettres-patentes ont été enrégistrées purement & simplement.

Le 7 la sénéchaussée a enrégistré le fameux arrêté du parlement du 27 août : le 13, la sénéchaussée enhardie par l'exemple du châtelet a arrêté de *très-humbles & très-respectueuses repréſentations à monſeigneur le garde des ſceaux de France.* Elles roulent ſur l'éloignement où ſe trouve la cour du parlement du lieu ordinaire de ſon ſiege ; ſur le retard qui en réſulte pour l'adminiſtration de la juſtice, & les dommages inévitables qu'en éprouvent les provinces dont la ſénéchauſſée eſt l'interprete.

La ſénéchauſſée a ordonné en même temps qu'expéditions de ces repréſentations ſeroient adreſſées au parlement & au châtelet.

Comme par la réponſe du Roi à la cour des aides du 2 ſeptembre, S. M. annonce devoir conſulter les chambres du commerce & les négociants ſur la déclaration du timbre, la ſénéchauſſée, dans ſes repréſentations, prévient d'avance cette conſultation pour la ville de Lyon, en détaillant quelques inconvéniens de cet impôt. Elle y apprend à M. le garde des ſceaux *qu'une piece d'étoffe de ſoie*, en ſortant des mains du fabricateur, auroit donné douze fois ouverture à la perception du droit du timbre.

Aux repréſentations étoit jointe une lettre particuliere de la même date pour le garde des ſceaux, où les officiers de la ſénéchauſſée lui rappellent adroitement qu'il a écouté avec bonté les vœux que le châtelet de Paris lui a préſentés par ſes députés : ils ne doutent pas en conſéquence que monſeigneur ne reçoive de même ceux des magiſtrats de la ſeconde ville du royaume. Autre lettre du 13, adreſſée à M. le premier préſident du parlement de Paris, où les officiers de la ſénéchauſſée rendent compte de leur conduite au parlement, & diſent que l'arrêté du 27 août, regiſtré en ce ſiege, réclame d'avance contre toute préſentation des dits, objets de la réſiſtance de la cour ; ils proteſtent qu'ils ne violeront pas le ſerment qu'ils ont prêté.

En outre, la ſénéchauſſée prie le parlement d'éclairer le Roi ſur la néceſſité de bannir enfin de ſa cour la frivolité des modes, qui portent à l'étranger nos richeſſes, pour ne favoriſer qu'un luxe raiſonné qui enrichiroit l'état, parce que la France eut toujours l'avantage de déterminer celui des autres nations.

Du reſte, les officiers de cette juriſdiction s'excuſent ſur leur éloignement de ne pouvoir imiter en tout le châtelet, en allant aux pieds de la cour épancher eux-mêmes leur juſte douleur & recevoir quelque conſolation, en admirant de plus près des magiſtrats ſi courageux.

Enfin, autre lettre de même date adreſſée à MM. du châtelet de Paris, où, en les félicitant d'avoir pu donner l'exemple, ils lui annoncent qu'ils ſe ſont fait un devoir & une gloire de les imiter.

Tout cela eſt imprimé ; mais comme je doute qu'on laiſſe percer ces pieces dans votre capitale, je vous en envoie une eſquiſſe.

26 *ſeptembre*. Il devient problématique aujourd'hui que M. l'archevêque de Toulouſe veuille être premier miniſtre. On prétend que mieux conſeillé il trouve plus prudent, en cas de diſgrace, d'avoir toujours à s'autoriſer de la ſignature du Roi.

26 *ſeptembre*. Les huiſſiers du parlement ſont déja arrivés par les voitures publiques de Troyes ; ils portoient des branches de laurier à la main, ils étoient couronnés de fleurs, & les cochers

s'énorgüeillissoient de participer en quelque sorte à ce triomphe :

Quid Domini faciant , audent cum talia fures !

26 *septembre.* Un politique , pour écrire sur les matieres du temps d'une façon moins commune , a imaginé un *Dialogue entre Semblançay , surintendant des finances de François I , & l'abbé Terray , contrôleur général.* Il n'est point aussi piquant qu'il pourroit l'être : il est purement de discussion sur la nature des deux administrations : il en résulte que François I étoit plus riche que ses prédécesseurs , puisqu'il disposoit d'un plus grand nombre d'hommes , avec le numéraire qu'il possédoit.

26 *septembre.* On raconte que M. d'Ormesson , chef du conseil pour l'administration du temporel de la maison royale de Saint-Cyr , s'étant présenté , il y a quelques jours , chez le Roi , pour lui demander quand S. M. daigneroit l'entendre relativement aux affaires de cette maison , le monarque l'avoit renvoyé à l'archevêque de Toulouse : qu'il avoit insisté , en représentant que c'étoit le privilege de cette maison que son administration ne fût soumise qu'au souveverain : qu'une seconde fois le Roi l'ayant renvoyé au principal ministre , M. d'Ormesson avoit encore exposé la désolation où la maison feroit d'être ainsi soustraite aux regards de son maître ; mais que le Roi lui avoit fermé la bouche en lui disant : *qu'il ne se mêloit plus de rien : que sa maison de saint-Cyr n'étoit pas l'affaire la plus importante du royaume , & que*

de bien plus capitales étoient renvoyées à l'arche-
vêque.

27 *septembre.* Il y a long-temps qu'on dit
que la banqueroute de l'état est défirée par les
provinces , parce qu'elles ne peuvent en être
victimes , ayant très peu de rentes ou d'effets
royaux , & qu'elles efperent être ainfi foula-
gées par la diminution des impôts portant fur
les terres. Un politique a voulu les éclairer ,
& il répand une brochure intitulée : *Point de*
banqueroute , ou lettre à un créancier de l'état
fus l'impoffibilité de la banqueroute nationale
& fur les moyens de ramener le crédit & la
paix.

Cet ouvrage auffi foli lement penfé qu'énergiquement écrit , eft attribué à M. Briffot de
Varville. Il y réfume les demandes des parlements : 1°. La fixation authentique du *déficit.*

2°. La fufpenfion des deux impôts jufqu'à
ce que le déficit foit conftaté , & les impôts
confentis par les états-généraux. 3°. Un fyftême régulier d'adminiftration des finances ,
qui prévienne à jamais les défordres paffés.
4°. L'affemblée prochaine des états-généraux.
5°. L'abolition des lettres de cachet.

Il prouve que dans toutes ces demandes il
n'eft rien d'inconftitutionnel , rien d'illégal ,
rien de déraifonnable ; que c'eft l'amour de
l'ordre, de la tranquillité , du bien de l'état ,
du bien même du Roi qui les a dictées. Il
eft étonné qu'un miniftre qui a dans d'autres
temps annoncé fon patriotifme , des vues philofophiques & l'amour de la liberté, perfifte à
les refufer.

Du refte, l'écrivain regarde comme invraifemblable & même comme impoffible qu'on ait recours à la banqueroute. Il en donne des raifons excellentes & fait voir, qu'eût-elle lieu, il en réfulteroit des maux infinis qui reflueroient fur la culture même, & fur ceux qui croiroient en être les plus exempts. La conceffion des demandes du parlement doit donc être defirée par la nation entiere, comme le remede à tous nos maux.

27 feptembre. Les repréfentations des officiers de la fénéchauffée & fiege principal de Lyon, à M. le garde des fceaux de France, ont percé jufqu'ici ; elles contiennent bien des chofes propres à déplaire au gouvernement, & qui, s'il étoit moins foible, auroient attiré fon animadverfion à ces officiers.

D'abord ils y annoncent en effet qu'ils ont enrégiftré le 7. le fameux arrêté du parlement du 27 août, fi fort anathématifé par l'arrêt du confeil du 2 feptembre. Ils ne font aucune mention, au contraire, de l'enrégiftrement de l'édit & de la déclaration publiés en lit de juftice, qui auroient dû leur avoir été adreffés par le procureur général : ils vont plus loin, ils déclarent que, religieux obfervateurs de leur ferment, ils exécuteront fidellement les arrêts & réglements de la cour ; qu'ils favent qu'une loi qui n'a pas reçu une fanction légale, par un enrégiftrement libre, n'eft point obligatoire ; que fur le fait des enrégiftrements ce feroit vraiment s'arroger une autorité fupérieure que d'inférer dans les regiftres d'un fiege royal, ce qui eft déclaré nul & illégal dans ceux de la cour de parlement. Enfin, par un tour oratoire, en faifant fem-

blant de douter de leur droit de difcuter les
loix enrégiftrées au lit de juftice, ils le font
en repréfentant que l'impôt du timbre offre
des réfultats funeftes au commerce, & à cette
occafion ils expofent d'une maniere très-énergi-
que le tableau effrayant du dépériffement des
manufactures de Lyon.

27 *septembre*. Quoique l'on foit peu édifié
de la derniere conduite du parlement, qui paroît avoir lâché pied fur bien des chofes, entre
autres fur le procès de M. de Calonne & fur
les lettres de cachet; quoique M. d'Eprémefnil,
furieux des derniers arrêtés, ait dit à MM.
qu'ils étoient partis de Paris couverts de gloire
& qu'ils y rentreroient couverts de boue : la
cour extrêmement timide, a craint une nouvelle fermentation, fi le parlement fe raffem-
bloit à Paris à fon retour. En conféquence elle
lui a adreffé à Troyes une déclaration donnée
à Verfailles le 20 feptembre, qui transfere &
rétablit le fiege du parlement en la ville de
Paris, & y établit une chambre des vacations
pour y rendre la juftice en la maniere accou-
tumée pendant les fix femaines qui auront
cours, à compter du 1 octobre jufqu'au 10
novembre.

Cette déclaration a été enrégiftrée à Troyes,
les chambres affemblées, le 24 feptembre, &
rien ne s'oppofe plus au retour de meffieurs.

28 *septembre*. On n'a pas manqué de caté-
chifer l'archevêque de Touloufe, & l'on voit
déja, *Lettre à M. de Brienne*, *chef du confeil
des finances* : écrit fage, patriotique, mais ba-
vard, qui ne fait que reffaffer les objections

faites contre les projets de M. de Calonne, sans rien proposer de meilleur.

28 *septembre*. La réponse du Roi, du 6 septembre, à la chambre des comptes, porte littéralement : « ce n'est point par des arrêtés que mes cours doivent me faire connoître leurs observations sur mes édits : j'écouterai toujours volontiers leurs remontrances & leurs supplications. Reprenez votre arrêté, *& prenez garde qu'il soit imprimé.* »

Malgré cette défense ledit arrêté en date du 1 septembre, se vend imprimé clandestinement, comme tout le reste. Peut-être comme cette défense, suggérée par le garde des sceaux, concernoit spécialement les phrases trop fortes contre ce chef de la justice, n'a-t-on point fait difficulté de la révoquer en adoucissant ou mutilant cet arrêté ; car il n'est pas aussi violent qu'on l'avoit annoncé & n'attaque que légérement & par voie indirecte le garde des sceaux.

Il porte spécialement sur la signification faite le 28 août à Marsolun, l'un des greffiers en chef de cette cour, de l'arrêt du conseil du 23 du même mois ; sur cet arrêt, incapable de faire loi par lui-même, présentant évidemment tous les caractères de l'obreption & de la surprise ; sur les imputations les plus odieuses & les moins méritées dont il tend à affliger la chambre ; sur la contradiction de casser son arrêté du 7 août, lorsqu'on laisse subsister ceux du parlement & de la cour des aides sur le même objet ; sur l'ordre donné aux commissaires départis, de faire publier, imprimer & afficher ledit arrêt du conseil ;

fur la défenfe faite à la chambre, fous peine
de défobéiffance, de donner fuite à fon arrêté;
fur celle d'intituler à l'avenir *Arrêté de la cham-*
bre des comptes, les délibérations prifes fans le
concours de tous les membres, quoique la délibération du 7 août ait été le vœu de l'affemblée la plus complete & la plus réguliere;
fur la facilité de la chambre, lorfqu'il aura
plu au feigneur Roi de lui faire connoître les
réclamations des auditeurs à montrer combien
ces officiers font peu fondés en titres & en
raifons; fur la détermination qu'on a fait prendre à S. M. au fujet d'une dénonciation extraordinaire de quatre auditeurs, pour élever
des prétentions nouvelles & contraires aux ordonnances, fans qu'elles aient été préalablement communiquées & répondues; enfin fur
ce qu'au contraire l'autorité auroit opéré un
vice de forme à ladite délibération, en y appellant des officiers qui en font exclus aux termes des ordonnances les plus précis.

En conféquence la cour perfifte dans les principes & maximes contenus dans fon arrêté du
17 août; elle déclare qu'elle ne ceffera d'unir
fes réclamations à celles de tous les tribunaux,
pour la confervation des droits de la nation &
des véritables intérêts du Roi; qu'elle ne
pourra jamais reconnoître pour loix de l'état,
celles qui ne feront point revêtues de la fanction légale.

La cour protefte en outre contre les imputations de l'arrêt du confeil, dont elle fupplie le
Roi d'ordonner la révocation, & dans lequel
on a calomnié fes fentiments.

La cour déclare encore ne pouvoir & ne de-

voir admettre à ses délibérations , ceux de ses
membres qui par la nature de leurs charges,
en sont exclus par la loi.

La chambre ordonne enfin qu'expédition de
la présente délibération sera portée au Roi par
la députation ordinaire.

La délibération continuée au jeudi 6 du présent mois , les semestres assemblés.

18 *Septembre.* Jamais on avoit osé dire des
vérités aussi fortes que celles qu'on publie aujourd'hui ; de ce genre sont celles contenues
dans une courte brochure , ayant pour titre: *les*
vrais principes de la monarchie françoise , par
l'ami des loix. Elle est remarquable sur-tout par
un portrait effroyable du ministere de M. de
Calonne, dont le résultat est qu'il faut, comme
Pierre de la Brosse en 1277, *Enguerrand de Ma-*
rigny en 1315 , qu'il aille à Montfaucon expier
ses forfaits.

29 *Septembre.* Dans les lettres de cachet adressées le 15 d'août aux divers membres du parlement de Paris, on avoit déja observé une
grande négligence, des ratures, des surcharges ;
on lisoit sur quelques-unes *Sens,* au lieu de
Troyes; 7 août, au lieu de 15 ; *trois jours,*
au lieu de *quatre,* &c. Cette négligence dans
des ordres aussi importants que ceux émanés au
nom du Roi , se trouve légalement constatée
par un arrêté du parlement de Bordeaux du 6
septembre, dont voici l'extrait : « La cour, &c.
considérant les abus & la légéreté avec lesquels sont délivrées les lettres de cachet, dont
quelques-unes sont sans date, d'autres sans nom
des personnes à qui elles sont adressées, d'autres enfin avec des ratures & interlignes, re-

ardant deux membres à la fois, l'un dans la fouf-
ription & l'autre dans le corps de la lettre ;
refque toutes datées de Verfailles le 14 août ,
vec ordre d'être rendu le 5 dudit mois à
Libourne ; enfin l'enrégiftrement forcé & mili-
aire daté également du 14, quoique les lettres-
tentes foient datées du 28, a déclaré le tout
ul & illégal, & perfifte dans fes précédents
arrêtés. »

29 *Septembre*. Quoiqu'on ne parle pas encore de la réponfe derniere du Roi à la chambre des comptes, on vient d'imprimer fes *très-
humbles & très-refpectueufes repréfentations* en date
du 15 de ce mois. Elles font fort étendues
pour des repréfentations, mais point auffi fa-
vantes & auffi développées qu'on les avoit annoncées. Après avoir expofé les déplorables caufes de la dilapidation des finances, elles indi-
quent les moyens d'y remédier, & n'oublient
pas, comme de raifon, de rappeller fes antiques droits & de demander à les exercer.

29 *Septembre*. La rapfodie périodique connue
fous le nom burlefque des *Lunes du coufin Jacques*,
commençant fans doute à ennuyer les lecteurs,
le coufin a pris le parti de ceffer ce journal &
de le reproduire fous le titre plus fublime de
Courier des planetes, ou *Correfpondance du coufin Jacques avec le firmament*. Il fera petit in-
12, beau papier, beau caractere, foigneufement
imprimé, avec une romance notée à chaque
numéro & le portrait de l'auteur à la tête du
premier ; ce qui doit être fur-tout fort attrayant.

29 *Septembre*. Extrait d'une lettre de Dijon,
du 20 feptembre.... D'après le difcours d'un

de meſſieurs ſervant à la chambre en temps
de vacations, où il a dénoncé la tranſlation
du parlement de Paris, le lundi 10 ſeptembre,
il a été arrêté que tous les membres de la chambre s'aſſembleroient le lendemain en comité
chez M. le préſident, à ſept heures de relevée, auquel comité ſeroient invités tous les
magiſtrats actuellement à Dijon, pour en être
référé à ladite chambre le mercredi 12 du préſent mois.

Le 12 a été pris un arrêté dans les mêmes
ſentiments que ceux des autres parlements : au
ſurplus remis la délibération au parlement aſſem-
blé le lendemain de St. Martin.

Et l'arrêté du 10 a dû être envoyé au Roi
en la forme ordinaire.

30 *ſeptembre*. Extrait d'une lettre de Bordeaux,
du 15 ſeptembre. Voici la ſuite des opérations
de notre parlement à Libourne. Inſtruit des
ordres du comte de Brienne, le 4, toutes les
chambres aſſemblées, il proteſta d'avance contre
la tranſcription qui pourroit être faite d'autorité
ſur ſes regiſtres & en vertu d'ordres évidemment ſurpris, des lettres-patentes de la tranſlation, rejetées par la délibération du 3 : il proteſta
pareillement contre toutes autres tranſcriptions
dans une forme contraire aux loix conſtitutives
du royaume : il ordonna que ſon arrêté ſeroit
imprimé & envoyé aux bailliages & ſénéchauſſées
du reſſort, & qu'au ſurplus il en ſeroit fait
lecture en préſence du porteur des ordres du
Roi, par celui de meſſieurs qui préſideroit la
cour.

Le lendemain 5, ſéance militaire du comte
de Brienne. Arrêté du parlement le 6 ſeptembre,
protestations,

proteftations , & digreffion fur l'irrégularité ; la négligence , l'indécence de la forme même des lettres de cachet. Il déclare que la tranf-cription des lettres patentes faite fur les regiftres ne peut produire aucun effet. Ordonné l'envoi de l'arrêté aux bailliages.

30 *Septembre.* On vient d'imprimer le difcours de M. *de Nicolaï* à M. *Lambert,* lorfque celui-ci eft venu le 16 prêter le ferment de contrô-leur général à la chambre des comptes , ainfi que la réponfe de ce miniftre.

Dans le premier, on retrouve l'efprit, les gra-ces , la fineffe de tous les difcours de M. de Ni-colaï : il contient en outre des vérités fortes & énoncées avec énergie : au furplus , on n'aime point qu'il appelle M. Lambert *long-temps l'Ora-cle du Parlement,* & depuis *un des Aigles du Confeil.*

Le fecond difcours eft plus fimple & plus noble. Grand éloge du principal miniftre , du confeil des finances , & de la haute fageffe du Roi. Il pro-met de demander les lumieres de la chambre des comptes , qu'il qualifie d'*augufte Compa-gnie.*

30 *Septembre.* Les officiers des eaux & forêts de France au fiege général de la table de mar-bre du palais à Paris , font les derniers qui fe foient ébranlés en faveur du parlement. Voici fe marche.

Le jeudi 30 août , la compagnie affemblée pour fon fervice ordinaire , par les confidéra-tions annoncées préalablement, arrêta de faire une députation au Roi, en la perfonne de M. le garde des fceaux , à l'effet de repréfenter à S. M. les malheurs incroyables qu'entraînoit l'abfence du parlement , & en demander le rappel.

Tome XXXVI. B

Les gens du Roi furent chargés de fe retirer au premier jour pardevers M. le garde des fceaux, à l'effet de lui demander le jour & l'heure auxquels ils pourroient recevoir la députation.

Le dimanche 9, les gens du Roi informerent la compagnie que M. le garde des fceaux recevroit à Verfailles les députés le lendemain 10. M. Charpentier de Foiffel, Lieutenant général, & MM. Parthon & Cury, confeillers, s'y tranfporterent & firent un difcours, où ils établirent que toute juftice interrompue faifoit un tort incalculable dans leur partie; qu'un feul jour d'inaction pouvoit voir confommer les richeffes foreftieres qu'ils confervent avec tant de foin pour les forces terreftres & navales du royaume.

Le garde des fceaux a répondu : « Je mettrai, Meffieurs, vos fuppliques fous les yeux du Roi. Je ne doute pas qu'il ne les accueille avec bonté. A mon égard je fais les vœux les plus ardents pour leur fuccès : j'y fuis le premier intéreffé. »

Le même jour 10 feptembre, fept heures de relevée, la compagnie, affemblée extraordinairement, pour attendre le retour de fes députés, le lieutenant général lui a rendu compte de la réponfe de M. le garde des fceaux.

Et après avoir délibéré, la compagnie a arrêté que ladite réponfe feroit tranfcrite fur fes regiftres.

La compagnie a arrêté en outre que rien ne pouvant plus fufpendre fon zele, le lieutenant général & un confeiller fe tranfporteroient au premier foir à Troyes pour complimenter le parlement.

30 *septembre*. Le 25 juillet dernier le châtelet avoit jugé la fameufe caufe de la comteffe de Morangies, accufée de bigamie & convaincue d'avoir un premier mari vivant. La fentence la condamnoit à être expofée au carcan, fouettée, marquée & mife à l'hôpital pour neuf ans: défenfes à fa fille de prendre à l'avenir autre nom que celui de Julie Fremin, qui eft celui du premier mari de fa mere, & à être admoneftée.

L'affaire portée par appel au parlement, a été retardée par la tranflation de cette cour.

1 *Octobre* 1787. Les membres des clubs & fociétés de cette efpece comptoient que le retour du parlement favoriferoit leur rentrée; mais on affure que le baron de Breteuil connoît trop bien le danger de ces repaires politiques. Voici la lettre de M. le lieutenant-général de police, adreffée aux commiffaires de ces fociétés : « M. le baron de Breteuil, Meffieurs, vient de me marquer que l'intention de S. M. eft de faire ceffer dès aujourd'hui les clubs & falons. Je vous prie, Meffieurs de vouloir bien faire connoître les volontés du Roi aux membres de la fociété dont vous êtes commiffaires. Je vous prie d'être bien perfuadés des fentiments refpectueux avec lefquels j'ai l'honneur d'être. (figné) de Crofne. »

Le Lycée feul eft excepté, fauf le falon de converfation.

1 *Octobre*. On voit ici des *Lettres de juffion* en date du 27 août, adreffées au parlement de Bordeaux, féant à Libourne, pour

l'enrégiftrement de l'édit portant création d'affemblées provinciales en Guienne.

Dans ces lettres de juffion, qui font imprimées, on eft indigné du peu de dignité avec
lequel on y fait parler le Roi : abfolument dif-
cordant avec les coups d'autorité, les actes de
defpotifme qu'on lui fuggere, il femble y men-
dier l'enrégiftrement ; il affure que fon intention
n'a jamais été de fouftraire à la vérification des
cours l'établiffement des nouveaux impôts ; il ne
fait qu'un effai à l'égard des affemblées provinciales actuelles, jufqu'à ce qu'il leur donne une
fanction définitive, à laquelle il fera certainement concourir fes cours. Il rappelle au parlement qu'il a lui-même réclamé autrefois ce bienfait pour les peuples de fon reffort. Du refte, le
Roi y parle quelquefois par *Nous*, & quelquefois par *Je*.

Suit un arrêt du 7, où démafquant le ton
hypocrite qu'on fait tenir à S. M. dans ces
lettres de juffion, le parlement réfute folide-
ment les divers motifs qu'on y fait valoir pour
déterminer fon acquiefcement. Il fe défie d'autant plus de l'établiffement des affemblées provinciales, qu'elles font entrées dans les projets d'un
miniftre déprédateur, qui, après avoir trompé
fon Roi, pouvoit bien chercher à en impofer à
la nation.

A l'égard de l'exemple de quelques parlements qui ont enrégiftré & qu'on lui oppofe, il
répond qu'ils ont tous appofé des modifications,
qu'on s'eft moqué fur-tout du parlement de
Paris ; ce qui prouve la mauvaife volonté de
l'adminiftration. Qu'en un mot, plufieurs autres
parlements, tels que ceux de Grenoble, de Be-

fariçon, la province de Haynaut, ont follicité le rétabliffement des anciens états de leur province, craignant le vice du régime qu'on pouvoit donner à ces affemblées.

Sans doute cette cour en 1779 a demandé la forme d'adminiftration des affemblées provinciales, mais dans des vues bien différentes de celles que le gouvernement propofe ; favoir, de s'oppofer aux progrès du defpotifme, bien loin de le fomenter.

En conféquence, le parlement déclare ne pouvoir obtempérer aux lettres de juffion, & arrête que le Roi fera de nouveau fupplié de lui donner connoiffance des réglements relatifs à l'organifation, aux fonctions & au pouvoir des affemblées provinciales.

Ordonne que le préfent arrêté fera imprimé, publié & envoyé aux bailliages & fénéchauffées pour y être enrégiftré.

1 *Octobre*. Meffieurs du parlement qui doivent tenir la chambre des vacations font tous arrivés : elle fera compofée de deux préfidents, de quatorze confeillers de grand'chambre & de quatre de chacune des trois chambres des enquêtes : elle fera organifée de maniere à expédier les affaires arriérées & durera treize jours de plus, puifqu'elle finit de regle la veille de la St. Simon & Jude, époque de la rentrée du châtelet.

Au furplus, le gouvernement qui vouloit éviter le fermentation, en reculant la réunion générale du parlement, n'y a rien gagné. Depuis quelques jours tout le palais & les environs font en rumeur ; on tire le foir de l'artifice,

& il a fallu pour le bon ordre remettre fur pied des détachements de troupes.

1 *Octobre*. Extrait d'une lettre de Pau, du 15 feptembre. Dès le 31 août notre parlement a écrit une lettre au Roi, imprimée, où fe joignant aux autres cours, il demande le rappel du parlement de Paris, en outre celui du parlement de Bordeaux. Cette lettre bien déduite, bien écrite, n'a rien de plus remarquable.

2 *Octobre*. Extrait d'une lettre de Montpellier, du 10 feptembre. Notre cour des comptes, aides & finances n'eft pas reftée en arriere : le mardi 11 feptembre elle a pris, les chambres des femeftres affemblées, un arrêté qui eft imprimé, peu long, mais fort : il roule effentiellement fur la forme d'accorder les fubfides & fur la néceffité de rétablir l'ancien régime : elle y obferve que le Languedoc a toujours été dans la poffeffion d'accorder, non *par obligation & par devoir*, mais *de la propre volonté de fes habitants, les fommes qui leur étoient demandées par le fouverain*... *Franchife & immunité* confirmées, lors de la réunion du Languedoc à la couronne.

Elle finit par demander le rappel des parlements de Paris & de Bordeaux, le retrait de l'édit & de la déclaration, la continuation du rétabliffement de l'ordre & de l'économie, & la convocation des états généraux.

2 *Octobre*. Le récit d'un de meffieurs au fujet de M. de Calonne du 10 août, n'eft point une dénonciation en regle. Après un court préambule, où M. Duport de Prélaville expofe l'importance de fa démarche & fa frayeur en l'entreprenant, mais s'en repofe fur fon devoir, fur on zele & fur fon courage ; il préfente les abus

de l'ancienne administration, il remonte au principe toujours subsistant de ces abus. Son mémoire est divisé en deux parties.

Dans la premiere, il fait quelques réflexions sur l'état actuel de la France & déduit les causes qui favorisent la pente naturelle de tout gouvernement à devenir arbitraire. Cet ordre de choses, qui présente d'abord des avantages, produit enfin des abus si excessifs, que le chef lui-même ne peut plus les réprimer. C'est alors qu'on veut remonter aux institutions anciennes, & qu'on se trouve entouré d'obstacles insurmontables. C'est dans cette position que se trouve la France : & l'entreprise de M. Duport est d'y remédier en remontant, s'il est possible, à la cause du désordre actuel en calmant l'incertitude effrayante de la nation & prévenant le retour des maux qui l'accablent.

Dans la seconde, M. Duport découvre la source de nos maux politiques dans le vizirat de nos ministres & dans leur impunité : un exemple dans la crise fâcheuse de l'état est le vrai remede & le moyen de rassurer la nation.

En conséquence, il présente à la cour M. de Calonne comme accusé par la voix publique & par le cri général de la France.

1°. D'avoir laissé ignorer, d'avoir même caché au Roi la véritable situation de ses finances, jusques aux moments qui ont précédé l'assemblée des notables.

2°. D'avoir lui-même causé le désordre des finances, soit en présentant au Roi un déficit exagéré à dessein ; ce qui seroit le plus grand des crimes : soit parce que le déficit, dont l'étendue peut à peine se concevoir, doit, s'il existe,

fon origine & fon accroiffement , prefque en
totalité, à l'adminiftration de M. de Calonne,
& qu'il n'a pu être caufé que par les déprédations les plus inconcevables.

M. Duport puife la preuve du premier fait
dans les édits mêmes & autres pieces de l'adminiftration de M. de Calonne.

Il établit la preuve du refte avec des calculs
fimples, que lui fournit la notoriété publique,
& qui n'ont pas été contredits.

Il n'a pas cru devoir préfenter à la cour des
faits particuliers dont il reconnoît l'exiftence :
parce que ces faits compliqués, mêlés à des détails d'adminiftration, ne pourroient fe vérifier
que par des moyens étrangers aux magiftrats.

M. Duport termine par établir la compétence
& le devoir du parlement pour juger M. de Calonne , & fans doute ce miniftre ne peut &
n'ofera s'y fouftraire.

Il faut convenir que ce difcours , obfcur,
métaphyfique , alambiqué , eft prefque tout entier
hors de la queftion , que fous de grandes phrafes il contient de bonnes idées , mais fimples
& rebattues , & que le vrai moyen de prouver la
néceffité de faire le procès de M. de Calonne,
étoit d'établir l'effrayant tableau de fon adminiftration , des abus énormes qu'on lui reproche,
de l'appuyer de preuves folides.

Quoi qu'il en foit , c'eft fans doute fur ce
difcours , qu'ayant été mis en délibération ce
qu'il convenoit de faire , on nomma des commiffaires qui, traitant la chofe en magiftrats &
non en philofophes , articulerent les cinq griefs
fur lefquels devoit porter la plainte du procureur
général.

2 *Octobre.* Extrait d'une lettre de Rennes, du 25 septembre. La chambre des vacations de notre cour , moins complaifante que le parlement de Paris & que tous vos tribunaux , a fait lacérer & brûler le 18 de ce mois par la main du bourreau les *Obfervations d'un avocat fur l'arrêté du parlement de Paris* , qu'on avoit fait circuler jufques en Bretagne , comme contenant des affertions fauffes, féditieufes, injurieufes & calomnieufes envers le parlement de Paris , &c.

C'eft fur le requifitoire de M. Broffays du Perray , fubftitut du procureur général , & fur le rapport de M. Bonin de la Villébouquais , confeiller de grand'chambre, que l'arrêt a été rendu.

3 *Octobre.* Depuis que meffieurs du parlement font revenus de Troyes , plufieurs ont jafé, & l'on eft à préfent parfaitement au fait de la maniere dont toute l'intrigue pour le raccommodement avec la cour a été menée.

L'archevêaue de Touloufe avoit choifi pour négociateur M. de Miniere, confeiller de grandechambre , qui s'étoit logé hors de la ville : en forte que les couriers y arrivoient , & qu'on y alloit parlementer auffi myftérieufement. Les premieres propofitions ont été les fuivantes.

1°. Il faut arranger l'affaire & l'arranger trèspromptement.

2°. L'Europe eft à la veille d'être en feu, & il ne faut pas joindre aux querelles du dehors des querelles inteftines : cela feul doit déterminer le patriotifme de meffieurs à fe rapprocher de la cour.

3°. Il ne faut pas que la majefté du trône foit bleffée ; il faut auffi que la dignité de la magiftrature foit maintenue.

4°. C'eft pour concilier ces divers intérêts que M. l'archevéque de Touloufe demande un *mezzo-termine* & invite Meſſieurs à le chercher.

A ces paroles de paix ſe ſont joints, ſuivant qu'il ſe pratique, les moyens de corruption. Les conſidérations annoncées ci-deſſus n'étoient que pour ébranler les gens honnêtes, deſirant ſincérement le bien commun : quant aux autres, on a ſéduit les clercs par des promeſſes de bénéfice, les laïcs par des graces propres à flatter leur ambition ; enfin ceux qui ont voulu tenir & avoir de l'argent ſur le champ on leur en a donné.

Il n'eſt que l'abbé Sabbatier de Cabre, duquel on a dit qu'on ne lui feroit pas l'honneur de chercher à le corrompre.

Le *mezzo-termine* que les médiateurs ont imaginé, a été que le parlement feroit une premiere démarche de ſoumiſſion, en demandant au Roi ſon rappel & en chargeant le premier préſident de ſe retirer pardevers le Roi à cet effet.

Le premier préſident rendu à Verſailles, on a gagné ce chef par l'eſpoir d'un duché pour ſa famille, & il s'eſt fait fort que ſi, pour en impoſer à la multitude, pour ſatisfaire la gloriole des magiſtrats les plus entêtés ou les plus jaloux de l'honneur du corps, on retiroit les édit & déclaration, le parlement enrégiſtreroit tout autre édit burſal : que du reſte il y auroit ſurement un arrêté, afin de maintenir les principes. On lui a répondu qu'on ſe moquoit de l'arrêté tel qu'il fût, pourvu qu'on ne l'inſérât pas dans l'enrégiſtrement : il a garanti que l'enrégistrement feroit pur & fimple , & il eft revenu.

Effectivement ayant préparé les voies pour la confommation de la négociation , l'édit a paffé à l'unanimité.

Quant à l'arrêté , il y en avoit treize diffé-rents ; mais l'on s'eft réuni très-promptement en faveur de celui du préfident d'Hericourt , fauf une phrafe à y ajouter , propofée par M. d'Epré-mefnil , qui eft celle-ci : *même une fimple proro-gation d'impôt provifoire & momentanée.* Il a fallu aller aux voix : dans le cours des opinions l'abbé Sabbatier , furieux de fe voir réduit à une nullité abfolue , a voulu pérorer & ramener les grands principes. Le premier préfident l'a inter-rompu & lui a dit que ce n'étoit plus ce dont il s'agiffoit , qu'il devoit fe renfermer dans l'ac-ceptation pure & fimple de la phrafe , ou fon rejet. Ce chef ayant été applaudi de toute l'af-femblée , l'abbé a dû fe taire honteufement.

3 *Octobre.* L'exiftence du chevalier Gluck , qu'on avoit fait mort plufieurs fois depuis quel-ques années , eft atteftée par une lettre qu'il a écrite à M. Vogel, en remerciement de la dédicace que ce muficien lui a faite de fa partition de la *Toifon d'or.* Il fe plaint feulement dans cette lettre , que fes yeux ne lui permettent plus de pouvoir lire un fi bel ouvrage , que M. Saliery lui a fait entendre au claveffin. Il y trouve un très-grand talent dramatique , d'autant plus précieux , que M. Vogel ne le tient pas de la pratique , mais de la nature.

On apprend par cette lettre encore que M. Vogel a compofé un fecond opéra , intitulé *Demophon ,* dont M. Saliery a fait l'éloge au chevalier Gluck.

On ne fait pourquoi M. Vogel ne fait connoître que depuis peu cette lettre honorable, datée du 3 août dernier.

4 *Octobre.* Quoique M. le bailli du palais dès le 28 septembre eût rendu une ordonnance pour empêcher les attroupements, les pétards, les fusées & autres folies de ce genre, auxquelles il étoit instruit que les suppôts du parlement devoient se livrer dans l'excès de leur joie, en le voyant revenir à son siege véritable ; il n'en a été tenu compte, & pendant trois jours cette joie effrénée s'est manifestée d'une maniere très-alarmante pour le quartier. Enfin la chambre des vacations, qui ne pouvoit qu'être infiniment flattée de tout ce tumulte, après en avoir joui durant plusieurs jours, a rendu le 3 un arrêt, qui n'a été connu que le 4 ; il a mis fin aux fêtes & au désordre.

4 *Octobre. Observations sur la Réponse du Roi, à la cour des Aides du* 25 août 1787. Bonnes, mais rien à y remarquer qu'une digression vigoureuse sur les déprédations de M. de Calonne & sur la nécessité de faire un exemple en sa personne.

4 *Octobre.* Le gouvernement a ses apologistes aussi ; il ne tient sans doute qu'à lui, qui peut répandre l'argent, d'en avoir beaucoup. Il faut qu'il dédaigne de faire usage de ce moyen, car ils sont rares. Depuis les *Observations d'un avocat,* on ne connoît guere en ce genre que *Lettre d'un Conseiller au Parlement de Paris à un Conseiller du Parlement de Normandie.* Depuis le chancelier Maupeou on n'avoit pas prêché le

defpotifme avec plus d'audace & de baffeffe en même temps. L'auteur cherche moins à raifonner qu'à s'appuyer de preuves, qu'ils prétend tirer de notre hiftoire, de nos jurifconfultes, & des états-généraux mêmes : mais on fait combien il eft facile en ce genre de dénaturer les faits, les citations & de les approprier à la caufe qu'on défend. Au furplus, fes raifonnements ne font pas meilleurs que fes principes. On y remarque feulement l'adreffe, en établiffant cette correfpondance entre deux parlementaires, de flatter l'orgueil des cours, afin de les rendre moins zélées pour les intérêts de la nation.

4 *Octobre*. Il fe publie enfin un arrêt du confeil en date du 7 feptembre concernant la clôture de Paris, dont l'objet & le préambule font fort finguliers. Il eft dit dans celui-ci que le Roi par fa décifion du 23 janvier 1785, ayant ordonné l'établiffement d'une nouvelle enceinte de Paris, s'eft depuis peu fait rendre compte des travaux & a reconnu que, contre fes intentions, on avoit prodigué les ornements dans les bâtiments deftinés à fervir de bureaux pour la perception des droits d'entrée à Paris, & que les effets de ce luxe défavoué par l'opinion publique, & contraire à l'objet même d'une entreprife qui n'a été formée que dans des vues d'économie, avoient été d'en augmenter confidérablement les dépenfes; S. M. en regrettant que les travaux foient trop avancés pour qu'elle puiffe étendre les réformes fur tous les objets qui en feroient fufceptibles, a cru du moins devoir prendre des mefures convenables pour réprimer à l'avenir cette prodigalité, pour retrancher des conftructions qui reftent à faire, toute fupez-

fluité & tout luxe, & pour fe faire rendre un compte exact de toutes les dépenfes.

En conféquence le fieur le Doux, architecte de S. M. & préfidant aux conftructions de ces bâtiments, doit remettre fes plans & devis aux fieurs Antoine & Raimond, pareillement archi-tectes de S. M. pour les réduire & fimplifier : le fieur Perard de Montreuil, cenfeur royal, ar-chitecte du grand-prieuré de France, doit en qualité d'infpecteur & vérificateur général def-dites conftructions, y mettre auffi fon attache : ce travail fera enfuite remis à M. Douet de la Boulaye, intendant des finances chargé du dé-partement des fermes, &c. Celui-ci en fera fon rap-port à M. le contrôleur général, & ce miniftre au Roi.

C'eft après plufieurs années de travaux, après que plufieurs corps, nombre de particuliers & le parlement ont fait des repréfentations fur l'in-juftice, la folie, l'horreur de cette muraille ; c'eft, lorfqu'elle eft à la veille d'être finie, qu'on ouvre les yeux, & qu'on revient fur une opération qui a fait crier tout Paris.

On affure que ce mur, avec les décorations, bâtiments & acceffoires de luxe qu'on y a joints, fera un objet de plus de vingt millions.

5 *Octobre.* Pour mieux connoître la marche des diverfes opérations qui ont été la fuite de l'affemblée des notables, on a raffemblé fous un feul point de vue le journal du parlement, de-puis cette époque jufques au moment de fon retour. Outre plus d'exactitude, on y trouvera quelques détails échappés durant le cours de la narration de chaque féance.

5 *Octobre.* Journal des féances du parlement

depuis fa rentrée d'après la Pentecôte le 11 juin.

Le 19 le parlement, les chambres affemblées, enrégiftre l'emprunt de fix millions de rentes viageres, affectées fur les tailles.

Les princes & pairs invités pour le 22.

Le 22, les princes & pairs féant au parlement, l'édit concernant les affemblées provinciales eft enrégiftré.

Le 25, liberté du commerce des grains enrégiftrée en affemblée pareille.

Le 28, enrégiftrement de la converfion de la corvée en nature en une preftation en argent.

Suppreffion du droit d'ancrage.

Le 2 juillet, à l'affemblée des princes & pairs préfentation de la déclaration du timbre. Commiffaires nommés.

Durant les 3, 4 & 5 juillet, travail des commiffaires.

Le 6, arrêté fait avec les princes & pairs; les gens du Roi envoyés à Verfailles.

Le 7, réponfe : « le Roi recevra les repréfentations dimanche à fept heures du foir. »

Le 9, lecture de la réponfe du Roi : arrêté de nouvelles repréfentations, commiffaires nommés pour les rédiger.

Le 10 & le 11, travail des commiffaires.

Le 12, arrêté pris : gens du Roi envoyés à Verfailles.

Le 14, réponfe des gens du Roi aux chambres affemblées : « le Roi recevra fon parlement » demain dimanche à Verfailles, à fept heures » du foir. »

Le 16 , réponfe du Roi, affemblée des princes & pairs. Arrêté. Commiffaires nommés.

Le 17 , affemblée des chambres fur la difficulté entre la garde des princes freres du Roi , & la robe courte. Convenu que la maifon des princes ne prétendant point faire la police dans l'intérieur du palais , il étoit plus que jufte que la haie d'honneur lui foit laiffée fans réclamations jufqu'à la porte du parquet des huiffiers.

Convenu en outre que M. le premier préfident emploiera fes bons offices pour que les ufages du palais foient confervés.

Les 18, 19, 20, 21 & 22, travail des commiffaires. Lecture à chaque chambre des remontrances.

Le 24 , affemblée des princes & pairs : lecture générale des remontrances arrêtées. Gens du Roi envoyés à Verfailles pour favoir le lieu , le jour & l'heure, où il plairoit au Roi les recevoir.

Le 26 , réponfe du Roi, qu'il recevra les remontrances ce foir à fept heures.

Le 27 , réponfe du Roi qu'il examinera les remontrances.

29 juillet , réponfe du Roi.

30 , Arrêté : les gens du Roi envoyés en cour.

Le 1 août , le Roi fera réponfe jeudi à midi.

Le 2 , réponfe du Roi : *je vous ferai favoir mes ordres* : par conféquent point d'affemblée des princes & pairs.

S'il y avoit eu affemblée ce jour-là , il y auroit été queftion de quatre objets :

1º. La nouvelle compagnie des Indes & l'agio.

tage , auquel donnent lieu les actions de cette compagnie.

2°. L'agiotage dénoncé par la premiere chambre des enquêtes : les actions Perier , les actions de la compagnie d'assurances contre les incendies.

3°. Le fait de la suppression des saintes chapelles.

4°. Plainte toute prête à rendre contre M. de Calonne.

Le 4 août , assemblée des princes & pairs. Les gens du Roi entrés ont dit qu'ils étoient chargés de retirer du greffe la déclaration & l'édit.

Les deux premiers chefs des dénonciations ci-dessus renvoyés aux commissaires ; le quatrieme à l'assemblée du vendredi 10 : rien sur le troisieme objet.

Le 5 août , le premier président a été instruit qu'il y auroit le lendemain 6 un lit de justice à Versailles.

Messieurs ont été avertis par des billets de se trouver à cinq heures de l'après-midi à l'assemblée des chambres.

Le maître des cérémonies est venu sur les cinq heures de relevée apporter la lettre de cachet adressée au parlement pour le lit de justice.

On a délibéré & fait un arrêté.

L'assemblée a fini sur les huit heures du soir.

Le 6 , le lit de justice commencé à onze heures & demie, fini à une heure & demie.

7 Août , assemblée sur le lit de justice , d'où a

résulté l'arrêté connu, passé à une majorité de soixante-quatre voix contre cinquante-une.

L'assemblée n'avoit point de princes ; deux pairs ecclésiastiques & onze ducs, entr'autres le duc d'Harcourt, gouverneur du Dauphin.

Messieurs étoient en place avant onze heures & ne se sont séparés que vers sept heures.

La délibération continuée au 13 août.

10 Août, dénonciation de M. de Calonne.

13 Août, arrêté.

15 Août, lettres de cachet de translation à Troyes.

22 Août, installation. Les chambres se sont assemblées à onze heures : les gens du Roi ont apporté les lettres-patentes de translation, avec des conclusions.

Le préambule en est plus doux que celui des lettres semblables en 1721.

La délibération n'a fini qu'à cinq heures passé ; les gens du Roi mandés, on leur a dit :

1°. Vous ferez exécuter l'arrêt que la cour vient de rendre, & notamment au bailliage de Troyes. Vous en rendrez compte demain jeudi 23 aux chambres assemblées.

2°. Vous rendrez compte de l'exécution de l'arrêt & arrêté du 13.

Puis sont entrés pour complimenter la cour :

1°. Le bailliage. C'est le lieutenant général qui a porté la parole : bon discours, nourri de citations & d'anecdotes.

2°. Les officiers municipaux. On a rapporté ce discours prononcé par M. Huez.

3°. Les eaux & forêts. M. Maurcy, maître particulier, portoit la parole : pur compliment, mais court.

4°. l'élection. M. Guerard , préfident , a prononcé ce difcours de politeffe pure.

On attendoit les confuls ; ils n'étoient pas
prévenus.

Les avocats : ils s'étoient fermés la bouche
avant ce jour , à l'inftar de ceux de Paris , auxquels ils fe regardent comme affiliés.

Jeudi 23 , féance : les gens du Roi ont rendu
compte de la déclaration enrégiftrée au bailliage ;
ont dit qu'on l'imprimoit & qu'elle feroit publiée
& affichée dans la journée.

On a entendu les juges confuls. M. J. Aumont ,
juge conful en exercice , portoit la parole : pur
compliment , court.

M. le baron des Bordes , greffier en chef de
la cour des aides de Paris , eft venu complimenter
le parlement au nom de fa compagnie. Rien de
plus remarquable dans fon difcours que beaucoup
d'emphafe & la précipitation de la compagnie à
remplir cet acte de fraternité.

Le greffier en chef de la cour des monnoies
de Paris eft venu auffi complimenter le parlement , & l'a inftruit de la démarche qu'elle avoit
déja faite auprès du Roi pour demander fon
retour.

La féance s'eft levée à midi.

27 Août. Arrêté imprimé : difcours des officiers
du bailliage de Bar-fur-Seine.

M. Jean-Baptifte Vernier , premier juge-garde ,
a prononcé au nom des officiers de la monnoie
de Troyes un difcours bref , mais marqué à fon
coin d'originalité.

28 Août. Affemblée de chambres.

Les gens du Roi ont dit qu'ils avoient fait
imprimer l'arrêté du 27 , qu'il étoit enrégiftré

au bailliage de Troyes ; ils ont lu le certificat, ils ont dit que les autres paquets pour les bailliages & sénéchauffées du reffort étoient à la pofte du matin 2°.

Puis M. Séguier a fait lecture d'une lettre de cachet adreffée à M. le procureur général à Troyes, fignée *Louis*, & plus bas *baron de Breteuil*, qui défend aux gens du Roi d'envoyer aucun arrêté, réglement ; rien autre, aux bailliages que ce qui feroit adreffé par le Roi à fon procureur général.

Délibération, commiffaires nommés qui s'affembleront jeudi 30, à fix heures du foir.

Réception de deux confeillers, le fils du préfident Rolland, & le fils du préfident Sallier, de la cour des aides.

29 Août, deux audiences de grand'chambre ouvertes & fermées : Tournelle, *idem*.

Affemblée des chambres.

Compliment très-fuccinct de la chambre des comptes par l'organe de fon greffier en chef.

Difcours de l'univerfité de Paris en latin.

La députation étoit compofée du fyndic portant la parole, du quefteur, du doyen de la nation de France & du greffier.

Dénonciation des lettres de cachet de quatre maîtres des requêtes.

Obfervé qu'ils n'étoient pas préfents. Le fecrétaire de la cour chargé de leur écrire pour favoir ce qui les retenoit, pourquoi ils ne continuoient pas de venir affifter aux affemblées.

Lettre de cachet des confeillers honoraires, remife aux commiffaires le vendredi 31.

L'affemblée continuée au lundi 3 feptembre ; rien jufques-là, finon les audiences.

30 Août, travail des commiffaires : avis unanime de le renvoyer au lundi 26 novembre.

1 Septembre, Tournelle. Sur la requête du procureur général, arrêt qui commet le lieutenant criminel du châtelet de Paris pour recevoir le ferment des conducteurs de la chaîne, qui autorife ledit lieutenant criminel à commettre médecins & chirurgiens qui vifiteront les galériens, conftateront ceux qui font en état de fupporter le voyage ; le tout en préfence du fubftitut du procureur général au châtelet, qui eft autorifé à faire partir les valides & retenir les infirmes.

2 Septembre, lettre miniftérielle du baron de Breteuil, qui, en interprêtant lefdites lettres-patentes de tranflation, foutient que le parlement doit continuer fes fonctions ordinaires en temps de vacation à Troyes.

D'où il conclut que tous les membres du parlement doivent (aux termes defdites lettres-patentes) refter à Troyes fans en défemparer.

Cette lettre, que le premier préfident a montrée à tous les individus, ne peut pas être connue légalement du parlement.

Meffieurs paroiffent décidés à n'y avoir aucun égard, & ne devant plus continuer leurs fonctions paffé le 7, à moins de nouvelles lettres-patentes de prorogation, ils comptent tous partir de Troyes le 8.

Ceux des magiftrats qui étoient nommés membres des affemblées provinciales, ont reçu des lettres miniftérielles qui les difpenfent d'y aller.

Lundi 3 feptembre, affemblée des chambres.

On a reçu les compliments du châtelet de Paris par l'organe de M. Dupont, lieutenant particulier. Rien de faillant.

De Sens, par l'organe de M. Jodrillat, lieutenant général. On remarque dans son discours cette phrase : *vous avez prononcé cette grande vérité que la nation seule a droit de se soumettre à de nouveaux impôts.*

De Château-Thierry, par M. Pinterel de Lonverny, lieutenant général. On y rit de cette phrase plaisante : *ah ! que ne puis-je, comme ce pieux Enée, vous replacer dans votre sanctuaire !*

De Nogent-sur-Seine, par M. Hurant, bailli de robe longue.

De Mery-sur-Seine, par M. Guerrapain, bailli.

Du bailliage du palais, par M. le Bruin, lieutenant général : il s'excuse d'être venu si tard sur la nécessité de veiller à la tranquillité & à la police du palais ; c'est ce qui a empêché le procureur du Roi du siege de l'accompagner.

Les commissaires ont rendu compte de leur travail du vendredi 31 : la délibération continuée au vendredi 7.

Assemblée des deux chambres : trois déclarations enrégistrées, dont une imprimée concernant les juges consuls.

Le lieutenant criminel de Saumur a été rapporté par M. Dupuis de Marcé.

Renvoyé à la seconde chambre des enquêtes pour tirer & rendre la loi.

Le mercredi 9, le lieutenant criminel de Saumur dans la seconde des enquêtes a tiré & rendu la loi, & a été reçu à la grande-chambre.

Jeudi 6 feptembre. Compliment de l'ami-
rauté par M. Mantel, lieutenant particulier. Il
y rappelle l'époque où, en 1589, fon tribunal
fut affocié à la tranflation du parlement à
Tours.

Du bailliage de Langres, par M. Gayardin,
lieutenant particulier.

Les gens du Roi ont porté aux chambres affemblées une déclaration qui proroge le parlement
féant à Troyes pendant la chambre des vacations:
remis au vendredi 7.

Le 7 feptembre. Compliment du bailliage
d'Auxerre, par M. Martineau des Chenets, lieutenant criminel.

On y lit cette phrafe concernant les arrêtés derniers du parlement : *ces actes fublimes d'énergie*
& de patriotifme émanés de vos délibérations &
qui font aujourd'hui le plus bel ornement de nos
regiftres.

De Sézanne, par M. Pantaléon Moutier, lieutenant géneral.

De Vitry-le-François, par M. Barbier, lieutenant général. Il y rappelle l'époque du commencement du dernier fiecle, où fon tribunal
étoit préfidé par un le Jay, frere du premier
préfident du parlement de Paris d'alors.

De Saint-Dizier, par M. Ferrand, lieutenant
particulier.

Affemblée des chambres, commencée à onze
heures, finie à une heure & demie.

La déclaration de prorogation enrégiftrée purement & fimplement.

Sur le furplus remis au mardi 11.

Le mardi 11 feptembre, affemblée des cham-

bres. Arrêté pour demander le rappel du parlement à Paris. Départ du premier préfident.

Compliment du bailliage de Provins , par
M. Rousselet, avocat du Roi. Discours noble &
bien écrit.

Jeudi 13 , le premier préfident parle au Roi.

Vendredi 14 , le premier préfident va à
l'opéra.

Samedi 15 septembre , retour du premier
préfident.

Lundi 17 , assemblée des chambres : compliment des-eaux & forêts , par l'organe de M.
Charpentier de Foiffel , lieutenant général.

Du bailliage de Mas. —— De Reims. ——
De Bar-le-Duc.

Réponse du Roi du 13 , lue : remis au mardi
18 à délibérer.

Mardi 18 septembre. Affemblée des chambres.

Compliment du bailliage de Joinville.

Lecture fans délibération d'un mémoire de
la chambre du commerce de Lyon fur le
timbre.

On dit ce mémoire très-bien fait.

On tuoit le temps , parce qu'on croyoit que
le courier de Verfailles qui devoit apporter
l'édit en parchemin , arriveroit.

Mercredi 19 , compliment du bailliage de
Bar-fur-Aube.

Edit enrégiftré. Arrêté. Le premier préfident
envoyé à Verfailles.

Jeudi 20 , départ du premier préfident à
neuf heures & demie du matin.

Vendredi 21 , il parle au Roi.

Dimanche 23 , retour du premier préfident.

Lundi

Lundi 24 , assemblée pour la lecture de la réponse du Roi.

Enrégistrement des lettres - patentes de retour.

Le premier préfident chargé durant les vacances d'interpofer fes bons offices auprès du Roi pour le rappel du parlement de Bordeaux au véritable lieu de fon fiege.

6 Octobre. Dimanche étant le dernier jour auquel les gendarmes , chevaux-légers , gardes de la porte réformés ont dû faire leur fervice auprès du Roi ; ils ont demandé à être préfentés à S. M. On n'a point voulu ; mais on leur a dit de fe trouver dans la galerie fur le paffage de S. M. ; ce qu'ils ont fait. Leur contenance affligée a tellement ému le monarque , que les larmes lui en font venues aux yeux & qu'il a témoigné à fes courtifans la douleur que lui caufoit un pareil fpectacle.

6 Octobre. C'eft le dimanche 23 que le comte de Brienne , commandant en chef pour le Roi dans la haute & baffe Guienne, eft arrivé à Verfailles pour y occuper la charge de fecrétaire d'état au département de la guerre ; le 24 il en a fait fes remerciements à S. M. , préfenté par l'archevêque de Touloufe , principal miniftre d'état & chef du confeil royal des finances. Le 27 il a prêté ferment.

6 Octobre. M. de Saint-Genis eft un auditeur des comptes du plus grand mérite , qui s'eft occupé à raffembler toutes les ordonnances du royaume & autres matériaux du droit public en France, depuis le commencement de la monarchie; il poffede à fond cette matiere & eft fouvent confulté par les miniftres. Tout récemment

M. de Calonne avoit voulu avoir son avis sur
la rentrée des protestants dans le royaume, sur
l'admission des juifs comme citoyens, deux points
auxquels il avoit été absolument contraire : il
l'avoit aussi consulté sur ses autres projets, &
en approuvant l'objet dans quelques parties, le
savant magistrat en avoit également blâmé la
forme , & sur-tout cette convocation des notables, le coup le plus mortel à porter au crédit,
tant intérieur qu'extérieur.

C'est ce même M. de Saint Genis que les
auditeurs ont mis à leur tête au sujet de leur
querelle avec les maîtres ; c'est lui qui a fait
les arrêtés & les mémoires & qui a déja été
cinq fois vers le garde des sceaux : mais il n'a
pu encore terminer le différend, dont l'origine
date depuis plus de deux siecles.

MM. les conseillers auditeurs, très-reconnoisf-
fants du zele qu'il a montré dans ses démarches,
quoi qu'elles fussent contraires à sa propre opinion, ont député vers lui le dimanche 9 septembre, pour lui faire les remerciements de la
compagnie : honneur inoui & sans exemple.

Quant aux correcteurs, qui ont mis plus
d'astuce dans leur conduite, quoique la cause
fût commune, ils n'ont porté leur arrêté au
garde des sceaux, que lorsqu'ils ont vu l'heu-
reuse issue de celui des auditeurs.

M. de Saint-Genis a gagné sur-tout le point
capital, par lequel les présidents & maîtres éta-
blissoient un schisme complet ; c'est le refus de
la communication des registres & du plumitif.
La défense a été levée absolument & très-promptement. Voilà où en sont les choses & où vraisemblablement elles resteront.

6 *Octobre.* Plufieurs dames du parlement, avant de quitter Troyes, ont imaginé d'y faire quelque acte de bienfaifance, & font convenues de délivrer tous les prifonniers pour dettes qui fe trouveroient alors dans les prifons. En ayant pris l'état, elles ont fait une quête chez tous les membres de la compagnie & il en a réfulté une fomme affez forte, non-feulement pour cette bonne œuvre, mais pour plufieurs autres. Le jour de la derniere affemblée, le 24, elles font venues aux chambres affemblées, ont demandé à y être introduites avec les prifonniers élargis, qui venoient témoigner leur reconnoiffance à meffieurs, en conféquence les dames ont entré; les juges les ont fait affeoir parmi elles & ont joui du fpectacle de leur bienfaifance.

7 *Octobre.* Ceux qui ont été témoins des fêtes populaires qui ont duré trois jours de fuite, affurent qu'au milieu de ce tumulte il y avoit beaucoup d'ordre, fur-tout depuis qu'un Garde-Françoife ayant tiré un coup de fufil fur un petit poliffon, fut vertement réprimandé par fon officier; les Gardes-Françoifes & Suiffes ne font plus devenus que fimples fpectateurs; on ne les laiffoit pas même entrer dans la place Dauphine, principal théâtre de cette canaille du palais. Le chevalier Dubois, à la tête du Guet, la furveilloit de plus près, mais fagement: il ne ceffoit de leur crier: « *mes enfants, amufez-vous : mais ne faites de mal à perfonne.* »

7 *Octobre.* On a beaucoup blâmé le parlement de n'avoir pas mis pour premiere condition de fon raccommodement, la libération de M. le comte de Kerfalaun. Le parlement de Bretagne n'a pas fait de même, & l'on parle d'un arrêté de la

chambre des vacations de cette cour relatif au prisonnier en question ; la commission intermédiaire, à ce qu'on ajoute, s'est aussi remuée avec chaleur, & sachant le peu de succès des démarches déja faites auprès du baron de Breteuil, a écrit une lettre au Roi directement, pour réclamer ce gentilhomme Breton.

Tout cela ne produisant pas jusqu'à présent plus d'effet, M. d'Eprémesnil a pris le parti d'écrire au président de Saint-Fargeau, qui est à la tête de la chambre des vacations : il lui observe que la détention de M. le comte de Kersalaun commençant à se prolonger outre mesure, quoiqu'il ne soit pas de la chambre des vacations, il est disposé, suivant son droit, à s'y rendre pour en faire l'objet d'une dénonciation spéciale : il l'engage en conséquence à tenter officiellement un dernier effort auprès du ministre de Paris. On assure que M. de St. Fargeau s'étant rendu aujourd'hui à Versailles avec la lettre de M. d'Eprémesnil, M. le baron de Breteuil a répondu que c'étoit une affaire faite, & que M. de Kersalaun alloit être élargi.

7 *Octobre*. Depuis quelques jours on parle fortement d'un mémoire de M. le marquis du Creft, autre que celui qui est imprimé. Il n'est encore que manuscrit ; c'est une espece de libelle contre les ministres, contre tous ceux qui ont été jusqu'à présent à la tête des finances. Il veut qu'on renvoie comme des coquins toute l'administration actuelle, & il se donne pour le seul homme capable de rétablir les choses ; mais il refuse la place de contrôleur général avec l'entrée au conseil, il veut être surintendant des finances. Ceux qui ont lu cette diatribe, la

trouvent d'une arrogance , d'une préfomption
qu'on ne peut concevoir.

7 *Octobre*. Depuis que M. Lambert eft contrôleur général , il eft queftion de recréer une
place de directeur du tréfor-royal. Cette place
fucceffivement offerte à plufieurs perfonnes eft
encore vacante , & vraifemblablement ne fera pas
remplie. Il avoit d'abord été queftion de M.
Necker , qui ne la vouloit accepter qu'avec fon
entrée au confeil : on a enfuite tâté M. de la
Borde, qui a mis des conditions fi défagréables
à M. Lambert , que celui-ci , fentant qu'il ne
feroit plus rien , n'a pu les accepter : enfin on a
fait venir d'Efpagne M. Cabarus , qui eft même
encore ici ; mais les terribles diatribes de M. le
comte de Mirabeau , le rôle de chef des agio-
teurs qu'on lui attribue , ont effrayé jufqu'à préfent le contrôleur général & le principal miniftre,
qui n'ont ofé mettre fur le chandelier un homme
auffi décrié.

Cependant M. Lambert a befoin abfolument
de quelqu'un qui le dirige dans le département
des finances auquel il n'entend rien. Le contentieux feroit fa vraie partie : il étoit bon magiftrat , il eft plein de zele : contre l'ordinaire
de fes prédéceffeurs , qui accordoient à peine
une audience en quinze jours , il a annoncé qu'il
en donneroit trois par femaine. Il n'a point de
diftraction , point de maîtreffes , point de fpectacles , point de fêtes ; c'eft au contraire , un
perfonnage auftere , entiché de janfénifme &
dont on ne peut faire un plus bel éloge que
celui de fa devife dans la fociété de Mad. Dou-
blet , dont M. de Carmontel avoit deffiné les
principaux coryphées ; on mit au bas du portrait

de M. Lambert *Vir & Civis*. Du refte, il eft entêté par caractere, il aime la contradiction & dans les affemblées prend prefque toujours l'oppofé de l'avis dominant & s'en tire avec efprit & fagacité. Toutes ces qualités malheureufement ne peuvent conftituer un bon contrôleur général.

8 *Octobre*. C'eft le 1 octobre que les fuppôts du palais renouvellant la fcene de 1774, ont brûlé M. de Calonne avec un grand appareil & dans toutes les formes juridiques. Ils exigerent d'abord une illumination générale, & lorfqu'on tardoit à fe conformer à leur ordonnance dans la place Dauphine, lieu de l'exécution, ils excitoient, à fuivre le réglement à coups de pierre. L'illumination complete, ils firent former une enceinte: on apporta les fagots, & le mannequin, au devant & au dos duquel étoit écrit le nom du coupable; après avoir lu la fentence, on le jeta au feu, & pour conferver la mémoire de ce grand événement, on a dreffé du tout procès-verbal dont voici la copie.

« Procès-verbal de l'exécution du fieur de Calonne, miniftre d'état & contrôleur général des finances.

» Lequel fieur de Calonne a été condamné par le tribunal de la nation à être brûlé & fes cendres jetées au vent.

» 1°. Pour avoir mis le défordre dans les finances, ayant ufé du tréfor royal comme du fien propre.

» 2°. Ayant diffipé les fonds du fufdit tréfor, foit en laiffant voler fes fubalternes, foit en prodiguant à fes amis des penfions & gratifications, & furprenant la religion du Roi pour les lui faire accorder ; soit enfin pour faire passer les fonds de la France à l'étranger , laissant la Reine dans la persuasion qu'elle pourroit , sans nuire à son fils , ni perdre l'amour de la nation, envoyer à son frère plus de cent millions en trois ans.

» 3°. Pour avoir été le principal moteur de l'agiotage , comme il est prouvé par la justification du sieur de Veimeranges.

» 4°. Pour avoir vendu toutes les places , comme il est prouvé par la réclamation du comte de Senef.

» 5°. Pour avoir suborné les femmes de ceux qui sollicitoient des places , & en avoir fait le prix du déshonneur.

» 6°. Pour avoir voulu mettre de la mésintelligence dans les ordres de l'état , convoqués par le Roi, en répandant des libelles qui dénonçoient au peuple la noblesse & le clergé comme ses plus cruels ennemis, ainsi qu'on le voit dans la *lettre d'un Anglois à Paris*, qui se distribuoit à toutes les portes , & se trouvoit sur la cheminée du contrôleur général les jours d'audience.

» 7°. Pour avoir fait un traité de commerce avec les Anglois, de qui il a reçu de moitié avec M. de Vergennes 3,400,000 liv.

» 8°. Pour avoir fait perdre au Roi l'amour & la confiance des François , en se mettant dans le cas , par ses dissipations , d'écraser d'impôts la nation , ou de la réduire , par la voie des parlements, à réclamer la nécessité des économies qui alterent la splendeur du trône & à combattre l'autorité royale, qui s'anéantit, lorsqu'elle passe les bornes de son pouvoir.

» Ledit sieur de Colonne a été convaincu de

tous ces crimes & les a avoués par sa fuite.
Il a été dénoncé au parlement & jugé par la
nation ; laquelle condamnation a été exécutée
dans la place Dauphine, le 1 octobre 1787, à
dix heures du soir, en présence de 4000 citoyens,
des régiments des gardes-françoises & suisses, &
de la garde de Paris. ,,

8 *Octobre.* On prétend que M. le comte de
Mirabeau, l'on ignore sous quels auspices, est
rentré dans le royaume & vient d'arriver à Paris,
où il va écrire de nouveau.

8 *Octobre.* La dénonciation prochaine & annoncée de M. d'Eprémesnil a eu en effet le plus
heureux succès en faveur de M. le comte de Kersalaun : ce dernier est sorti à midi de la Bastille ;
mais avec l'injonction de quitter Paris dans les
vingt-quatre heures & de se tenir au moins à
cinquante lieues de cette capitale. On prétend
qu'il est peu disposé à se conformer à cet exil,
au moins autant illégal que sa détention.

8 *Octobre.* Depuis quelque temps l'imprimerie
polityppe, soupçonnée de contribuer beaucoup à
l'impression de la foule des pamphlets clandestins
dont on est inondé sur les matieres d'administration & les événements du jour, est interdite une
seconde fois : elle est même grillée, & il paroît
qu'elle ne se rouvrira pas de si-tôt.

8 *Octobre.* Le cardinal de Rohan effrayé de sa
transmigration en un lieu qui, quoique plus près
de Paris, ne lui offroit pour l'arriere - saison
qu'un séjour triste, incommode & mal-sain, a
tellement fait solliciter, qu'il a reçu permission
de rester à Marmoutier.

9 *Octobre.* Hier les comédiens françois ont
joué une tragédie nouvelle ayant pour titre

Augufta , en cinq actes. Une Veftale qui a fait un enfant avant d'entrer au fervice de la déefe. Cet enfant qui , élevé en Grece , difciple de Socrate , témoin de fa mort , revient à Rome y prêcher l'unité de Dieu & eft arrêté comme un impie. Un conful qui , amoureux forcené d'*Augufta*, jaloux de l'inconnu qu'il croit fon rival , profite enfuite de la connoiffance qu'il acquiert fur lui pour déterminer *Augufta* à l'époufer, afin de fauver fon fils. . . . . Tout cela eft fi monf-trueux , fi mal agencé , fi dénué d'intérêt à un certain point , qu'au premier acte près , la piece a été fifflée prefque en totalité. Elle eft en outre fort mal écrite : on la dit du même auteur qui a donné aux Italiens , il y a quinze jours , *les Gens de lettres* comédie à grande prétention , encore plus mal accueillie , M. d'Eglantine.

9 *Octobre*. On vient d'imprimer fous le titre de *Juges & Confuls de Paris*, *année* 1787 , tout ce qui s'eft paffé d'important dans cette jurif-diction depuis la tranflation du parlement à Troyes le 15 août.

On y apprend que le 17 du même mois, les juges & confuls ordonnent par leur fentence qu'il fera furfis , pendant un mois , à la contrainte par corps.

Viennent enfuite la lettre adreffée de Troyes , le 8 feptembre , aux juges & confuls, par le pro-cureur général , en leur envoyant les lettres-patentes qui les concernent & dont on a fait mention; l'acte de publication du 10 feptembre & copie de la lettre de ces officiers en réponfe au procureur général , où ils préfentent leurs très-humbles remerciements à la cour d'avoir pris la défenfe du commerce : enfin le difcours des juges & confuls prononcé au parlement par lire Gibert, juge, le 1 octobre; la réponfe du préfident le Pelletier de Saint-Fargeau; le difcours des mêmes adreffé au premier préfident en fon hôtel, où ils le qualifient de monfeigneur; la réponfe de ce chef, remplie des marques de fa bienveillance par la jurifdiction : le difcours prononcé le 2 octobre au préfident le Pelletier de Saint-Fargeau en fon hôtel; la réponfe de ce préfident. Le même jour 2 octobre ils s'étoient rendus chez le procureur général, qu'ils ont trouvé parti pour fa terre de Fleuri.

Dès le 1 octobre les fentences des confuls ont été rendues à l'ordinaire, & le furfis d'un mois à la contrainte par corps a été fupprimé dans les fentences.

9 Octobre. Le mémoire de M. de Calonne eft enfin arrivé : dimanche l'abbé de Calonne, fon frere, en a porté aux princes, aux miniftres; mais il n'en a diftribué qu'en petite quantité, en forte qu'il eft encore fort rare. On affure que le comte d'Artois, lorfqu'il a reçu fon exemplaire, a dit à l'abbé de Calonne : « M. l'abbé, » votre frere étoit juftifié d'avance dans mon » efprit. » On ajoute que c'eft cette alteffe royale qui a bien voulu fe charger de faire lire ce mémoire au Roi. Il ne fe vend point encore, mais on s'attend à l'avoir bientôt & l'on ne doute pas qu'il ne s'en faffe en ce moment plufieurs éditions furtives dans ce royaume : il a 180 pages in-4°. dont 120 de texte, & 60 de pieces juftificatives.

9 Octobre. On trouvoit ridicule que la chambre des vacations, inftruite du peu de cas que la populace du palais avoit fait de l'ordonnance du bailli , eût attendu trois jours à rendre son arrêt contre les attroupements. On sait aujourd'hui que ce n'est que sur une lettre du lieutenant de police au président de cette chambre, qu'elle s'y est déterminée. On prétend que ces forcenés , enhardis par l'impunité , après avoir brûlé M. de Calonne & M. de Breteuil ; après avoir jeté par la fenêtre Mad. de Polignac & Mad. le Brun , avoient comploté de porter leur audace sacrilege jusqu'à brûler la Reine. M. de Crosne , instruit du complot par ses espions , a cru devoir prévenir les suites d'un attentat contre lequel les magistrats n'auroient pu s'empêcher de sévir. Dans cette lettre il n'articule point, mais il présage des délits plus graves, & messieurs croient qu'il en a dit un mot plus articulé à l'oreille de M. le Pelletier de Saint-Fargeau.

10 *Octobre.* On a envoyé de Troyes les discours imprimés de différens corps de cette ville , prononcés aux chambres assemblées le 24 septembre , dernier jour des séances du parlement. On trouve dans cette collection.

1o: Le discours de messieurs du chapitre de l'église cathédrale de Troyes ; c'est M. l'abbé Champagne, grand-chantre & chanoine de cette église, qui portoit la parole. L'orateur y célebre sur-tout les actes de bienfaisance de messieurs ; il desireroit qu'un monument public conservât la mémoire de leur sacrifice héroïque.

Le premier président dans sa réponse , plus longue que de coutume , a fait entrer l'éloge de l'évêque de Troyes, qui n'a point désemparé de la ville durant la translation du parlement , & avoit une table ouverte pour tous les magistrats.

2°. Le discours du bailliage de Troyes, prononcé par M. Paillot, chevalier, seigneur de Fraslines, lieutenant général.

3°. Discours des officiers municipaux de Troyes, par M. Huez, maire, doyen des conseillers du bailliage.

Le premier président, dans sa réponse moins courte & moins seche, adresse un compliment particulier à M. Huez & rappelle les talents & les lumieres qui l'ont distingué dans l'assemblée des notables.

4°. Le discours des eaux & forêts de Troyes, prononcé par M. de Mauroy, maître particulier.

La réponse du premier président est dans le protocole ordinaire : « La cour est fort sensible aux sentiments que lui témoignent les officiers des eaux & forêts ; elle saisira toujours avec plaisir les occasions de lui prouver sa reconnoissance. »

5°. Le discours des officiers de l'élection de Troyes, par l'organe de M. Guerard, président.

Même réponse.

6°. Le discours des officiers de la monnoie de Troyes, par l'organe de M. Vernier, premier juge-garde. Ce discours est remarquable par une phrase où l'on qualifie le traité de commerce avec les Anglois de *fatal & pernicieux traité*, qui désole les manufactures nationales.

Réponse du premier président, plus breve encore.

« La cour remercie les officiers de la mon-

noie de leur attention ; elle y eſt fort ſenſible. »

7° Diſcours des juges-conſuls de Troyes ,
par M. Aumont , juge-conſul en exercice. On
y parle de l'enrégiſtrement des lettres-patentes,
du 18 août dernier, concernant cette juriſdiction , *le ſeul acte public que les circonſtances
aient permis de faire au parlement.*

Réponſe plus haute.

« La cour eſt ſenſible à votre attention, elle
vous donnera toujours des preuves de ſon eſtime
& de ſa protection. »

8°. Le diſcours des avocats de Troyes, prononcé par Me. Truelle-Rambour, avocat.

Ce dernier diſcours, compliment & leçon tout
à la fois pour le parlement, mérite d'être excepté des autres : on en parlera plus au long.

Le premier préſident a répondu d'une manière
ſpéciale & affectueuſe : « la cour eſt ſenſible
aux ſentiments que vous lui témoignez. Elle
fera très empreſſée de ſaiſir les occaſions de
prouver à votre ordre ſon eſtime & ſa confiance.»

10 *Octobre.* Il paroît que l'Angleterre, qui
a provoqué la rupture entre la Porte & la Ruſ-
ſie, eſt décidée à prendre le parti de la premiere & à lui fournir de puiſſants ſecours ma-
ritimes. Outre l'avantage de ſe venger de celle-
ci , qui a réfuſé de renouveller avec elle un
traité de commerce très-avantageux, l'Angleterre eſpere s'emparer du commerce du Levant.
On veut que la Porte ait promis de lui céder
l'iſle de Candie.

11 *Octobre.* M. le comte de Kerſalaun rapporte que peu à près ſon entrée à la Baſtille,

le commiſſaire Chenon pere, préſidé par M.
le lieutenant de police, ſe préſenta pour rédiger ſon interrogatoire, & qu'on lui propoſa
de lever la main & de promettre de dire vérité. Ce qu'il refuſa de faire, prétendant qu'il
ne reconnoiſſoit point les commiſſions, & en
ſa qualité d'avocat avoit juré, au contraire,
de ne les pas reconnoître, comme contraires
aux loix du royaume. La ſéance ſe paſſa de la
ſorte en débats, étonnant beaucoup le lieutenant de police & le commiſſaire, s'avouant mu-
tuellement n'avoir jamais vu cela. Le lendemain ils revinrent avec un ordre du Roi per-
ſonnel à M. de Kerſalaun, qui lui ordonnoit de
prêter ſerment & de répondre à peine de déſo-
béiſſance. Alors M. de Kerſalaun ſe rendit &
fit ce qu'on exigea.

11 *Octobre*. Les avocats de Troyes dans leur
diſcours, où ils commencent par ſe dire affiliés au barreau de Paris, duquel ils émanent,
après quelques phraſes de compliment pour le
parlement, ajoutent :

« C'eſt à vous, Meſſieurs, à fixer les maximes d'après leſquelles la choſe publique eſt
maintenue & gouvernée : à nous, de nous
en pénétrer, de les appliquer aux circonſtances, de les préſenter ſans ceſſe comme la lumiere, qui doit guider les citoyens & régler
les déciſions des tribunaux.

» Dans quel jour, Meſſieurs, ne venez-vous
pas de les faire paroître ces maximes qui font
le plus ferme appui de la propriété & de la
liberté !

» Par l'abandon généreux d'une prérogative
dont vous jouiſſiez depuis plus de deux ſiecles,

par votre déclaration d'incompétence pour l'enrégiftrement de tout impôt, quel qu'il foit ,
non octroyé par la Nation, vous avez établi
fur une bafe inébranlable les droits de la propriété générale & particuliere.

» Vous avez encore affuré l'exiftence & la
tranquillité des François, en rétabliffant les principes de la liberté individuelle , en démontrant
que la feule autorité capable d'affermir le bonheur du fouverain & des peuples, eft celle de
la loi.

» Vous avez même déterminé la nature des
loix , en établiffant qu'elles doivent toujours
être dictées par l'intérêt public, & pour que
jamais elles ne lui foient contraires , vous avez
écarté le moyen arbitraire de les publier.

» Vous avez renouvellé ce principe national ,
qui fait notre fureté : *que toute loi, avant d'être*
exécutée, doit être par vous, Meffieurs, conférée
avec les maximes imprefcriptibles du droit naturel,
& avec les ordonnances conftitutives de cette mo-
narchie.

» Tels font les principes , d'après lefquels nous
dirigerons plus que jamais nos études & nos
travaux. Ces principes détermineront l'interpré-
tation que nous donnerons aux loix , foit en préfence des tribunaux , foit dans l'intérieur de nos
cabinets.

» Heureux fi par ce moyen nous contribuons
à maintenir cet efprit public, le plus fûr garant
de la grandeur des fouverains & de la félicité
des empires ! »

11 *Octobre.* Le 22 feptembre dernier, de l'avis
de M. le garde des fceaux, il a été rendu arrêté du confeil, qui fupprime comme libelles les

mémoires de M. de Kornmann & autres pièces qui en font la fuite. La fuppreffion eft fur-
tout motivée fur ce que ces ouvrages contiennent des imputations fauffes & calomnieufes contre M. le Noir : & certes, il eft bien étonnant
que le confeil ait tardé fi long-temps à rendre
juftice à ce magiftrat.

12 *Octobre*. M. d'Eprémefnil, inftruit que la
captivité de M. le comte de Kerfalaun étoit convertie en un acte d'exil non moins illégal, s'eft
tranfporté à la chambre des vacations pour dénoncer aux magiftrats ce nouveau fait d'autorité arbitraire envers un citoyen eftimable &
qui avoit bien mérité d'eux. Il paroît que cette
dénonciation n'a pas fort échauffé meffieurs. Ils
n'ont rien vu à faire d'expédient à ce fujet,
& le comte de Kerfalaun fera forcé de fubir fon
exil.

12 *Octobre*. On ne fait fi M. d'Aligre a fait
les démarches dont fa compagnie l'avoit chargé,
en faveur du parlement de Bordeaux ; mais fuivant les dernieres lettres, cette cour eft toujours
à Libourne d'une maniere fort incommode pour
elle & pour les habitants. On ajoute qu'il eft
difficile qu'elle revienne à Bordeaux, tant que
l'archevêque y fera ; que ce prélat paffe pour
avoir envoyé à fon ami l'archevêque de Touloufe les lettres-patentes de tranflation toutes
dreffées ; qu'en conféquence il follicite fortement
le fiege de Bourges vacant par la mort du Phelypeaux qui l'occupoit.

M. de Cicé eft tellement détefté, que lorfque le feu a pris à fon palais épifcopal, on
a affiché un placard contenant ces mots : *Pa-*

lais à brûler, terrein à vendre, Archevêque à pendre.

12 Octobre. On se plaint de plus en plus du pouvoir excessif donné aux intendants sur les assemblées provinciales : on veut aujourd'hui que cette tournure ait été prise par le ministre principal, afin de pouvoir dissoudre ces assemblées, dont ce qui se passe fait craindre à la cour une trop grande résistance, si on laissoit prendre à ces assemblées la consistance qu'elles pourroient acquérir à la longue.

13 Octobre. L'arrêt du conseil dont on a parlé, portant suppression de plusieurs libelles, contient des choses fort singulieres.

1°. L'on y associe le mémoire sur une question d'adultere & de séduction du sieur Kornmann, les observations du sieur Bergasse, & celles de Kornmann, ouvrages avoués, signés, produits en justice ; à un pamphlet portant vraiment tous les caracteres du libelle, qui a pour titre : *L'an 1787, précis de l'administration de la biblioteque du Roi sous monsieur le Noir.*

2o. On fait ainsi connoître authentiquement ce libelle, que peu de gens avoient vu, par la précaution de M. le Noir d'en faire acheter tous les exemplaires : on excite la curiosité de le lire & la cupidité des contrefacteurs pour en recommencer une édition.

3o. L'on y dit que S. M. auroit estimé ne pouvoir laisser subsister des écrits aussi calomnieux que *contraires aux bonnes mœurs.* Etrange qualification pour des écrits où l'on défend, au contraire, les bonnes mœurs & où l'on s'éleve avec tant de force contre la dépravation & le libertinage du siècle, qui les outrage avec impunité.

Enfin, pourquoi le conseil, qui a différé si long-temps à proscrire des mémoires connus depuis plusieurs mois, s'avise-t-il de le faire au moment où l'affaire étant pendante devant un tribunal régulier, c'est à lui à les qualifier comme ils le méritent & à en ordonner, si c'est nécessaire, la lacération & la brûlure ?

Tout cela est bien inconséquent !

13 *Octobre.* C'est M. Dizié, substitut de M. le procureur général, chargé de faire la chambre des vacations, qui en cette qualité la première fois qu'il a porté la parole, n'a manqué de célébrer le retour & le triomphe du parlement. Son discours est imprimé.

14 *Octobre.* M. Phelypeaux, patriarche, archevêque de Bourges, primat des Aquitaines, ayant laissé vacante par sa mort la charge de chancelier, commandeur des ordres du Roi, elle a été conférée à M. de Lamoignon & cet honneur, qui semble la récompense de tous les coups d'autorité qu'il a suggérés, ou auxquels il s'est prêté contre les parlements, prouve qu'il n'est pas encore sur le point d'être sacrifié, comme les magistrats s'en flattoient.

14 *Octobre.* Un M. de Tournon, auteur des *Promenades de Clarisse, ou principes de la langue françoise,* pour fournir du véhicule à son ouvrage, avoit annoncé qu'un tiers du produit des souscriptions seroit remis à la niece du grand Corneille, dont plusieurs feuilles publiques ont manifesté l'indigence. Est-ce au peu de goût pour ces promenades, ou au refroidissement de la sen-

bilité françoife, fi facile à s'émouvoir, qu'il faut attribuer la difette des foufcripteurs ? Il ne s'en eft préfenté que dix dans l'intervalle donné.

14 *Octobre.* Extrait d'une lettre de Touloufe, du 4 octobre.... Une inftitution que vous ne connoiffez pas, unique en fon genre & qui par-là mérite de vous être détaillée, c'eft la fondation des *prix de bonne conduite* en faveur des pauvres de l'hôpital général de cette ville, par M. de Refleguier, premier avocat général de notre parlement. C'eft dans de pareils lieux que cette émulation, loin d'être ridicule & injurieufe à l'humanité, eft louable & utile. En effet, depuis la fondation en 1785, Marie Fraiffe, condamnée à l'hôpital pour la vie par arrêt de la cour, du 23 juillet 1778, a mérité ce prix. Toinette Henry, devant fubir la même peine, par arrêt du 14 août 1748, & qui depuis 39 ans expioit les erreurs d'une jeuneffe aveugle, l'a obtenu en 1786 ; & cette année, c'eft la nommée Vifitation, condamnée également à un emprifonnement perpétuel, à laquelle il a été décerné.

La diftribution fe fait avec folemnité : il y a un difcours d'apparat prononcé par quelque orateur diftingué, & un prélat donne la médaille, accompagnée d'une fomme d'argent.

M. de Refleguier a obtenu des lettres de grace pour les deux premieres, qu'il leur a apportées lui-même. Elles n'ont point voulu en profiter pour recouvrer leur liberté, elles ont demandé à refter dans l'afyle qui avoit été pour elles un port de falut. Elles ont feulement quitté l'habit de pénitence, pour en revêtir un plus conforme

à leur nouvelle situation : sans doute le magistrat charitable rendra le même service à la nommée Visitation.

15 *Octobre*. Mad. la princesse de Lamballe
vient d'arriver de Londres , il y a trois ou
quatre jours , avec deux exemplaires du mémoire
de M. de Calonne, dont l'un destiné pour la
Reine.

15 *Octobre*. On a déja parlé de l'établissement
institué par M. Bralle , secrétaire ordinaire du
comte d'Artois & censeur royal , ingénieur en
chef de la généralité de Paris , connu par ses
talents en mécanique , pour accélérer les progrès
de l'art de l'horlogerie en France.

Les administrateurs ont fondu différents prix ;
ils ont été décernés cette année pour la première fois le 3 octobre ; celui d'horlogerie
consiste en une médaille gravée par M. Duvi-
vier. Le temps est représenté marchant sur
l'équateur & montrant du bout de sa faux
les heures qui y sont tracées. On y lit pour
devise , un vers de l'abbé de Lille , dans son
épître aux arts , où il dit en parlant de l'horlogerie. :

: *Le Temps a pris un corps & marche sous nos
yeux.*

Et sur le revers : *Manufacture Royale d'horlogerie.*

15 *Octobre*. M. Dupaty, qui suit avec activité la justification des roués , vient de partir
pour Rouen , où le procès est renvoyé , à recommencer par le bailliage de cette ville , &
ensuite par appel au parlement de Rouen.

16 *Octobre*. M. Mosers de Latude étoit fils
du lieutenant de roi de Sedan. Venu à Paris

en 1749 pour s'y perfectionner dans les mathématiques, aveuglé par l'espoir de faire sa fortune, il alarma Mad. de Pompadour sur le
danger qu'elle couroit d'être empoisonnée ; il
lui fit une fausse révélation d'un prétendu complot formé contr'elle, & le fait s'étant éclairci,
la favorite, pour le punir des terreurs qu'il lui
avoit inspirées mal-à-propos, le fit mettre à
la Bastille le 1 mai 1749. Dès le mois de septembre suivant, il fut transféré au donjon de
Vincennes, d'où il s'échappa d'une maniere fort
adroite & fort leste le 25 juin 1750.

Six jours après cette évasion, M. de Latude,
s'étant remis de lui-même en quelque sorte en
la puissance du Roi, fut repris & conduit à la
Bastille. La marquise de Pompadour, piquée de
ce que le prisonnier avoit eu plus de confiance
au Roi qu'à elle, le fit tenir pendant dix-huit
mois au cachot. Après ce laps de temps, M.
Berrier, dont M. de Latude exalte l'humanité
& la bienfaisance, l'en tira & lui procura une
chambre ordinaire : mais il lui déclara qu'il
ne pouvoit, tant que sa persécutrice vivroit,
lui accorder que des adoucissements.

M. de Latude, contre l'usage, avoit dans sa
chambre un autre prisonnier, nommé d'Alegre,
détenu, comme lui, par la favorite.

M. de Latude conçoit le hardi projet de s'é-
vader. On est frappé d'étonnement en lisant le
plan qu'il avoit imaginé & la maniere dont il
l'exécuta ; sans ciseaux, sans couteau, sans aucun autre instrument tranchant, sans une ai-
guillée de fil, ces deux captifs trouvent le
secret de fabriquer 1400 pieds de corde ; de
de composer deux échelles, une de bois de 25

pieds & une de 180; d'arracher plusieurs grilles
de fer dans la cheminée, & de percer en une
seule nuit un mur de plusieurs pieds d'épais-
seur, à la distance de deux ou trois toises au
plus de la sentinelle. Ils furent près de dix-huit
mois à faire tous les matériaux, à les mettre
en œuvre & à les soustraire à la connoissance,
soit du du porte-clefs, qui venoit plusieurs fois
par jour dans leur chambre, soit des officiers
qui les visitoient plusieurs fois par semaine.

Ce fut le 25 février 1756, que ces prisonniers mirent la derniere main à leur projet
par une fuite longue & pénible. Ils ne re-
cueillirent pas long-temps le fruit d'une entreprise dont l'exécution seule auroit dû leur mériter la liberté. Mad. de Pompadour craignant
d'Alegre, jeune homme de beaucoup d'esprit,
& Latude d'une imagination aussi hardie, les
fit poursuivre jusques en pays étranger. D'Alegre
fut arrêté à Bruxelles, par l'ordre même du
prince Charles, & M de Latude réclamé par
l'ambassadeur de France, au nom du Roi, auprès des Etats de Hollande; ceux-ci le laisserent
reprendre le 1 juin 1756. Ramené à la Bastille,
M. de Latude fut mis au cachot, les fers aux
pieds & aux mains, couché sur la paille, sans
couverture.

M. de Latude ne s'abandonnoit point dans
ce séjour affreux : le 14 avril 1758 & le 3
juillet suivant il fit passer au gouvernement
deux projets militaires, dont on profita, sans
lui en savoir & témoigner le moindre gré. Après
trois ans & quatre mois, graces au déborde-
ment de la riviere, il fut mis dans une chambre ordinaire. Quant à d'Alegre, il rivoit en-

core en 1777, mais fou, enragé, & est mort
à Charenton.

Le 18 avril 1764, des demoiselles à qui M.
de Latude avoit jeté par un grand vent des
paquets de papier du haut des tours de la Bastille; de leur fenêtre lui firent lire sur un grandis-
sime papier : *hier 17, est morte la marquise de
Pompadour.* Il profite de cet éveil inconsidé-
rement, & réclame en conséquence sa liberté
auprès de M. de Sartines : ce lieutenant de police veut savoir de qui il tient la nouvelle.
M. de Latude refuse généreusement de l'avouer:
alors le magistrat lui déclare qu'il n'aura sa
liberté qu'à ce prix. Dans l'excès de son déses-
poir, il écrit une lettre injurieuse à M. de
Sartines. Celui-ci furieux le fait replonger au
cachot. La nuit du 14 au 15 d'août 1764, il
fut transféré avec beaucoup de mystere & de
cruauté au donjon de Vincennes. Graces à M.
Guyonnet, lieutenant de Roi, il sortit de la
cachotiere où il étoit malade & obtint deux
heures de promenade. Le 23 novembre 1765 il
s'échappe pour la troisieme fois & est repris à
Fontainebleau le 18 décembre 1765, chez le duc
de Choiseul, dont il sollicitoit une audience &
qu'il avoit prévenu de son arrivée. On le recon-
duisit au donjon de Vincennes.

Le 5 juin 1777, M. de Latude, après avoir
coûté au Roi, suivant le compte de la police,
217000 livres, sortit par ordre de M. Amelot.
Il eut l'honneur de présenter un placet au Roi
& de lui conter ses aventures, que S. M. écouta
avec le plus grand intérêt : au bout de douze
jours, quand il alla demander la réponse, il
trouva le ministre bien refroidi ; il eut un ordre

de retourner dans sa province & le 15 juillet,
comme il étoit en route, l'exempt Marais vint
le reprendre. Il fut conduit dans la prison du
petit châtelet, où il resta au secret. Trois jours
après le commissaire Chenon vint se saisir de
tous ses papiers, & il fut transféré à Bicêtre
& jeté dans un cachot à dix pieds sous terre.
Il a toujours ignoré la cause de cette derniere
détention, & ne peut l'attribuer qu'à la crainte
qu'il n'écrivît & ne révélât tant d'horreurs.

Quoi qu'il en soit, M. de Latude a passé
six années dans ce lieu, sans voir un seul juge,
ni avoir été interrogé une fois. Le seul interrogatoire qu'il ait subi par M. le Noir est du
21 avril 1783 : il rapporte cet interrogatoire, &
il roule uniquement sur des marques de démence & de folie qu'on lui reproche ; accusation dont il fait voir la fausseté, l'absurdité,
qui d'ailleurs méritoit de l'indulgence & non un
châtiment infame. A la naissance du Dauphin,
le cardinal de Rohan, grand-aumônier, autorisé
à se faire ouvrir toutes les prisons, fit sortir
M. de Latude du cachot où il étoit, lui promit
sa liberté & ne put la lui procurer. Il la doit
au Baron de Breteuil, qui l'a fait enfin élargir
le 18 mars 1784 & lui a procuré 400 livres de
pension.

Tel est le précis d'une *histoire d'une détention
de 39 ans, dans les prisons d'état, écrite par le
prisonnier lui-même, ou des mémoires du sieur
Henri Mosers de Latude.*

16 *Octobre.* En 1756, temps où la magistrature
étoit déja tourmentée d'orages, il parut une
Lettre sur les lits de justice, datée du 18 août.
On vient de la réimprimer dans les circonstances,
avec

avec un *avis de l'éditeur*, qui répond aux *obfervations d'un avocat*, du fieur Moreau, qui
donne des lits de juftice modernes, comme *la
derniere reffource de l'autorité royale*. Il fait l'hiftoire des lits de juftice, de décembre 1756, de
1763; de décembre 1770, de 1776, &c. & il
en conclut que, loin d'être la reffource de l'autorité royale, ils en font l'écueil.

16 *Octobre. Traité du fecours que le clergé doit
au Roi, pour la défenfe & la confervation de l'état.*
Cet ouvrage, précédé d'une lettre aux notables,
en date du 15 mars 1787, doit être divifé en
trois parties. Il ne fe publie encore que la premiere, qui traite des tributs que le clergé payoit
fous les Empereurs romains, & nos Rois de la
premiere race. L'auteur en conclut feulement les
obligations que cet ordre a aux Rois de l'avoir
exempté de toutes impofitions.

Il fe propofe d'établir dans la feconde partie,
que l'églife aidoit nos Rois en paix & fur-tout
en guerre, en faifant le fervice des vaffaux;
& dans le troifieme, qu'elle contribuoit aux
charges de l'état, par des fubventions volon-
taires.

L'auteur annonce beaucoup d'érudition & une
excellente logique dans ce petit traité, qui ne
mérite pas plus de détail.

17 *Octobre.* Un écrivain adulateur du clergé,
fait la contre-partie de l'ouvrage précédent, dans
la *lettre à M. le comte de *** ou confidérations
fur le clergé.* Il examine :

1°. Si les propriétés du clergé font un bien
ou un mal pour la nation.

2°. Si les privileges font odieux, ou fi, au
contraire, ils doivent être confidérés comme

utiles à la conftitution & précieux pour les claffes mêmes de la fociété, que les privileges humilient le plus.

3°. Si ces formes particulieres ne font qu'un moyen de fouftraire au fardeau des charges communes, ou bien celui de remplir dans la plus grande rigueur leurs obligations & de procurer en même temps la plus grande profpérité du corps; fi enfin, à ce double titre, elles doivent être confervées.

L'apologifte du clergé eft par-tout pour l'affirmative dans cette difcuffion fage, méthodique, mais où l'on n'apprend rien.

Le feul fait à retenir qu'on y trouve, c'eft que, fuivant un travail fuivi par quatre affemblées, foutenu de preuves juftificatives inconteftables, les biens du clergé ne font portés qu'à environ 59 millions, fans en déduire même les réparations.

17 *Octobre.* Extrait d'une lettre de Bruxelles, du 10 octobre. Nous fommes bien tranquilles aujourd'hui fur-tout ce qui concerne nos droits, privileges & libertés, comme citoyens; mais fi le fanatifme politique eft éteint, le fanatifme religieux fubfifte. Les libelles en ce genre continuent: on prétend que tout cela fort d'un Sanhedrin de plufieurs ex-jéfuites réfugiés dans la principauté de Liege, tels que les fieurs de Feller, Dojart, du Fournais, &c. C'eft ordinairement chez ce dernier que fe tiennent les comités & que fe concertent toutes ces rapfodies, dont ils infectent le public, ou fans nom de ville & d'imprimeur, ou fous des noms empruntés.

On ne peut qu'admirer fur-tout la tolérance de l'Empereur, qui laiffe circuler dans tous les

Pays-Bas, le *Journal historique & littéraire* prétendu de l'abbé de Feller, un des principaux moyens employés pour inspirer le mécontentement & la révolte contre les opérations de S. M. I. dans cette partie de ses états.

17 *Octobre*. M. l'abbé le Sueur, ce jeune musicien d'un talent distingué, qui avoit relevé la musique de l'église de Paris & attiroit une foule prodigieuse à ses compositions d'un genre neuf & intéressant, vient d'être renvoyé pour son inconduite. Les vieux docteurs qui ne goûtoient pas toutes ces innovations, en sont enchantés ; ils esperent que cette musique absolument profane va s'éclipser, & que les sortes d'offices qu'on appelloit plaisamment *l'Opéra des Gueux*, reprendront leur gravité & n'attireront plus que les spectateurs vraiment religieux.

17 *Octobre*. M. Dupuy, l'ancien secrétaire de l'académie des belles-lettres, le chef du journal des savants, s'en est attribué la partie théologique. Le rédacteur de la gazette ecclésiastique, dans sa feuille du 11 septembre, l'attaque & le houspille d'importance au sujet de plusieurs de ses articles. Il le traite comme un ignorant dans la matiere qu'il traite.

M. Dupuy furieux a fait insérer au journal de Paris une lettre, où il porte un défi à son adversaire & le provoque à descendre dans l'arêne, devant quelque tribunal que ce soit.

Toute cette querelle est très-plaisante pour le parti neutre.

17 *Octobre*. On apprend d'Espagne que *l'abrégé de l'Histoire Ecclésiastique de M. l'abbé Racine*, dont depuis près de quarante ans les éditions se sont multipliées en France avec approbation &

privilege , malgré les libelles lancés contre cet
excellent ouvrage , vient d'être supprimé dans ce
royaume par un ordre royal.

18 Octobre. Il nous tombe sous la main un
nouvel écrit périodique étranger , qui a pour
titre : *Journal historique & politique des princi-*
paux événements du temps présent , ou esprit des
gazettes & journaux politiques de toute l'Europe.
Cet ouvrage se débite par cahier , chaque semaine , depuis le 1 janvier de cette année. Il
s'imprime chez Tutot , libraire de Liege , & est
rédigé par un ecclésiastique nommé Brosius ,
jeune Luxembourgeois , éleve de l'abbé Feller ,
ex-jesuite & rédacteur du *Journal historique &*
littéraire de Luxembourg. Il est cependant sans
privilege , sans nom d'imprimeur , ni lieu de
l'impréssion , & se répand très-librement. Il parle
beaucoup des troubles du Brabant , il prêche la
doctrine ultramontaine & contient des choses
très-fortes & très hardies contre le gouvernement
de ces provinces & les entreprises de sa majesté
impériale.

18 Octobre. Dans les mémoires de M. de Latude , l'on trouve *l'extrait du mémoire* de Me. de
Comeyras , avocat , qui paroît avoir travaillé à
la délivrance de ce prisonnier , & donne plus de
confiance à cette narration , également roma-
nesque , & dans la peinture du courage , de la
patience , de la présence d'esprit , des ressources
de la victime ; & dans celle de la cruauté , de la
barbarie , de l'acharnement de ses bourreaux.

Mais quelque chose de plus incroyable encore
c'est la constance de Mad. le Gros , la véritable
protectrice de M. de Latude , celle à qui il doit es-
sentiellement sa liberté. Elle ne le connoissoit

point , elle ignoroit & fes longues infortunes & fon exiftence. Dans le courant de juin 1781 , elle vit au coin d'une borne un paquet de papiers, déja froiffé & couvert de boue ; elle le ramaffe , elle trouve que c'étoit un mémoire de M. de Latude , adreffé au préfident de tournelle. On eft peu furpris qu'elle en ait été fortement émue ; mais qu'elle ait réfolu dès cet inftant de confacrer fa vie à lui faire rendre fa liberté , & de ne fe repofer qu'après l'avoir obtenue ; qu'elle ait perfifté trois ans entiers fans être un feul inftant ni rebutée , ni effrayée des difficultés , des dégoûts , des dangers même de toute efpece qu'elle rencontroit ; c'eft une forte d'héroïfme dont il n'exifte peut-être pas d'exemple , héroïfme , au furplus , qu'elle partage avec fon digne mari.

Ce qui l'accroît encore , c'eft que nés l'un & l'autre de parents honnêtes , mais fans fortune ; ayant pour unique moyen de vivre , ce que le mari gagne à faire des éducations , ils ont dérobé fur leur plus rigoureux néceffaire , de quoi fatisfaire aux faux-frais d'une entreprife auffi longue , auffi fatiguante & néceffairement auffi difpendieufe.

Il faut lire tous ces détails dans une addition au mémoire , qui complete cet intéreffant ouvrage.

18 *Octobre.* Les comédiens italiens pourroient changer la devife de leur théâtre & y mettre plus juftement *uno avulfo non deficit alter.* Il eft vrai qu'il ne faudroit pas aller plus loin , & ajouter *aureus,* car leurs pieces ne méritent rien moins que cette épithete. A plufieurs qui viennent de difparoître , lundi a fuccédé la pre-

miere repréſentation de *Céleſtine* , comédie en
trois actes , en proſe & ariettes. Les paroles ſont
de M. Magnito, & la muſique de M. Bruni.

Au titre il auroit été difficile de juger de quoi
il s'agit. C'eſt un drame héroïque , ſous le nom
de comédie ; il y eſt queſtion de guerre , de
camp, de croiſades , & il arrive preſque mort
d'homme. C'eſt un épiſode tiré d'un roman de
M. Cazotti , intitulé *Olivier* , ou plutôt de l'anecdote du *Payſan généreux* de M. d'Arnaud , qu'on
dit charmant & dont la piece engendrée n'eſt
pas telle , il s'en faut de beaucoup. Quoiqu'on
ait demandé les auteurs à la fin , on ne peut la
regarder , à peu près , comme tombée , ou du
moins comme très-digne d'une chûte.

La muſique n'a point aſſez de caractere & d'excellence pour faire valoir le poëme.

18 *Octobre*. On n'a pas grande idée des reſ-
ſources en finances du miniſtre principal & du
contrôleur général , d'après l'emprunt de douze
millions qu'ils viennent d'ouvrir , rembourſable
en un an par voie de loterie , & dont les nouveaux hôpitaux à conſtruire ſont le prétexte.

Ces douze millions ſeront rendus en totalité
au public en lots , dont pour l'amorcer , le
premier eſt de 400,000 livres ; le ſecond de
200,000 livres , le troiſieme de 100,000 livres , &c.

On retiendra un dixieme ſeulement ſur ces
lots , ſoit pour le rembourſement des frais de
bureau , ſoit pour les dépenſes , objet prétendu
de l'emprunt , & l'on eſpere que les porteurs de
billets perdants, aux dépens deſquels les lots des
autres y gagnent , & cette ſomme de 1,200,000
de bénéfice ſera prélevée , en ſeront moins fâ-

chés , en voyant qu'ils contribueront à une bonne œuvre.

Les billets font de 240 livres & pourront être coupés en demi-billet & quart de billet.

Le tirage aura lieu au mois d'août 1788.

19 *Octobre*. Depuis long-temps on parloit d'un arrêt du confeil relatif à celui du parlement rendu , les chambres affemblées , le 10 août , concernant le procès à faire du fieur de Ca-lonne ; l'autre a été rendu dès le 14 août fuivant & n'eft imprimé que depuis peu ; il porte :

« Le Roi étant informé que , par arrêt rendu toutes les chambres affemblées , le parlement de Paris a ordonné qu'à la requête du procureur général de S. M. il feroit informé des abus commis dans l'adminiftration des finances par le fieur de Calonne, S. M. a reconnu qu'au lieu d'ordonner une inftruction juridique fur des faits qui ne peuvent en être fufceptibles qu'au-tant qu'elle auroit cru devoir donner à ce fujet des ordres exprès , c'étoit à elle-même que fon parlement auroit dû dénoncer ces faits , & attendre qu'elle lui eût fait connoître fa vo-lonté ; que les officiers de fon parlement favent que fa majefté a été dans tous les temps difpofée à leur permettre de lui faire connoître la vérité ; mais qu'ils ne peuvent ignorer que dans les objets qui tiennent immédiatement à fon ad-miniftration , c'eft à elle feule qu'il appartient de déterminer dans quelle forme il convient de la conftater ; qu'en conféquence S. M. ne peut fe difpenfer d'arrêter des pourfuites qui ne pour-roient que nuire dans l'effet des mefures qu'elle a prifes elle-même dans fa fageffe , pour véri-

E 4

fier des faits dont son parlement a ordonné
qu'il seroit informé. En conséquence le Roi
évoque à lui & à sa personne la connoissance
de tous les faits énoncés en l'arrêt. Imposant,
quant à présent & jusqu'à ce qu'il en ait été
autrement par S. M. ordonné, silence sur lesdits
faits, tant à son procureur général, qu'aux
officiers de son parlement. Fait S. M. défense
à son procureur général d'exécuter ledit arrêt,
& aux officiers de son parlement de lui donner
suite en quelque manière que ce soit; ordonne
que les informations, &c. si aucune y a, seront
apportées du greffe du parlement & remises à
S. M., pour en être pris connoissance par elle
ou par telles personnes qu'elle chargera de l'exécution de ses ordres, & ensuite être, s'il y a
lieu, lesdites informations rétablies audit greffe,
quand il sera ainsi par elle ordonné. »

Cet arrêt a dû être signifié du très-exprès
commandement de S. M. tant à son procureur
général, qu'aux officiers de son parlement, en la
personne du greffier en chef.

19 *Octobre.* C'est le 3. octobre que M. Dizié a
prononcé son compliment très-emphatique & de
beaucoup trop long, en ce qu'il ne contient
guere que des lieux communs : le seul passage
remarquable est celui contenant l'éloge du président actuel de la chambre des vacations, M.
le Pelletier de Saint-Fargeau. Il s'écrie dans son
enthousiasme & sentant la foiblesse de son éloquence :

« Que n'avons-nous du moins une partie de
l'éloquence qui a été tant applaudie, lorsque le
magistrat qui préside cette audience, étoit chargé
du ministere de la parole ! dès son entrée dans

la magiftrature, il a, tant au châtelet qu'en la cour, déployé avec le plus grand fuccès toutes les reffources de cet art : fidele héritier de fes peres, il foutient avec la plus grande diftinction un nom cher à la magiftrature & révéré dans le confeil des Rois; & dans les places plus éminentes où pourront l'élever encore fa haute naiffance & fes talents perfonnels, il fera toujours dévancé par fon mérite & par la voix publique, & n'y portera que l'avantage d'être plus utile & plus connu. Uniffant la modeftie à l'amour de l'étude, & la fermeté de l'homme inftruit au zele du magiftrat vertueux, *vous l'avez entendu déployer dans vos dernieres délibérations toute l'énergie d'un patriote François*; & plein de vénération pour la mémoire des *Pithou*, fes ancêtres, auffi célebres par leur fcience que par leurs vertus, pendant fon féjour à Troyes un pieux refpect l'a conduit près des lieux où repofent ces grands hommes, dont les manes fatisfaits ont reconnu dans leur digne rejeton, les mêmes vertus & le même génie qui leur concilierent l'amour de leurs contemporains & les hommages de la poftérité. »

20 *Octobre.* L'ouvrage intitulé *Œuvres pofthumes de M. Turgot*, ne contient que fon *Mémoire fur les Municipalités*. Il eft adreffé au Roi: on prétend qu'à la mort de ce miniftre, il a été trouvé parmi fes papiers. Il eft fort long & très-développé. C'eft tout au moins le rêve d'un homme de bien.

On y a joint *Lettre adreffée à M. le Comte de M*** par M.... fur le plan de M. Turgot.* L'auteur juge ce plan d'un penfeur, ami de l'humanité, d'un homme éclairé par la réflexion.

E 5

& par les leçons de l'expérience ; cependant il y trouve plufieurs défauts.

Viennent enfuite les *Obfervations d'un Ré- publicain* fur les différents fyftêmes d'adminiftra- tions provinciales, particuliérement fur ceux de MM. Turgot & Necker, & fur le bien qu'on en peut efpérer dans les gouvernements monarchi- ques.

Le prétendu républicain, qu'on croit être le marquis de Condorcet, difcute d'abord le mé- moire de M. Necker, & il prouve que même dans fon mémoire des adminiftrations provin- ciales bien loin d'être avocat de la démocratie, comme on le lui a reproché ; au contraire, il n'eft que l'avocat de l'autorité abfolue. Pour celui de M. Turgot, il en loue fort l'intro- duction ; mais il trouve fon confeil d'inftruction nationale minutieux & impraticable dans une monarchie. Quant à fon plan de municipalité, il le juge injufte & défectueux dans fa double bafe. Suivant le critique, il ne rémédie à rien, ne corrige rien, &, en rendant le peuple un peu moins malheureux, il le laiffe toujours dans l'efclavage.

Le but ultérieur de ces obfervations eft de faire voir qu'en établiffant les adminiftrations provinciales, les peuples, dans les monarchies, n'en recouvreront pas d'avantage leurs droits pri- mitifs, que conféquemment ils n'en feront guera mieux gouvernés ni plus heureux ; de montrer enfin comment les états-généraux devroient être conftitués pour remplir leur objet.

Ces obfervations écrites avec beaucoup de force & de chaleur, contiennent de grandes vérités & ne diffimulent aucun des vrais principes que les écrivains les plus patriotes jufques ici n'ont préfentés qu'ambigument & en les altérant par foibleffe ou par trop de circonfpection.

20 *Octobre*. Ceux qui épluchent la nouvelle adminiftration, fe plaignent non-feulement qu'elle ne fait plus parler le Roi avec la dignité convenable, mais qu'elle montre par-tout une pufilanimité, une mal-adreffe, qui, dans la circonftance critique où fe trouve l'Europe, peuvent devenir très-funeftes, en encourageant nos rivaux dans leurs agreffions hoftiles. Par exemple, dans le réglement concernant l'école royale militaire il eft dit.... *S. M. forcée par des befoins impérieux à rechercher fcrupuleufement tout ce qui peut tendre au foulagement de fes peuples ...* & dans celui pour un confeil d'adminiftration du département de la guerre ... on ajoute ... *pour faire trouver à S. M. les moyens de donner à fon armée la confiftance, la force réelle & l'activité qui lui manquent ...* De la forte on fait d'une part convenir le Monarque de la détreffe de fes finances, & de l'autre du trifte état de fes troupes. Peut-on mieux s'y prendre pour encourager les nations étrangeres à nous braver & à fe porter, fans nous craindre, à toutes les entreprifes qu'elles voudront ?

20 *Octobre. Le Réglement fait par le Roi concernant l'Ecole Royale Militaire*, eft du 9 octobre. On fait que cette école fondée par Louis XV a déja fubi une deftruction, au commencement du regne ; c'eft-à-dire, qu'on avoit diftribué dans des colleges fitués en différentes provinces, les éleves : depuis une partie eft revenue à Paris, & cet établiffement confacré au luxe & à la magnificence, fubfiftoit dans tout fon état difpen-

dieux. Entre les projets de réforme dont on s'occupe, on en a formé un, par la suppression absolue de l'école militaire de cette capitale, de renvoyer tous les éleves dans les écoles de province.

On prétend trouver dans cette amélioration le moyen, 1°. d'augmenter le nombre des éleves dès cet instant jusques au nombre de 700. 2°. D'assurer pour l'avenir une augmentation encore plus sensible. 3°. D'économiser une somme d'environ 1,200,000 livres, qu'on emploiera à des objets intéressant le militaire, auquel le trésor royal satisfait aujourd'hui & dont il se trouvera déchargé.

Enfin ces bâtiments sont donnés à la ville pour en faire un hôpital, ou y substituer quelqu'autre établissement déja existant, & sur le terrein desquels un des quatre nouveaux hôpitaux pourroit être plus avantageusement placé.

20 *Octobre*. Le réglement fait par le Roi, portant établissement d'un conseil d'administration du département de la guerre, sous le titre de *Conseil de Guerre*, est du 9 octobre & fort long. Il est composé de 28 articles & mérite plus de détail.

21 *Octobre*. Un philosophe vient d'écrire une *Lettre à l'Empereur*, sur l'atrocité des supplices qu'il a substitués comme adoucissement à la peine de mort. Son but est de peindre les malheureux, auxquels on fait grace de la vie, comme plus punis que si on la leur ôtoit. Il en trace un tableau qui fait frémir. Son résultat est qu'il faut chercher dans la punition, non ce qui tourmente le coupable, mais ce qui peut le rendre meilleur. Il y a dans cet écrit, que certaines

gens attribuent au comte de Mirabeau, un coloris fier, bien digne de lui. Ce n'eft cependant pas parfaitement fon ftyle : d'ailleurs il a promis de mettre fon nom à tout ce qu'il écriroit dorénavant.

21 *Octobre*. En convenant dans le nouveau réglement concernant le *Confeil de la Guerre*, que les divers changements opérés dans ce département depuis l'avénement du Roi au trône, ont intimement amélioré la conftitution, la difcipline & l'inftruction des troupes ; on trouve qu'il refte beaucoup de points importants qui ont encore befoin d'être perfectionnés, beaucoup d'abus qui font fufceptibles de réforme, beaucoup d'objets de dépenfe ou de comptabilité qui peuvent être réduits ou éclairés : d'ailleurs le fyftême politique des autres grandes puiffances militaires de l'Europe étant maintenant de tenir leurs armées toujours prêtes à entrer en action, il eft néceffaire pour la dignité de la couronne, ainfi que pour l'honneur de la nation, que la France mette fes forces fur le même pied.

On le doit d'autant mieux que la nouvelle difpofition, bien loin de former une augmentation de charges pour les peuples, fe fera feulement aux dépens des abus, & deviendra une économie.

Mais pour parvenir à un double réfultat auffi important & auffi avantageux, il ne fuffit pas du zele & du travail d'un feul homme ; il faut appeller autour du chef du département de la guerre les idées & les fecours de plufieurs militaires éclairés : de-là la néceffité d'un confeil.

Un confeil feul peut créer un plan, faire dé-

bons réglements & fur-tout en maintenir l'exécution, mettre de la fuite dans les projets, de
l'économie dans les dépenfes, de l'ordre dans la
comptabilité, empêcher la fluctuation continuelle
des principes, oppofer une digue aux prétentions & aux demandes de la faveur, & enfin
donner une confiftance & une bafe au département de la guerre.

Tels font les motifs qui ont determiné la
formation du confeil de la guerre. Voici maintenant ce dont il s'occupera.

Le confeil de la guerre fera chargé de la
confection & du maintien de toutes les ordonnances, de la connoiffance & de la difcuffion
de l'emploi, ainfi que de la comptabilité de
tous les fonds affectés au département, de la
contractation de tous les marchés, de la furveillance de toutes les fournitures ayant rapport
aux troupes, du maintien de l'obfervation des
principes & des regles que S. M. va établir pour
la difpenfation des emplois & de toutes les graces
militaires : enfin il furveillera le fecrétaire d'état
de la guerre même & inftruira le Roi, s'il
s'étoit écarté des regles & des principes fixés.

S. M. attribue encore au confeil de guerre la
connoiffance & l'examen de toutes les affaires de
difcipline militaire & de contravention aux ordonnances; la propofition des punitions à décer-
ner, quand elles n'auront pas été déterminées;
la difcuffion de toutes les améliorations; l'examen de tous les ouvrages militaires; la vifite des
troupes, des garnifons, des camps d'inftruction,
des places de guerre, des hôpitaux, des établif-
femens des vivres & autres militaires de tout
genre.

Enfin le confeil eft autorifé d'envoyer, quand il le jugera à propos, avec la permiffion du Roi, tout officier qu'il voudra choifir pour voyager dans les pays étrangers, en connoître les armées, obferver leurs méthodes, leurs principes, les comparer aux nôtres, & lui rapporter fes connoiffances.

21 *Octobre*. On trouve dans le théâtre de *Goldoni* une comédie ayant pour titre *il Moliere* : elle eft en cinq actes & en vers. Cette piece, où l'auteur italien a cherché à raffembler les principaux traits de la vie de *Moliere*, fait plus d'honneur à fon cœur qu'à fon efprit. On voit que le poëte y eft plein du plus profond refpect pour fon maître. Il y regne cependant un naturel très-louable & qui forme le caractere diftinctif de M. Goldoni.

La piece de *Moliere*, déja traduite en françois en 1776, vient d'être ajuftée pour le théâtre national, par M...., mais réduite de cinq actes à quatre. Elle a été jouée hier pour la premiere fois fous le titre de la *Maifon de Moliere*, ou *la journée du Tartufe*, & n'a nullement réuffi. Madame Bellecour feule a intéreffé & amufé dans le rôle de la Servante de Moliere, qu'elle a rendu avec une vérité unique.

21 *Octobre*. On juge que l'interdiction de l'imprimerie polytype a les fuites les plus funeftes pour les fieurs Hoffmann, les propriétaires : on vient de mettre le fcellé fur leurs atteliers, magafins, meubles & papiers, & cela d'ordonnance.

22 *Octobre*. Le nouveau confeil de la guerre fera compofé de huit officiers généraux & d'un officier général ou fupérieur, qui fera les fonctions

de rapporteur & de rédacteur, fous la direction
immédiate du préfident du conſeil.

La préſidence ſera invariablement attachée à la
charge de ſecrétaire d'état du département de
la guerre, de quelque état & de quelque grade
qu'il puiſſe être. Il doit être regardé comme
l'organe & le repréſentant du Roi dans le conſeil.

Au moins la moitié des membres du conſeil
feront lieutenants généraux.

Un des huit officiers généraux ſera tiré du
corps du génie & un de l'artillerie; les autres
feront choiſis de maniere qu'ils n'aient pas tous
ſervi dans la même armée.

Le Roi nommera ſeul cette fois les officiers
généraux du conſeil de guerre; mais en cas
de vacance, elle autoriſe ce conſeil à lui pro-
poſer trois ſujets, entre leſquels elle choiſira.

Les fonctions de membre du conſeil de la
guerre ne ſeront incompatibles avec aucune
autre maniere d'être employé.

Il ne ſera en exercice que depuis le 1 novembre juſqu'au 1 mai, à moins de circonſtances particulieres.

Tout le travail du conſeil ſera exécuté par
deux ſecrétaires, ſauf au rapporteur dudit conſeil, en cas de travaux multipliés & preſſants,
de ſe pourvoir paſſagérement de copiſtes.

Le ſecrétaire d'état de la guerre conſervera
excluſivement dans ſa main toute la partie active
& exécutive de l'adminiſtration, & ainſi par con-
ſéquent le travail avec le Roi & avec le principal
miniſtre, les rapports à faire aux conſeils actuels
ou autres, la direction & la diſpoſition de
toutes les meſures relatives à la guerre, la correc-

pondance avec les généraux , commandants des provinces, &c.

Il conservera pareillement la proposition à tous les emplois & à toutes les graces du département.

22 *Octobre.* Extrait d'une lettre de Lyon , du 14 octobre.....Le directeur de notre spectacle a profité du séjour du sieur Molé & de la Dlle. Contat dans notre ville , pour , conjointement avec les maîtres-gardes fabricants, les engager à faire servir leurs talents à une œuvre de charité. Ils y ont consenti de la meilleure grace du monde. En conséquence ils ont donné au profit des pauvres de nos manufactures une représentation qui a rendu 3600 livres.

22 *Octobre.* Un nouvel adversaire des fermiers généraux s'éleve contr'eux & les maltraite fort dans un ouvrage intitulé : *les Droits de la Cour des Aides sur les Impôts en général.* Titre tout-à-fait mal rempli , puisqu'il n'y est question en rien de la cour des aides. Du reste , l'auteur avant de faire la satire des percepteurs , commence par l'apologie de l'impôt en lui-même , que de toutes les impositions il trouve être la moins à charge au peuple. Rien de neuf dans ce pamphlet.

23 *Octobre.* M. le comte de Sanois, qui ne lâche pas volontiers prise & qui a constamment à cœur de prouver son innocence jusqu'à la démonstration ; malgré la transaction par laquelle le fond de sa malheureuse affaire s'est terminé, vient d'imprimer encore & de répandre : *Compte des recettes & des dépenses de l'Administration du comte de Sanois, ancien Aide-Major des Gardes françoises, depuis le 1 Décembre 1761 , jusqu'au premier avril 1785 , &c.*

Comme une semblable piece, absolument in-
différente & très-ennuyeuse pour le public,
couroit risque de n'être lue de personne, l'auteur l'a semée de notes virulentes, dont il auroit sans doute mieux fait de ne pas se permettre quelques-unes, mais pardonnables à un
malheureux si profondément blessé, ulcéré & par
des personnes aussi cheres.

Ce qu'il y a de plus curieux dans ce recueil,
c'est la réunion des nombreux articles concernant le comte de Sanois, extraits des différents
papiers publics. Cette comparaison peut amuser,
instruire même, ainsi que celle des commérag-
ges de société, occasionnés par les préjugés, les
affections, la maniere de voir différente de
chacune : ce sont enfin quantité de lettres du
comte de Sanois parfaitement bien écrites, semblant découler de source, & dans lesquelles, en
traitant souvent les mêmes objets, il ne cesse
d'attacher par la sensibilité, par l'onction qu'il
y répand ; il semble toujours varié, toujours
neuf.

23 *Octobre*. L'arrêté du parlement de Bretagne
en vacations, dont on a parlé, est du 17 septembre & peu connu ; il mérite de l'être ; il
porte :

« La cour, instruite d'un coup d'autorité qui
a été exercé dans la personne du sieur de Kersalaun, gentilhomme Breton, lequel a été arrêté
& conduit à la Bastille le 15 de ce mois, en vertu
d'ordres du Roi.

» Considérant qu'un pareil acte de pouvoir
absolu est effrayant pour tous les sujets du Roi
qui peuvent, à tout moment, se voir privés de
leur liberté sur de simples soupçons.

» Qu'un emprisonnement illégal ne peut jamais compromettre l'honneur d'un citoyen; mais que la perte de la liberté étant une peine réelle, il est de la justice du seigneur Roi, ou de faire élargir dès-à-présent ledit sieur de Kersalaun, ou d'éclaircir légalement les faits qui donnent lieu à sa détention : que cette affaire ne peut être portée que dans un tribunal compétent & avoué de la nation.

» Qu'une commission du conseil ne sauroit, dans aucun cas, remplacer le tribunal de la loi; mais que dans l'affaire dont il s'agit, le sieur de Kersalaun auroit sur-tout à craindre que les mêmes personnes qui ont fait soupçonner sa conduite n'eussent encore le crédit de lui faire nommer des juges; qu'alors sa situation deviendroit d'autant plus fâcheuse, qu'il se verroit exposé à augmenter le nombre de ces accusés innocents, qui devoient être absous par la justice, & qui ont été condamnés par des commissaires.

» Par toutes ces considérations, la cour a arrêté d'écrire au seigneur Roi, à l'effet de supplier très-instamment S. M. de faire élargir, dès-à-présent, ledit sieur de Kersalaun, ou de le renvoyer pardevant un tribunal compétent, pour son procès lui être instruit & jugé conformément aux loix du royaume. »

23 *Octobre.* Il paroît qu'il s'éleve un procès entre l'auteur des *Lunes* & la dame l'Esclapart, au sujet de cet ouvrage périodique. Plusieurs souscripteurs se plaignent qu'on n'ait pas satisfait aux conditions, & d'avoir inutilement réclamé des volumes qui leur manquoient. Le *Cousin*

Jacques promet un mémoire sur cette contesta-
tion, maintenant en justice réglée.

23 *Octobre.* M. le comte de Kersalaun, après
avoir lutté long-temps contre sa lettre d'exil,
est parti enfin, il y a quelques jours, pour la
Bretagne. Depuis sa sortie de la Bastille il s'est
tenu presque toujours à Versailles. Ce qui rend
M. le Baron de Breteuil plus dur à l'égard du
comte de Kersalaun, c'est, à ce qu'on assure,
une lettre de madame d'Eprémesnil, dont il
étoit porteur, & où elle s'expliquoit d'une maniere très-offensante sur le compte du ministre;
dans son premier mouvement, il vouloit même
faire arrêter cette dame; mais la réflexion l'a
rendu plus généreux.

24 *Octobre.* Extrait d'une lettre de Grenoble,
du 12 octobre..... Notre parlement n'est pas
plus content que celui de Bordeaux de ce qui
se passe à l'occasion des assemblées provinciales
de cette province. En procédant à l'enrégistrement de l'édit du mois de juillet dernier, il
avoit supplié le Roi de lui adresser incessamment
les réglements énoncés en l'article 6 dudit édit,
concernant la composition, la police, l'organisation & les fonctions de ces assemblées.

Quoique ces réglements dussent, suivant
l'arrêt d'enrégistrement, faire partie de l'édit,
l'intendant a fait imprimer, publier & afficher
ceux qui ont pour objet *la formation de la composition des Assemblées*, sans qu'on ait donné
connoissance de ceux qui concernent *leur police*,
leur organisation & leurs fonctions.

Cet exemple nouveau & bizarre de deux parties intégrantes & indivisibles de la même loi,
dont l'une est exécutée ensuite d'une vérification

légale, reconnue nécessaire, & l'autre de l'autorité d'un commissaire du conseil, a scandalisé le parlement.

Le 6 de ce mois, *la chambre ordonnée en temps de vacations*, (ce sont les expressions de style) après avoir mandé les gens du Roi, a arrêté qu'il en sera référé au parlement séant ; & cependant par provision, & sous le bon plaisir du Roi, a sursis l'exécution dudit réglement ; fait défenses aux communautés de la province, & à toutes personnes, de le mettre à exécution, à peine d'être poursuivies extraordinairement ; ordonne que le présent arrêt sera imprimé, publié & affiché en cette ville, & par-tout où besoin sera ; & qu'à la diligence du procureur général du Roi, il sera envoyé auxdites communautés pour y être pareillement publié & affiché.

24 *Octobre*. L'*Indiscrette*, comédie nouvelle en deux actes & en prose, jouée hier aux Italiens, ne mérite aucune notice. On n'en fera mention ici que pour grossir le long catalogue des chûtes à ce théâtre.

25 *Octobre*. Le gouvernement ayant égard aux réclamations de la province de Hainaut qui, au lieu d'assemblée provinciale, desire le rétablissement de ses états anciens, d'après l'assemblée consultative tenue à cet effet, a décidé d'acquiescer au vœu de la province, & le duc de Croy, avec les vingt-trois autres membres de la premiere assemblée, ont été autorisés à se réunir le 3 de ce mois, pour procéder à la discussion des points à déterminer encore sur la constitution de ces nouveaux états.

25 *Octobre*. Extrait d'une lettre de Rouen, du

23 octobre . . . . Notre parlement eſt. très-mécontent de celui de Paris: l'on ne ſait point encore quel parti il prendra, ni ce qu'il fera ſur
les objets de la querelle générale. Il eſt en vacances. En attendant il ſe tient des comités dans
les terres, où pluſieurs de meſſieurs ſe raſſem-
blent; & comme M. de Miromeſnil, l'ancien
garde des ſceaux, eſt aux environs, on le con-
ſulte, on en prend des renſeignements; car en
changeant de rôle, il a changé de façon de
penſer apparente & ſemble aujourd'hui zélé patriote. Les manufactures de cette province ſont
à bas : on rencontre ſur la route de Dieppe des
voitures de coton que les Anglois tirent de
chez nous pour les manufacturer & nous les
revendre : on ne recherche plus que les étoffes
angloiſes, que les meubles & uſtenſiles de fabrique angloiſe... On deſire la guerre ici pour
ſortir de ces entraves; il faut qu'elles ſoient
fortes, & l'on maudit la mémoire du comte de
Vergennes, auteur du traité de commerce avec
nos rivaux, dont il auroit dû ſe défier davantage, comme infiniment plus experts que nous
en cette partie.

25 octobre. Le mémoire de M. de Calonne
eſt en forme de *Requête au Roi.* Il eſt diviſé
en cinq paragraphes, où il répond aux cinq
chefs d'accuſation portés dans l'arrêt qui ordonne
une information contre lui. Quoique le miniſtre
principal y ſoit très-mal-traité & en ait été très-
affecté, il a déclaré qu'il ne s'oppoſoit point à ſa
publicité : en conſéquence les contre-façons en
ont été faites aſſez ouvertement & il eſt devenu
commun bientôt : au moyen de ce parti très-
ſage qu'a pris l'archevêque de Touloufe, la fer-

mentation occasionnée par cet écrit se rallentie beaucoup & l'on ne tardera pas à le mettre en oubli. Il est parfaitement bien écrit ; il y a des endroits qui se font lire avec intérêt ; mais il y en a beaucoup d'arides & d'ennuyeux.

On assure que le Roi, après avoir lu ce mémoire, a dit : *il me ment par écrit, tout autant qu'il me mentoit de vive voix.* En effet on y trouve des mensonges palpables pour les gens les moins instruits des faits.

26 *Octobre.* Conformément à ce que le Roi avoit assuré à l'assemblée des notables, on a porté aussi des vues de réforme & d'économie sur les pensions. Il paroît qu'on n'en supprime point, mais qu'on exige de tous ceux qui en jouissent, une contribution dans une proportion relative à la quotité des graces & aux plus grands besoins présumés de ceux auxquels elles avoient été accordées. Au reste cette retenue n'est que pour cinq ans, & au bout de ce terme sa majesté espere pouvoir se livrer à toute sa générosité.

Toutes les pensions au dessous de 2400 liv. seront assujetties aux mêmes retenues ordonnées par arrêt du conseil du 29 janvier 1770.

Celles de 2400 livres & au dessus jusqu'à 8000 liv. seront assujetties à la retenue de trois dixiemes.

Celles de 8000 liv. jusqu'à 20000 liv. à la retenue de trois dixiemes & demi.

Enfin les pensions de vingt mille livres & au dessus, à quelques sommes qu'elles montent, à la retenue de quatre dixiemes.

Tout cela se voit dans un arrêt du conseil fort long, en date du 13 octobre.

26 *Octobre.* Bien de gens prétendent que
M. Suard a prêté fa plume à M. le Noir dans
l'affaire de M. Kornmann avec fa femme. C'est
ce qui a donné lieu à la facétie fuivante :

*Monologue de M. suard , qui délibere fur le
parti à prendre entre M. le Noir & M. Kornmann.*

　　　Je vois en y réfléchiffant,
　　　Que le cas eft embarraffant,
　　　Il faut bien , quand on fe reffemble,
　　　Dit la chanfon , qu'on fe raffemble.
　　　Oui , Guillaume eft bien malheureux.
C'eft grand dommage. Il eft fi bon confrere !
Je devrois le fervir. . . . . Hélas ! mais comment faire?
　　　Le Noir pour moi fut généreux ;
　　　Je lui dois mes bonnes pratiques ,
　　　L'efpionnage des journaux ,
　　　Des boulevards , des opéra nouveaux ;
　　　Et les honneurs académiques ,
　　　Et l'aifance de ma maifon.
　　　Sera-ce donc en vain que j'examine?
　　　Oh ! non... Le Noir aura raifon ;
　　　Moliere ainfi le détermine :
　　　Le véritable amphitrion
　　　Eft l'amphitrion où l'on dîne.

　26 *Octobre.* L'abbé de Calonne , après avoir vu
l'explofion qu'a caufée ici fon mémoire , eft
reparti , il y a quelques jours , pour retourner à
Londres , y rendre compte à fon frere de l'événement. On attend encore d'autres écrits de cet
　　　　　　　　　　　　　　　　　　ex-contrôleur

ex-contrôleur général , fur-tout une réponfe à M. Necker.

26 Octobre. L'arrêté de la cour de parlement, aides & finances de Dauphiné, en date du 6 octobre, eft parvenu ici imprimé. Il reproche au nouveau réglement , arrêté au confeil du Roi le 4 feptembre dernier , fur la formation & la compofition des affemblées qui auront lieu dans la province de Dauphiné , d'offrir une longue fuite de difpofitions compliquées , impoffibles dans leur exécution , contraires à l'arrêt d'enrégiftrement , deftructives du droit public de la province , oppofées au but qu'on fe propofe , & alarmantes par l'excès de dépenfes qu'entraîneroit cette nouvelle forme d'adminiftration.

Le parlement obferve en outre beaucoup de contradictions dans les difpofitions mêmes , & les difcute les unes après les autres , de manière à prouver la légéreté avec laquelle le réglement a été fait.

Enfin la nouvelle forme d'adminiftration met en activité plus de onze mille perfonnes , & en n'accordant des vacations , fur le pied le plus modéré , qu'à celles qui ont des fonctions habituelles & journalieres & à celles qui font obligées de fe déplacer , la dépenfe s'éleveroit au-delà de 400000 liv. : ce qui rendroit le bienfait de S. M. illufoire envers les habitants de la province , & ajouteroit au contraire , à leur mifere par une charge auffi énorme.

27 Octobre. Extrait d'une lettre de Compiegne , du 20 octobre.... Le trait du cerf eft très-vrai... C'eft vers les derniers jours de feptembre que M. le duc de Bourbon chaffoit dans notre forêt.

Un cerf, pourfuivi par les chiens, trouva fur fon paffage une jeune fille : il la prend fur fon bois, fans lui faire de mal & l'emporte. L'enfant jette des cris perçants. Le cerf, après l'avoir portée à la diftance de cinquante toifes, la dépofe doucement à terre, & refte à côté d'elle pour la défendre contre les chiens. Le prince arrive : témoin d'un fpectacle auffi attendriffant, il fait arrêter les chiens prêts à fe jeter fur l'animal, & récompenfe le cerf, en lui rendant ce qu'il pouvoit lui donner de plus précieux, la liberté

Il eft fâcheux qu'on n'ait pas pu trouver un moyen pour s'emparer du cerf, fans lui faire de mal, & lui mettre un collier, qui le rendît à jamais facré pour tous les chaffeurs.

27 *Octobre.* Suivant une lettre de M. Blanchard, penfionnaire du Roi, en date du 9 octobre, il a fait fa vingt-fixieme afcenfion à Strasbourg, le 26 août, & fa vingt-feptieme à Leipfick, le 29 feptembre. La première n'offre rien de nouveau ; elle confirme feulement l'excellence de fon parachûte : dans la feconde, il fit plufieurs évolutions à volonté.

Cet aéronaute infatigable eft actuellement à Nuremberg.

27 *Octobre.* Les colporteurs annoncent un ouvrage pofthume de *Boulanger*, ingénieur des ponts & chauffées, fous le titre de *Gouvernement*, imprimé dès 1776 : on ne fait par quels contretemps il n'a été mis en vente que depuis peu. Il eft court, n'a que 111 pages & n'eft point inférieur aux autres productions de l'auteur : celle-ci paffe pour un petit chef-d'œuvre.

28 *Octobre.* On annonce déja une réponfe de

la monnoie au mémoire de M. de Calonne, concernant cette partie ; on croit que M. Foulon y a grande part.

18 Octobre. Un nouveau procès concernant l'agiotage s'étant élevé, meſſieurs de la chambre des vacations ont pris la tournure convenable pour convertir cette affaire particuliere en une affaire publique : un de meſſieurs a dénoncé le fait : arrêté qu'il en feroit communiqué au procureur général. En conséquence, celui-ci a rendu plainte & l'on a ordonné une information. Plus de quarante dépoſants à entendre, en feront interroger peut être quarante autres, & M. de Calonne ſe trouvant impliqué dans leurs dépoſitions, le parlement ſe ménage ainſi une occaſion de revenir ſur le procès de ce miniſtre. Bien de gens penſent qu'ils ſont excités ſous main par le principal miniſtre.

29 Octobre. Tout bien éclairci, l'on juge que *la maiſon de Moliere*, jouée par les comédiens françois & ſur laquelle ils faiſoient le plus grand fond, n'eſt autre choſe que celle de M. Mercier, mais élaguée de beaucoup, & dont on a principalement ôté une ſcene très-déſagréable pour les comédiens. On préſume que cet auteur étant brouillé avec ceux-ci, qui avoient fait ſerment de n'avoir déſormais rien de commun avec lui, aura fait préſenter par quelqu'un ſon ouvrage qui, quoique imprimé depuis onze ans, ne leur aura pas été aſſez préſent pour qu'ils ſe ſoient douté du tour.

29 Octobre. Le dernier ouvrage de M. Boulanger eſt une ſuite de ſon ſyſtème : il eſt déduit avec autant de clarté que d'érudition, & la profondeur de celle-ci n'empêche pas qu'il

F 2

n'y regne l'agrément que comporte un traité aussi grave.

On y apprend quelle a été l'origine & la nature de la théocratie primitive : aux biens & aux maux qu'elle a produits, on reconnoît l'âge d'or & le regne des dieux. On en voit naître successivement la vie sauvage, la superstition & la servitude, l'idolâtrie & le despotisme. L'auteur en fait observer ensuite la réformation chez les Hébreux ; les républiques & les monarchies se forment dans le dessein de remédier aux abus des premieres légistlations ; &, d'après la chaîne des événements, il conclut que le dernier gouvernement a seul été l'effet de l'extinction totale des anciens préjugés, le fruit de la raison & du bon sens, & qu'il est l'unique véritablement fait pour l'homme & pour la terre.

Du reste, Boulanger est parfaitement d'accord avec Montesquieu & admire comment, sans être remonté à leur origine, il a défini si exactement chacun des trois gouvernements, en a connu si intimément le ressort : il reconnoît-là l'empreinte & le privilege du génie.

29 Octobre. On rapporte un bon mot de l'archevêque de Toulouse au sujet du mémoire de M. de Calonne ; après l'avoir lu, quelqu'un lui demandant ce qu'il en pensoit ? « Je vois, répondit-il, qu'il y dit beaucoup de choses contre moi, mais très-peu pour lui. »

30 Octobre. Aux trois ou quatre procès que Me. Linguet a au châtelet en demandant, il faut en ajouter un dernier en défendant qui s'éleve contre lui. Le mari de la dame Butté, cette femme avec laquelle il vit & est sorti de

France autrefois , l'attaque en féduction & en rapt. Il eft affez fingulier qu'il attende dix ou douze pour former une pareille action ; il y a grande apparence que ce font les ennemis de Me. Linguet qui l'ont excité , moins dans l'efpoir de faire fuccomber celui-ci , que de révéler des turpitudes dont le Sr. le Queïne , dans fon *Factum* , a dévoilé déja une partie.

30 *Octobre*. M. de Calonne , dans fa *requête au Roi*. regarde comme démontré :

1°. Que tout ce qui s'eft dit fur les acquifitions des échanges , eft exagéré , injufte & fans fondement.

2°. Que l'opération de la refonte des monnoies d'or ne doit lui attirer que des éloges , & qu'il n'y a que la plus atroce calomnie qui puiffe lui imputer aucune manœuvre.

3°. Que ce n'eft que par de fauffes couleurs & des interprétations envenimées , qu'on a pu préfenter comme une faveur accordée candeftinement à l'agiotage , les moyens employés légitimement pour le foutien du crédit.

4°. Que par le compte de toutes les extenfions d'emprunt , il eft conftaté qu'il n'y en a eu aucune qui ne fût néceffaire , qui n'ait été autorifée par le Roi & employée pour le bien de l'état.

5° Enfin , que toute fa vie & l'opinion publique repouffent loin de lui le foupçon d'abus d'autorité.

Il en conclut que la plainte de *Déprédation des Finances* , qu'on fait rouler indéterminément fur ces cinq chefs , porte à faux de tous les côtés , & n'a pour bafe que des dénonciations chimériques.

F 3

En conféquence, M. de Calonne propofe à S. M., en caffant l'arrêt du 10 août & annullant jufqu'à la plainte, de déclarer par l'arrêt même de caffation revêtu de lettres-patentes, qu'elle a une parfaite connoiffance de tous les objets fur lefquels font dirigés les chefs d'accufation ; qu'elle les trouve deftitués de fondement, & qu'elle juge fa conduite dans l'adminiftration des finances irréprochable en tout point.

Du refte, il ne veut ni une caffation fimple & péremptoire, qui ne permettroit ni ne donneroit aucune fuite à l'inftruction de l'affaire, ni une caffation avec évocation à la perfonne de S. M., ni une caffation avec renvoi à des juges d'attribution. Par la premiere, il fe trouveroit avili, s'il étoit fufpecté de fuir le plus grand jour : par la feconde, l'affaire feroit dénaturée ; de criminelle, civilifée, puifque nos Rois ne jugent point en matiere criminelle : dans le troifieme cas l'idée d'une commiffion répugne ; *il n'en a jamais été d'avis pour aucun accufé.*

Si S. M. ne juge pas à propos de juftifier elle-même M. de Calonne, ce qu'il préféreroit, il la fupplie d'autorifer fa défenfe dans la forme la plus folemnelle : il ne veut point refter fous le voile épais dont notre jurifprudence couvre les procédures criminelles ; il veut qu'elle fe faffe par un examen public, &, pour ainfi dire, en préfence de la nation. Il préfere enfuite les formes de procéder contre lui par la cour des pairs, & exige encore deux conditions : l'une, que le Roi lui accorde la fauve-garde de fa parole facrée pour l'entiere confervation de fa

liberté jufqu'après la prononciation publique
du jugement; l'autre, qu'il lui rende la décoration dont il jouiſſoit.

Il finit par rendre compte des motifs de
ſon évaſion, dont on parlera plus amplement; il
s'étoit d'abord retiré en Hollande, comme l'alliée
de la France; mais l'accroiſſement des troubles
qui y agitoient cette république, l'a forcé de
paſſer en Angleterre, où il a vécu dans la ſoli-
tude juſqu'à préſent, uniquement occupé du ſoin
de ſa juſtification.

Dans ce mémoire, où tout eſt tour-à-tour
menſonge, artifice, forfanterie, impudence, l'on
eſt principalement frappé du ton de la flatterie
la plus baſſe & la plus outrée qui y regne envers le Roi, & de celui d'affection, d'intimité, de familiarité même, dont M. de Calonne
l'a mêlé.

30 *Octobre.* Le mémoire de M. de Calonne
a donné occaſion de s'informer où en étoit le
procès commencé par la cour des monnoies
dont on a parlé dans le temps. Il eſt devenu
grave : les magiſtrats ont fait dépoſer tous les
regiſtres des officiers de la monnoie; le procureur général a été décrété; mais un arrêt d'é-
vocation du propre mouvement du Roi a arrêté l'affaire. Comme cet arrêt n'eſt point revêtu de lettres-patentes, la cour des monnoies ne doit pas le reconnoître. On attend
la fin des vacances pour voir quel parti elle
prendra.

31 *Octobre.* On n'a pas encore pu tirer parfaitement au clair une aventure tragique arrivée
dans le coche d'Auxerre. Un Turc ou Algérien,
en un mot un Muſulman dans tout ſon coſ-

tume , s'y trouvoit avec un interprete & un
noir à son service. Ce personnage a attiré l'attention du coche, composé ordinairement de
beaucoup de gens du peuple, de canaille, de
filles , de mauvais sujets ; on s'étoit moqué de
lui durant tout le jour : sa barbe sur-tout faisoit rire. La nuit s'étant endormi, des plaisants
y ont mis le feu & la lui ont brûlée. Il s'est
éveillé furieux & s'armant de son cimeterre, il
a frappé de droite & de gauche tout ce qui
s'est rencontré, sauf les femmes qu'il respectoit.
Il a tué de la sorte & blessé plusieurs personnes.
On n'osoit l'arrêter, & le carnage continuoit ;
le commis a été obligé de lui tirer un coup de
fusil, & lui a fracassé la mâchoire. Alors on a
pu s'en rendre maître, le garrotter & on l'a
mis dans les prisons à Sens.

Cette nouvelle parvenue à Paris y a causé
beaucoup de rumeur : on a agité la question si
le Musulman n'étoit pas dans le cas de mériter
sa grace ; si son honneur tenant à sa barbe, dans
le préjugé de sa religion, il n'étoit pas en droit
de se venger en immolant son ennemi, comme
un homme qui auroit reçu un soufflet. Pendant
qu'on discutoit la matiere, on a appris
qu'il étoit mort de sa blessure.

Pour bien juger le cas, il auroit fallu être
parfaitement instruit de toutes les circonstances
sur lesquelles on varie beaucoup, ainsi que sur
le nombre des morts & des blessés, mais toujours considérable, de la part d'un homme seul
contre tant de monde.

3 1 *Octobre*. On publie une septieme liste des
sommes envoyées en nature, ou par soumission,
pour l'établissement des nouveaux hôpitaux ; de-

puis & compris le 22 juillet 1787, jusques &
compris le 21 septembre suivant : elle ne sert
qu'à mettre dans un plus grand jour le refroidissement sensible des charités à cet égard. La
sixieme liste portoit 2248159 livres 12 sous 4
deniers, & la derniere ne s'éleve qu'à celle de
2166509 livres 4 sous 4 deniers : ce qui n'offre guere qu'une augmentation de 17 à 18000
livres.

31 *Octobre.* Les amateurs se disposent à aller
entendre demain au concert spirituel la production d'un jeune éleve de l'école royale du chant;
il n'est âgé que de 14 ans, il se nomme Car-
bonnet, & a mis en musique une ode que M.
Moline a composée sur la mort héroïque du
prince Léopold de Brunswick, qui a produit
tant de mauvais poëmes. Des partisans du musicien assurent qu'il y a de l'effet dans la composition, une harmonie pure & des situations
très-bien rendues. Mais il faut se défier de
ces éloges de société ; l'auteur doit y chanter
lui - même, ainsi que messieurs Rousseau &
Chardini.

31 *Octobre.* On doit jouer incessament aux
Italiens, comme comédie à ariettes, un sujet
joué en 1768 au théâtre françois comme tragédie, composée par feu Dorat, sous le titre
des *deux Reines*, puis ensuite sous celui
d'*Adélaïde de Hongrie*. On voit qu'il n'y a
que façon d'envisager les choses & que ce
qui fait pleurer l'un, peut faire rire l'autre.

1 *Novembre* 1787. Par la requête de M. de
Calonne, autant qu'on en peut juger en ras-
semblant plusieurs traits épars dans ce verbeux
ouvrage, M. l'archevêque de Toulouse, visant

F 5

depuis long-temps à la place qu'il occupe , durant l'assemblée des notables avoit formé le projet de perdre M. de Calonne & composé à cet effet un mémoire dont l'objet apparent n'étoit que de prouver la nécessité d'un conseil de finances comme la seule barriere à opposer aux effets ruineux d'un régime arbitraire , mais le but secret de décrier l'administration pour renverser le ministre.

Cet écrit vraiment infernal , où , suivant M. de Calonne , il y a autant de mensonges que de phrases, autant de perfidies que de raisonnemens , autant de faits altérés que de faits cités , & plus de venin que dans aucun des libelles qui aient jamais pu parvenir au Roi, lui étoit encore inconnu : il étoit même dupe des propos emmiellés que , pour endormir sa sécurité, l'on tenoit sur son compte , lorsque , le 12 juin dernier, faisant part à l'archevêque de Toulouse de la résolution qu'il avoit prise d'offrir à S. M. la démission de la charge de grand trésorier de l'ordre du Saint-Esprit, il l'assura des vœux qu'il faisoit de tout son cœur pour les succès inséparables de la gloire du Roi, & du bien de l'état; il ajoutoit : « tout ce que j'attends de votre justice & de votre honnêteté , dont je me suis loué constamment , c'est que dans tous les cas où vous auriez des doutes sur quelques points de mon administration, vous vouliez me mettre à portée de vous présenter ou envoyer toutes les explications que vous pourriez désirer.

L'archevêque de Toulouse lui répondit par ces cruelles paroles : « Vous n'ignorez pas que des sommes considérables sont sorties du trésor royal , fans l'autorifation du Roi ; vous n'ignorez pas qu'elle en a été la deftination , & vous ne devez pas être étonné fi S. M. a été mecontente. Je n'ai pas dû lui déguifer ce dont l'intérêt de fes affaires exigeoit qu'elle fût informée , & comme il n'y avoit aucun doute , je ne vous ai pas demandé d'éclairciffement. »

C'eft alors que M. de Calonne a ouvert les yeux & a parfaitement reconnu la main d'où partoient les coups dont il étoit frappé. Alors auffi eft tombé entre fes mains le perfide écrit dont le contenu déceloit tellement l'intention & l'auteur, qu'indépendamment de tout ce qu'on lui apprenoit en l'envoyant, fa lecture feule ne lui auroit laiffé aucun doute. C'eft alors que fe voyant déja fecrétement accufé dans le cabinet, prévoyant qu'il le feroit bientôt en public, il a cru devoir fe fouftraire par une expatriation douloureufe , à la perfidie & au crédit de fon puiffant ennemi.

1 Novembre. Les officiers généraux qui compofent le confeil de guerre, ont été préfentés dimanche dernier au Roi par le comte de Brienne. Ce font MM. de Gribeauval pour l'artillerie ; le comte de Puylegur , le duc de Guines , le marquis de Jaucourt , tous quatre lieutenants généraux des armées de S. M. ; de Fourcroy, pour le génie ; le comte d'Efterhazy , le marquis d'Autichamps, le marquis de Lambert , tous quatre maréchaux des camps & armées de S. M. ; enfin le comte de Guibert , brigadier des armées du Roi, Meftre-de-camp du régiment de Neuftrie, comme rapporteur du confeil. Ils ont enfuite eu l'honneur de faire leur révérence à la Reine & à la famille royale.

1 *Novembre*. Extrait d'une lettre de Sens, du 22 octobre 1787.... Voici des faits positifs sur l'incroyable aventure qui a fait tant de sensation à Paris & sur la route, où elle a étrangement changé.

Le 13, le nommé Achmet Beeder, natif de Maroc, écumeur de mer de profession, taille de 5 pieds 2 à 3 pouces, nerveux, très-fort, paroissant âgé d'environ 30 ans, n'ayant point de barbe, seulement des moustaches, est parti de Paris par le coche d'Auxerre : il alloit à Marseille, où il devoit s'embarquer. Il étoit accompagné d'un jeune homme de 18 à 19 ans, qui lui servoit d'interprète. Il y avoit dans le coche quatre dragons, d'autres soldats, en tout 60 personnes.

Le 15 sur les deux heures du matin, aux approches de Sens, il a éteint les lumieres & commencé un massacre, dont le résultat est de deux morts & sept blessés, parmi lesquels deux femmes.

Reste à savoir le motif de cette rage, que les directeurs du coche attribuent à un accès de fureur qui lui a pris, suite d'une épilepsie dont il étoit attaqué ; mais plus probablement des mauvaises plaisanteries qu'on lui faisoit.

Quoi qu'il en soit, il a fallu effectivement lui tirer un coup de fusil pour l'arrêter, & il est mort le 20 dans la prison de notre ville.

2 *Novembre*. L'arrêté de la chambre des vacations pour demander le retour du parlement de Bordeaux à son vrai siege, est du 25 octobre : il est savant & toujours manuscrit ; il mérite d'être rapporté en entier, quoiqu'un peu long.

« Ce jour, la chambre féant en temps de vacations, délibérant fur la tranflation du parlement féant à Bordeaux par fuite de fes arrêtés des 18 & 23 de ce mois, par lefquels la chambre avoit chargé M. le préfident de s'informer du fuccès des bons offices que M. le premier préfident avoit été chargé d'employer auprès du Roi en conformité de l'arrêt de la cour féant à Troyes, pris, toutes les chambres affemblées, le 24 feptembre dernier.

» Confidérant qu'il eft du devoir de la juftice d'éclairer l'autorité; que remplir ce devoir c'eft concourir aux vues du Roi; que rien n'eft arbitraire dans une monarchie bien ordonnée; que nos Rois ont foumis leur clémence même à des regles; que les actes qui refpirent la rigueur, doivent être à plus forte raifon déterminés par des principes invariables. Que les cours fouveraines font fixées au lieu de leurs féances par des loix pofitives que l'intérêt du Roi, le vœu des peuples, une longue expérience ont fait ranger au nombre des loix les plus importantes; qu'ainfi la cour autrefois ambulatoire à la fuite des Rois, fut rendue fédentaire à Paris par l'ordonnance mémorable de Philippe - le - Bel, pour la commodité de fes fujets & l'expédition des affaires; que les mêmes motifs ont décidé la réfidence des autres cours; que leur tranflation eft donc en général contraire aux loix; qu'il eft vrai que ces loix peuvent fouffrir des exceptions; mais que ces exceptions, pour rentrer dans les regles, doivent être juftifiées par les circonftances qui frappent tous les yeux, de maniere qu'il foit impoffible à la nation de s'y tromper, telles que certaines calamités, l'invasion de l'ennemi, où des malheurs plus grands encore (1).

» Telles sont les circonstances qui déterminerent la translation de la cour à Poitiers sous Charles VII, lorsque Paris étoit occupé par des étrangers ; à Châlons & à Tours sous Henri IV, lorsque cette même ville étoit occupée par des factieux : qu'à ces deux époques la cour, sans lettres-patentes & par l'effort de son propre zele, sut employer une ressource qui lui laissa les moyens de concourir avec la nation à délivrer le Roi des Anglois & des ligueurs : qu'il est triste & dangereux qu'un moyen consacré par d'aussi grands & d'aussi précieux succès devienne aujourd'hui le signal d'une disgrace : que la translation du parlement de Bordeaux à Libourne n'étant point autorisée par les loix, n'étant point justifiée par aucune circonstance ; est donc un acte purement arbitraire ; que l'intérêt personnel des magistrats qui forment cette cour n'étant rien à leurs yeux, leur existence & leur fortune étant dévouées comme celles de tous les magistrats leurs confreres, au service du Roi & de la nation, cette apparente punition en seroit une réellement, non pour

---

(1) L'on a supprimé ce qui étoit dans la premiere rédaction de l'arrête, la phrase qui suit immédiatement ces mots, des malheurs plus grands encore :

« Qu'alors il est juste, il est indispensable que les
» cours soient transférées dans les villes fideles, où
» les peuples soient avertis par la présence des
» magistrats, que les loix regnent encore & que les
» Rois toujours obeis puissent connoître l'etendue de
» leur autorite. »

eux, mais pour les peuples de leur reffort ; qu'elle
retomberoit entierement fur les jufticiables ; que
l'adminiftration de la juftice eft en effet fuf-
pendue dans la Guienne ; que les innocents gé-
miffent confondus dans les prifons avec les coupables ; que les débiteurs de mauvaife foi in-
fultent à l'impuiffance de leurs créanciers ; que
la police d'une des principales villes du royaume
eft privée de la furveillance néceffaire des juges
fupérieurs, & qu'enfin un des articles de la
capitulation qui lie la Guienne à la couronne,
eft la réfidence du parlement à Bordeaux ; en
forte que les principes généraux, les loix de
l'état & les droits particuliers de la province
s'élevent de concert contre la tranflation de cette
cour.

» Pénétrée de ces motifs, la chambre en
temps de vacations a arrêté que le Roi fera
très-humblement fupplié de rappeller fon parlement féant à Bordeaux, au lieu ordinaire de
fes féances, & qu'à cet effet il fera fait à notre
feigneur Roi une députation en la forme ordinaire. »

2 *Novembre*. Extrait d'une lettre d'Aix, du
25 octobre : la Provence eft dans une joie in-
concevable ; on vient de lui rendre fes états qui
doivent s'affembler dans cette ville le 1 décembre & propofer à S. M. les réglements qu'ils efti-
meront les plus convenables. Il en a été écrit une
lettre de remerciement au miniftre principal, d'une
fadeur à faire vomir.

2 *Novembre*. Il paroît déja une réponfe au
mémoire de M. de Calonne fous le titre de
*Procès de M. de Calonne, ou Réplique à fon
libelle, par un citoyen*. Ce pamphlet, auquel

l'auteur promet de donner une fuite, qui fuivra de près la premiere partie, eft vague & n'eft intéreffant ni dans le fond, ni dans la forme.

2 *Novembre.* Il auroit déja dû paroître deux nouveaux numéros des annales de M. Linguet, qui devoient reprendre au 15 octobre : on n'en voit encore aucun ; on les certifie arrêtés ; ce qui n'eft pas encourageant pour les foufcripteurs.

3 *Novembre.* Derniérement à dîner chez le miniftre principal, où étoient plufieurs membres de la nobleffe Provençale, entr'autres le marquis de Vintimille, il fut queftion de la faveur de la reprife des états, accordée par le Roi à la Provence, & de la lettre fi exceffivement louangeufe & baffe envers l'archevêque de Touloufe : « pour le coup, » dit à ces Meffieurs M. Lambert, le contrôleur général préfent : « nous fommes fûrs de vous, nous pouvons » vous envoyer hardiment tous les édits bur-» faux à venir ; vous n'aurez rien à refufer. » Et ces Meffieurs de s'incliner & de fe foumettre.

3 *Novembre.* Le mémoire de M. le marquis de Creft paroît enfin imprimé & contient toutes les extravagances impudentes qu'on en a débitées. Le plus merveilleux, c'eft que M. le duc d'Orléans ait ofé le préfenter au Roi : fuivant le titre c'eft le 20 août que S. A. S. s'eft chargée de ce brûlot, où fe trouvent les chofes les plus fortes contre les miniftres & contre l'archevêque de Touloufe, le feul qui foit défigné *nominativé.* L'auteur profite de la tranflation du parlement de Paris à Troyes & de la fermen-

tation qui regne dans les autres , pour lui faire craindre une révolte générale , s'il perfifte à croire fes perfides confeillers. Il lui déclare que les deux impôts ne pafferont jamais : il exhorte S. M. à les retirer, à renoncer aux lettres de cachet, à faire démolir la Baftille , à faire maifon nette. Il lui indique enfuite le remede à tous nos maux & la maniere d'en empêcher le retour ; c'eft de créer un confeil pour chaque département , comme du temps de la régence. Quant aux finances, il faut que celui qui en fera chargé, ait infpection fur tout. Par conféquent il faut un furintendant , & il s'offre de l'être. Il jouit de 40000 écus de rentes, de la plus belle place peut-être du royaume : il a une réputation intacte, une confidération bien établie ; il n'a befoin de rien que de gloire & de fatisfaire fon patriotifme : il fe dévouera à cette condition ; il fe paffera d'impôts & d'emprunts; il aura le fecret, non d'égaler la recette à la dépenfe, mais de proportionner la dépenfe à la recette. Du refte, on le feroit fimple contrôleur général, avec l'entrée au confeil ; il n'en voudroit pas : il lui faut abfolument la furintendance.

4 Novembre. M. de Calonne annonce , dans fa *requête au Roi*, une réponfe qu'il a faite au mémoire de M. Necker , publié au moment de fa retraite. Il y réfute , à ce qu'il prétend, par des explications claires & fans aucune aigreur, toutes les allégations qui fe trouvent contraires à ce qu'il avoit dit dans l'affemblée des notables fur les progrès du déficit. On attend avec impatience cet écrit qui n'a pas encore paru dans Paris.

... d'imagination folle qui ne ... la tête de vos spéculateurs, ... pour à un ministere novateur, ... changemens ou les chimeres, ... avec laquelle il les adopte & se ... ...

... à fourni un projet pour l'ex-... ..., qui communiquera de la ..., en passant par les terres, au ... Martin. Ce canal doit être assez ... pour favoriser la naviga-... , & offrir à Paris, dans un bassin ... des marais, situé entre les faux-...Martin & du Temple, une pépi-... marchands. Tout ce travail hy-... exécuté, à ce qu'on assure, sans ...

... prétendent qu'on a déja ré-... pour ce monument, digue ... des beaux jours de l'Égypte, ... le commenceront au prin-... les terres de Normandie.
... Ce qui dépare le mémoire du ..., court, précis & assez bien ... il y a des idées fortes & vraies ... fie très-louable & très-noble, c'est la ... l'écriture puant dont elle est infectée ; on n'a pas manqué en conséquence de charger l'auteur & de le tourner en ridi-cule, ce à quoi il prête infiniment. Voici cinq couplets parodiés sur l'air de Tarare, je suis né natif de Ferrare, que chante Calpigi & dont le ... est assez analogue à celui du marquis la Cr... , ce qui sert à rendre le vaudeville plus malin.

Dans un sixieme couplet, où l'on introduit le duc d'Orléans, en faisant dire à ce prince ce qu'il auroit dû répondre à son chancelier, lui proposant de mettre un pareil mémoire sous les yeux du Roi, l'on critique indirectement la bonhommie qu'il a eue de s'en charger.

I,

Sans biens, sans talens, sans figure,
De ma sœur l'humble creature,
Je fus un beau jour fort surpris
D'être colonel & marquis.   bis.
Mais bientôt las du militaire,
Voulant tâter du ministere,
D'un prince je fus chancelier :
Voilà, voilà, le bon métier.   bis.

2.

C'est une place d'importance,
Au moins la premiere de France ;
Mais l'état est dans l'embarras,
Allons, marquis, offre ton bras.   bis.
Mais je déclare par avance,
Qu'il me faut la surintendance ;
Sans quoi, Messieurs, point de marquis :
On ne peut m'avoir qu'à ce prix.   bis.

3.

Après tout, dans ce grand royaume
Est-il, je vous prie, un seul homme
Qu'on puisse me comparer,
Soit magistrat, soit financier ?   bis.

Calculs, état, plans de finance,
De tout n'ai-je pas connoiffance ?
Je fuis l'unique en tout pays.
Allons, allons, faute marquis.   *bis.*

4.

Je n'ai plus qu'un mot à vous dire,
J'aime tant le Roi, notre Sire,
Que je lui veux par mes projets
Rendre le cœur de fes fujets.   *bis.*
Je change tout le miniftere,
Du peuple je me fais le pere,
Et tous les François ébahis
Chanteront, vivat le marquis !   *bis.*

5.

Si je n'étois pas fi modefte,
Je pourrois bien dire le refte,
Mais je ne veux pas me louer ;
A l'œuvre on verra l'ouvrier.   *bis.*
Il fuffit que par moi la France
Va fe trouver dans l'abondance ;
Ce fera pis qu'en paradis :
Allons, allons, faute marquis.   *bis.*

Le duc d'Orléans au Marquis :

Marquis, vous danfez à merveille,
Mais je veux vous dire à l'oreille
Ce que j'entends dire à chacun :
Vous n'avez pas le fens commun.   *bis.*

Guériffez votre pauvre tête,
Soyez moins vain & plus honnête,
Ou je fais voir à tout Paris
Comme on fait fauter un marquis.   *bis.*

5 *Novembre.* Par les réglements du 5 juin le
Roi a pourvu à la formation d'un confeil royal
des finances & du commerce, à celle du comité
contentieux des finances, à la diftribution des
objets de travaux relatifs à l'adminiftration générale de cette partie ; S. M. vient de porter la
même attention fur les commiffions & bureaux
relatifs au fervice du confeil, & qui étoient
chargés, foit de préparer les affaires qui doivent
être enfuite rapportées par leurs avis au confeil
de S. M., foit de les juger fuivant les titres de
leur établiffement. Il en a réfulté trois diftinc-
tions : 1°. De commiffion & bureaux ayant un
fervice continuel, qu'il eft effentiel de conferver :
2°. d'autres établis, dans le principe, pour des
opérations particulieres, avec lefquelles ils devoient ceffer & qui pouvoient être réunis :
3°. de derniers dont les fonctions n'avoient
plus de rapport au titre de leur établiffement,
qui ne font occupés que de quelques affaires
qu'on leur renvoie & à fupprimer par cette confidération feule.

De-là un *Réglement* fait par le Roi le 17
octobre dernier, qui fait connoître la qualité
& le nombre des magiftrats dont feront à l'avenir compofés ces commiffions & bureaux, la
quantité de places que chacun d'eux peut y remplir, l'époque à laquelle les maîtres des requêtes
pourront y avoir entrée, quels feront les feuls

bureaux auxquels ceux de ces magistrats pourvus d'autres offices pourront être admis.

Du reste, on finit par des compliments aux magistrats du conseil, & l'on ne doute pas de leur zèle à concourir, même par la privation de leurs émoluments, aux vues d'économie de S. M. Elle les console, promettant de leur faire ressentir tous les effets de sa satisfaction & de ses bontés.

Ce règlement contient 22 articles, dont les dispositions sont relatives aux objets précédents & les déterminent dans le plus grand détail.

On y voit de plus que les appointements des conseillers d'état seront de 2000 livres & ceux des maîtres des requêtes de 1000 livres; qu'aucun maître des requêtes ne pourra désormais jouir en même temps, avec appointements, de plus de deux bureaux, & qu'une commission de procureur général sera réputée l'équivalent de deux bureaux.

5 *Novembre*. Le principal ministre qui n'ose heurter de front le parlement, n'a point voulu faire dire au Roi que l'affaire du parlement de Guienne ne regardoit pas celui de Paris : mais il cherche à gagner du temps ; il a donné à entendre que l'affaire s'alloit arranger & a promis de rendre une réponse définitive le dimanche 10 de ce mois. On croit qu'il n'a pris ce délai que pour longer encore, parce que c'est l'époque où finit la chambre des vacations & où le parlement rentrant, ce sera M. d'Aligre qui sera chargé de la négociation; il aime mieux avoir affaire à celui-ci, plus flexible, plus susceptible d'être corrompu.

5 *Novembre*. Ce ne sont que brocards, cou-

plets, farcafmes qui pleuvent fur M. le marquis
du Creft, depuis que fa diatribe contre les miniftres eft plus répandue par l'impreffion ; voici
une épigramme, la meilleure entre mille autres :
pour en bien fentir la pointe, il faut fe rappeller qu'il eft chancelier de M. le duc d'Orléans :

Par tes projets bien entendus,
Modefte du Creft, à t'entendre ;
A la Reine, au Roi tu vas rendre
Les cœurs françois qu'ils ont perdus,
Sans miracle cela peut être ;
Hélas ! ils n'ont qu'à le vouloir !
Mais, en preuve de ton favoir,
Fais-nous avant aimer ton maitre.

6 Novembre. L'arrêt du confeil rendu pour fufpendre les travaux d'embelliffement des murs de
Paris, n'eft qu'illufoire, & le fieur le Doux avoit
fi bien pris fes mefures, que l'économie propofée à cet égard n'en feroit plus devenue une.
Aux approches de l'affemblée des notables, fe
doutant qu'un projet auffi extravaguant & auffi
difpendieux exciteroit des réclamations, il a
doublé, triplé, quadruplé les ouvriers par-tout ;
au lieu de rien finir, il les a occupés feulement
à préparer les matériaux, à tailler beaucoup de
pierres ; en forte que façonnées pour leur deftination elles ne puffent plus être employées à
autre chofe fans une perte réelle. Il a donc été
décidé par l'examen, qu'on ne pourroit rien
faire de mieux que de terminer une befogne
auffi avancée. D'ailleurs on a repréfenté que ces

murs, affreux en eux-mêmes, avoient besoin
d'être décorés pour déguiser leur usage : on a
fait valoir l'axiome qu'il faut embellir la raison ;
on a dit que la capitale de la France devoit en
imposer de loin aux nationaux & aux étrangers.
On continue donc les *Colonnades*, *Calonnades*
ou *Colonniades* ; c'est ainsi qu'on joue sur le mot
d'après le nom du contrôleur général , M. de
Calonne , aux ordres duquel a été conçu ce monument d'esclavage , & celui du maître des
requêtes , M. de C . . . , qui avoit le détail
des fermes & présidoit aux travaux.

6 Novembre. Extrait d'une lettre de Calais,
du 1 novembre. Le comte de Cassini, directeur
de l'observatoire ; les sieurs Méchain & le Gen-
dre, membres de l'académie royale des sciences,
sont ici depuis le 26 septembre : ils y ont commencé , de concert avec les astronomes anglois ,
les opérations relatives à la jonction trigo-
nométrique & à l'exacte détermination de la position des côtes de Douvres & de Calais , & des
observatoires de Paris & de Greenwich.

7 Novembre. Les *Eclaircissemens & pièces justificatives* formant la seconde partie du mémoire
de M. de Calonne , consistent :

1°. En un *développement relatif à l'échange du
Comté de Sancerre.* Il en résulteroit que c'est M.
Tabureau , alors contrôleur général des finances ,
qui a excité le premier le baron d'Espagnac à
faire l'acquisition du comté de Sancerre en totalité , & que, pour l'y déterminer, on lui
accorda provisoirement une somme de 50000
livres, laquelle fut prise dans la caisse des affaires
étrangères ; que cette affaire ayant traîné jusqu'au moment où M. de Calonne devint contrôleur,

trôleur général, le comte de Vergennes l'engagea
à la terminer ; que le nouveau miniftre des finances en ayant rendu compte à S. M. elle examina
elle-même la chofe attentivement , vérifia fur la
carte la pofition des lieux , & reconnut l'avantage vraiment inconteftable de cet échange : il
en conclut par la feule balance qu'on peut faire
dans l'état préfent , combien il eft injufte de
fuppofer de la difproportion entre les valeurs à
échanger , combien il eft déraifonnable de dé-
clamer , comme on a fait , fur une prétendue
léfion qui n'eft rien moins qu'apparente , & que
dans tous les cas on feroit toujours en mefure
d'empêcher.

2°. *En un développement fur l'opération de la*
refonte des monnoies d'or. Ce mémoire très-long ,
dans lequel M. de Calonne efpere être plus clair
que les précédents monétaires qui ont écrit fur
cette matiere , eft divifé en trois parties. Dans
la premiere , il énonce les motifs auffi preffants
qu'indifpenfables de fixer une nouvelle proportion entre le prix de l'or & celui de l'argent.
Dans la feconde , il traite de l'exécution & prétend qu'elle a été fagement dirigée & fidellement exécutée. Dans la troifieme enfin , il fait
une énumération des divers avantages qu'en ont
retirés & l'état en général , & les finances du
Roi en particulier , & les poffeffeurs des anciens
louis.

Comme perfonne ne contredit M. de Calonne
fur les affertions qu'il avance dans ces deux pieces , elles font fpécieufes pour des gens crédules
& fuperficiels.

3°. En un *écrit répandu dans Paris fur les pré-*
tendues manœuvres dans la refonte des monnoies

Tome *XXXVI.*   G

d'or, avec la *Réponse*. On croit que le premier est la dénonciation même faite à la cour des monnoies contre l'opération de M. de Calonne, dénonciation à laquelle la réponse semble bien foible.

4°. En un *mémoire sur l'affaire des assignations.* Il contient le développement de l'opération commencée en décembre 1786, & continuée jusqu'en avril 1787, dans la vue de soutenir les effets publics & de prévenir le discrédit de la place. Cette piece seule suffiroit pour condamner M. de Calonne, qui, par une conduite indigne d'un grand ministre & d'un ministre honnête, avoue qu'il proscrivoit d'un côté l'agiotage, qu'il soutenoit de l'autre.

5°. En une *lettre de M de Calonne* au premier secrétaire de l'intendance des Trois-Evêchés, pour servir à l'instruction de l'affaire portée au parlement de Metz, relativement aux routes ouvertes dans les bois des côtes.

Dans cette lettre datée de Hanonville le 20 mai dernier, M. de Calonne se justifie fort mal, & la masse seule des réclamations qui s'élevent contre lui, est un grand préjugé. Il paroît qu'il a sur-tout affaire à forte partie dans le chapitre de Verdun, qui dévoile ce mystere d'iniquité & le poursuit à outrance.

Outre ces pieces principales, il y a des lettres à l'appui & autres écrits à leur soutien, dans le détail desquels il seroit superflu d'entrer.

7 *Novembre.* Si l'on en croit des lettres de Breslau, les cartons de M. de Montfort dont on a parlé dans le temps, sont bien inférieurs à ceux du sieur Hertzberg, qui a trouvé le secret

lu docteur Atfvid, de Saxe, pour la compoſition du carton pierreux, impénétrable à l'eau &
qui réſiſte également à l'action du feu : on en a
fait des eſſais qui ont parfaitement réuſſi.

7 *Novembre.* La compagnie des eaux de Paris
ne ſe trouvant pas encore bien de la reſſource
qu'elle avoit imaginée contre une faillite prochaine par l'aſſurance contre les incendies, a
recours à une troiſieme : c'eſt un *rembourſement
de capitaux aſſurés* à l'extinction des revenus
viagers & autres uſufruits. Il faut lire dans le
proſpectus même le plan très-détaillé de cette
nouvelle ſpéculation fort compliquée, & qui doit
inſpirer encore moins de confiance que les
autres.

Il faut eſpérer qu'à ſa rentrée le parlement
qui avoit déja commencé à chercher les moyens
d'arrêter ces efforts de la cupidité, toujours active pour trouver des dupes, s'en occupera ſé-
rieuſement & proſcrira toutes ces ſpéculations
haſardées, non moins propres à ruiner les aſſurés que les aſſureurs.

8 *Novembre.* Extrait d'une lettre de Dieppe,
en date du 2 novembre.... L'eſſai fait à l'entrée
de ce port d'un nouveau feu de reverberes tour-
nants, dont il eſt queſtion depuis le mois d'avril,
va ſe réaliſer cet hiver. Il a produit tous les
effets qu'on s'en étoit promis, & d'après le vœu
unanime des corps & des particuliers qui les ont
obſervés, ce feu va définitivement reſter compoſé
de trois reverberes, dont la diſtance & la marche
ſont combinées de maniere qu'il ſera impoſſible
de le confondre avec tel autre feu que ce ſoit,
&, qu'en variant le nombre des reverberes &
la durée des révolutions, on peut infailliblement

diftinguer les uns des autres , tous les feux établis ou à établir.

D'après le témoignage des marins , ce feu s'apperçoit à plus de fix lieues , quoiqu'il ne foit pas élevé à plus de trente-un pieds du niveau de la mer ; il fe découvriroit de beaucoup plus loin , s'il étoit plus élevé. Il eft queftion encore d'une feconde lanterne qui complétera l'expérience.

8 *Novembre.* Quelques amateurs fe propofent de faire venir d'Italie les ouvrages fuivants, dont le gouvernement de Tofcane vient de défendre la publication , la diftribution & la vente : tels que *Journal eccléfiaftique de Rome* ; *la réalité du projet de Borgofontana* ; plufieurs thefes imprimées à Rome, chez Louis Pergo , & tous les autres ouvrages fur les matieres eccléfiaftiques , fortis des preffes de Sgariglia à Affife, comme contraires à la difcipline eccléfiaftique, & produit par l'efprit de parti & de fanatifme. Tout cela excite la curiofité & fans doute provoquera la bile du gazetier janfénifte.

8 *Novembre.* On a parlé de l'inftitution des comices agricoles , dont on eft redevable à l'intendant de la généralité de Paris. Cette inftitution eft l'une des plus propres à répandre dans les campagnes , les connoiffances nouvelles & à honorer l'agriculture. Il fe tient , tous les mois , dans chaque élection de la généralité , une affemblée des comices , dont les membres fe rendent , chaque année , au chef-lieu des douze diftricts , pour affifter à la féance générale. La fociété royale d'agriculture , devenue le centre d'une correfpondance très étendue avec l'étranger & les cultivateurs de tout le royaume , fait paie

aux comices de différentes découvertes qui se
font en économie rurale & domestique.

Ces comices agricoles ont tenu le 13 août leur
première séance générale à Melun , où s'est ouverte aussi la première assemblée provinciale de
l'Isle-de-France , sous la présidence du duc du
Châtelet , membre de la société royale d'agriculture : tout cela s'est fait avec beaucoup de pompe , ainsi que la distribution des prix , & la cérémonie s'est terminée par un grand repas.

Mais entre les différentes séances de district , il
faut distinguer celle de Tonnerre , suivie d'une
fête à Louvois , où au milieu du repas un coup
de canon servant de signal , madame la marquise
de Louvois & l'intendant portèrent la santé du
Roi , protecteur de l'agriculture & instituteur des
comices agricoles.

Malheureusement tant de luxe n'est propre
qu'à corrompre la pureté de l'institution & à faire
tourner en cérémonie vaine , dérisoire & funeste
ces fêtes céréales. On conçoit que les laboureurs
doivent facilement se laisser aller aux attraits des
vins exquis qu'on leur verse , & n'offrir alors
qu'une saturnale ignoble & dégoûtante. C'est ainsi
qu'a dégénéré bientôt l'institution des Rosières ,
& que tout récemment celle couronnée à Surène
est accouchée au bout de quatre mois.

9 Novembre. On voit une médaille d'or que
les Anglois ont fait frapper en l'honneur de
M. Coëtnempren , lieutenant des vaisseaux du
Roi. Il commandoit le paquebot de S. M. *le courier de l'Orient* : il rencontre il y a quelques mois ,
un vaisseau Anglois , nommé *la Branche d'Olive* ,
venant de la côte d'Afrique , dans la plus grande
détresse , faute de provisions , & dont tout l'équi-

G 3

page étoit mort , excepté deux perfonnes, auxquelles cet officier a fourni les fecours dont
elles avoient le plus preffant befoin ; il a également fauvé le vaiffeau pour les propriétaires. Les
affureurs ont voulu perpétuer cet acte d'humanité
& leur reconnoiffance par un pareil monument.

9 *Novembre*. M. le principal miniftre a profité
d'un petit voyage que le Roi a fait à Fontainebleau , pour venir vérifier par lui-même différentes chofes. Hier il a voulu voir ces murs de
Paris, ces colonnes , ces bureaux en forme de
fortereffe , dont on parle tant : il ne pouvoit fe
laffer de confidérer ce monument de luxe & de
fervitude , de fe récrier contre une pareille extravagance ; il s'étonnoit que l'arrêt du confeil
qui avoit ordonné la fufpenfion des travaux ,
ne fût pas mieux exécuté. Il faut croire qu'on
ne lui a pas encore rendu compte des motifs
qui en ont déterminé la continuation.

10 *Novembre*. Les nouveaux travaux entrepris
depuis quelques mois dans le jardin du Palais-
Royal , ramenent les yeux & les propos du public fur cet établiffement , & ce font des farcafmes continuels. M. le duc d'Orléans ne les
ignore pas ; il s'en moque & s'en amufe. L'abbé
de Lifle ayant l'honneur de lui faire fa cour,
il lui demanda ce qu'il en penfoit ? quelle fenfation il avoit éprouvée en voyant ce jardin à
fon retour de Conftantinople ? Le poëte fe
défendoit : le prince infifte , & lui dit qu'il ne
s'en fâchera point, qu'il lui permet de s'expliquer librement ; il l'engage même à faire
quelque infcription, fût-elle fatirique. Ne pouvant plus s'en défendre , l'académicien caufti-

que prend un crayon & écrit le quatrain suivant :

> Dans ce jardin tout se rencontre,
> Excepté l'ombrage & les fleurs ;
> Si l'on y déregle ses mœurs,
> Du moins on y regle sa montre.

10 *Novembre*. L'art de l'imprimerie fait de
grands progrès en France depuis peu d'années.
C'est aujourd'hui un sieur Pissot , libraire , qui
se distingue par une entreprise intéressante &
neuve : l'objet qu'il s'est proposé est de donner
une collection complete des principaux histo-
riens, philosophes, poëtes, romanciers Anglois,
dans leur langue originale , à un prix beaucoup
au-dessous de celui que les ouvrages anglois
coûtent à Londres même. C'est un S. J. J. Tour-
neysen , connu par de belles éditions justement
estimées dans sa patrie qui doit être à la tête
de la partie typographique. Les caracteres qu'il
emploie , sont ceux de Baskerville ; son papier
est très-beau : la correction des épreuves est
soignée par des Anglois, hommes de lettres.
Les feuilles prêtes , aujourd'hui l'objet de la
curiosité des amateurs , ne laissent rien à desirer , & leur inspection dit plus que tous les
éloges.

10 *Novembre*. L'archevêque de Toulouse ,
avant hier dans sa visite autour des nouveaux
murs de Paris , étoit accompagné du contrôleur
général , de M. de la Boulaye , intendant des
finances ayant le département des fermes , &
de MM. Antoine & Raimond , architectes du

G 4

Roi : M. Ventes, fermier général, étoit auffi
préfent. Dans fon indignation le premier mouvement du principal miniftre a été de faire fufpendre tous les travaux ; de déclarer aux ouvriers
que fi on les y retrouvoit le lendemain, ils feroient
mis aux cachots : il a même engagé M. Ventes
à chercher des acquéreurs pour tous ces matériaux. Mais on doute que la démolition fe réalife. On fera fentir à M. l'archevêque que fi ç'a
été une folie d'imaginer ces murs, c'en feroit
une autre de les démolir au moment qu'ils font
prefque achevés.

Quant au fieur le Doux, qui auroit dû naturellement fe trouver à cette vifite comme principal auteur des ouvrages, il s'eft bien donné de
garde d'y paroître : il eft tellement effrayé du
courroux du prélat, qu'il en perd la tête & parle
de fe faire chartreux.

11 *Novembre.* Les clercs, les écrivains, les
praticiens, tous les fuppôts du palais fe difpofoient à faire de nouvelles réjouiffances pour
demain, rentrée du parlement entier ; & vraifemblablement ils fe feroient livrés à de nouvelles folies. La chambre des vacations a cru
fage de les prévenir par un arrêt.

Quant à la meffe rouge, elle fera célébrée par
M. l'évêque de Nevers, qui a mérité finguliérement auprès de la nation & des magiftrats depuis l'affemblée des notables, où il a figuré avec
diftinction.

11 *Novembre.* Un *Journal général de Lyon &*
des provinces de la généralité, quoique commencé
en 1784 étoit peu connu ici : concentré en entier
dans la province, il ne perçoit guere ailleurs.
Quelques amateurs ayant defiré en jouir, on

vient de prendre des arrangements avec la poste pour le répandre franc de port dans toute la France.

Il paroît tous les quinze jours une feuille in-8. de ce journal.

11 *Novembre*. Quoique *la maison de Moliere*, sans avoir rien de saillant , soit peut-être un des meilleurs drames donnés au théâtre depuis long-temps ; soit sur-tout très-intéressant par le principal personnage ; il paroît qu'il ne peut se relever de sa chûte du premier jour , due uniquement à la gaucherie des comédiens, & qu'ils sont forcés de l'abandonner à sa sixieme représentation.

12 *Novembre*. Depuis long-temps les acteurs de l'opéra font tous leurs efforts pour obtenir d'avoir seuls l'administration des finances de ce spectacle, &, après en avoir supporté les charges, de s'en répartir entr'eux les bénéfices , à l'instar de ceux des deux comédies. On n'a pas encore voulu y consentir : mais pour les dédommager de ce refus , on leur a accordé successivement des augmentations qui rendent leur sort excellent , & ce sont encore tous les jours de nouvelles complaisances. C'est ainsi que leurs représentations de bénéfice appellées de *capitation* , qui n'étoient , dans l'origine , qu'au nombre de trois , portées depuis à quatre & à cinq, viennent de l'être à six. Jamais ils n'ont été si bien traités ; c'est le regne des histrions en tout genre.

La premiere capitation a eu lieu le mercredi 7 , & il y en aura une ainsi de mois en mois.

12 *Novembre*. On parle de nouveau de la rentrée des protestants en France, & ce qui en fait

G 5

renouveller le bruit, c'est l'empreſſement des puiſſances étrangeres & ſur-tout de l'empereur, à accueillir les émigrants de Hollande, qui cherchent à ſe ſouſtraire aux vexations du parti Stadhoudérien. On s'imagine que ſi on leur offroit des conditions avantageuſes, nombre de familles françoiſes qui ont fui la perſécution en 1685, chercheroient aujourd'hui un aſyle dans le beau royaume qu'elles regrettent toujours. On aſſure que M. de Malsherbes a ſur cet objet un ouvrage très-bien fait, & l'on eſt fâché qu'il ne devienne pas public en ce moment : d'ailleurs aujourd'hui que l'auteur eſt dans le miniſtere, il pourroit avoir encore mieux une influence prépondérante.

13 *Novembre*. Le mémoire annoncé pour la monnoie contre M. de Calonne, eſt imprimé & public ; il a pour titre : *Obſervations ſur l'état de 1785, relatif à la refonte des louis.* On y diſcute d'une maniere très-développée & très-approfondie ce ſyſtéme monétaire, & l'on démontre quels inconvénients devoient néceſſairement réſulter de ſon exécution On attribue toujours cet ouvrage à M. Foulon & à un M. le Maire. C'eſt malheureuſement une matiere bien ſeche, bien obſcure & bien ennuyeuſe.

13 *Novembre* Hier le college royal a tenu une ſéance publique pour l'ouverture des leçons qui s'y donnent ſur toutes ſortes de matieres.

On y a lu un mémoire de M. le Monnier ſur l'hiſtoire de la perfection des inſtruments. Il ne mérite aucune analyſe & n'a point fait de ſenſation.

Celui de M. Raulin concernant l'éducation des jeunes perſonnes du ſexe, dans lequel il a pris

cipalement blâmé le défaut d'exercice , auroit pu
devenir intéreffant , s'il avoit été bien traité.
Ses réflexions fur la manie de quelques femmes
de vouloir nourrir elles-mêmes leurs enfants ,
malgré la foibleffe de leur tempérament , étoient
judicieufes , mais nullement philofophiques. Il
auroit dû infifter fur ce que ne prenant ce foin
que par air , par mode , par fingularité , elles
ne font pas les facrifices qu'exige un pareil emploi & qui ne leur coûteroient rien , fi elles
étoient mues par une tendreffe vraiment maternelle. M. l'abbé Lourdet a prononcé un excellent difcours fur la langue Arménienne , qu'il
avoit apprife de M. l'abbé de Villefroy , &
dans laquelle il s'eft perfectionné chez les fa-
vants cénobites Arméniens de l'ifle Saint-Lazare ,
près de Venife. De-là une digreffion curieufe
fur le voyage qu'il vient de faire dans ces
contrées.

Au moyen des traductions en cette langue des
anciens auteurs Grecs , on pourra retrouver des
parties qui manquent aux éditions originales qui
nous reftent.

Avant M. l'abbé de Villefroy , perfonne à
Paris n'entendoit cette langue Arménienne dont
il y a quelques manufcrits à la bibliotheque du
Roi , que les étrangers venoient confulter , & où
nous n'entendions rien : nous étions *les eunuques
au milieu du ferrail.*

Le projet de M. l'abbé Lourdet eft de rétablir en France cette branche de littérature. Il
va faire des éleves qui effaceront la honte
d'une femblable ignorance d'un peuple prétendu
favant.

Ce mémoire a généralement paru bien rédigé, bien écrit, bien lu.

M. de la Lande a donné une nouvelle détermination de l'orbite du cinquieme satellite de Saturne, fur laquelle il y avoit une grande erreur dans les réfultats de Caffini. Ce mémoire très-court fuivant la coutume de l'auteur, qui fent combien ces matieres fcientifiques doivent être abregées pour une féance publique, avoit pour objet fecret de fon amour-propre d'annoncer uniquement fes corefpondants célebres, M. Herfchel & le comte de Marlborough, à qui le Roi d'Angleterre a fait préfent d'un bel obfervatoire.

M. le Fevre de Gineau a lu des réflexions générales fur l'ufage que l'on a fait de la méthode analytique pour le progrès des fciences phyfiques: mémoire trop favant & trop abftrait pour le genre des auditeurs.

La féance a été terminée par une traduction que M. de Vauvilliers a faite de deux odes de Pindare: la dixieme Neméenne pour Thlée, vainqueur au combat de la lutte, & la feptieme Olympique pour Dragoras, vainqueur au combat de Cefte. Ces morceaux de poéfie réfervés comme pour le bouquet, n'ont infpiré aucun enthoufialme & ont laiffé l'affemblée fe féparer très-froidement.

13 *Novembre.* Il y a environ fix femaines que les capitaines des gardes-du-corps annoncerent aux officiers que fa majefté leur avoit dit qu'il ne feroit point touché à leurs compagnies. Depuis peu, comme rien n'eft ftable fous ce regne verfatile, le Roi leur a déclaré qu'ils s'arrangeaffent comme ils voudroient, mais que

ſur trois millions que coûtent les gardes-du-corps, il falloit trouver au moins 800000 livres d'économies ; ce qui ne peut guere ſe faire que par une réduction d'hommes ſur 1600 qu'ils ſont : on compte qu'il en ſera ſupprimé deux cents au moins.

On ne parle que réforme & bonification, & l'on affecte d'autant plus de le faire en ce moment, que le principal miniſtre veut tenter un emprunt conſidérable : il a déja tâté le parlement à ce ſujet.

Chaque membre a reçu une lettre circulaire du buvetier de la chambre, qui le prie de la part du premier préſident de ne point s'écarter, attendu qu'il doit être inceſſamment envoyé à la compagnie un édit à vérifier.

13 *Novembre*. Relation de la ſéance publique de l'académie royale des inſcriptions & belles-lettres pour ſa rentrée d'après la Saint-Martin.

Le ſecrétaire perpétuel, M. Dacier, a ouvert la ſéance par l'annonce ſuivante : « L'académie
» n'ayant point été entièrement ſatisfaite des
» mémoires qu'elle a reçus *ſur l'origine, les*
» *progrès, & les effets de la pantomime chez les*
» *anciens*, elle propoſe de nouveau le même
» ſujet pour la Saint-Martin 1789. Parmi ces
» mémoires, elle en a cependant diſtingué
» deux qui lui ont paru eſtimables à beaucoup
» d'égards, mais dont l'enſemble laiſſe encore
» pluſieurs choſes à deſirer. »

Il en a lu enſuite les deviſes, afin que les auteurs profitent de l'avertiſſement & améliorent leur ouvrage juſqu'au point de perfection où le deſire la compagnie.

Le prix extraordinaire, dont le ſujet étoit

l'Eloge hiftorique de l'abbé de Mably, que l'académie, à la priere d'une perfonne qui ne veut
pas étre connue, avoit propofé pour l'année
derniere, & que l'extrême médiocrité des pieces
envoyées au concours l'avoit obligé de remettre
à cette année, a été partagé entre deux difcours,
dont l'un de M. Levêque, & l'autre de l'abbé
Brizard.

Du refte, il paroît que cette académie qui,
jufqu'à préfent, avoit été fort fobre fur les
prix, s'eft laiffée aller à la manie générale &
les a multipliés cette fois d'une façon extraordinaire.

1°. M. Dacier a annoncé celui pour pâques
1789 ; il s'agit d'examiner : *fi l'oftracifme &
le pétalifme ont contribué au maintien ou à la
décadence des républiques de la Grece ?* Le
prix fera une médaille d'or de la valeur de
400 liv.

2°. Un prix extraordinaire pour pâques de
la même année : on propofe *de comparer enfemble strabon & Ptolomée ; de faire connaître
la marche de ces deux géographes ; de deter-
miner l'état où ils ont trouvé les connoiffances géographiques, & le point où ils les ont
portées.*

3°. Un autre prix extraordinaire, pour la
même époque. Il s'agit de rechercher *quel a
été en France l'état du commerce intérieur &
extérieur, depuis la premiere Croifade jufques
au regne de Louis XII ?* Chacun de ces prix
fera une médaille d'or de la valeur de 600 l.

4°. L'académie à la priere d'une perfonne
qui ne veut pas être connue, propofe pour
le fujet d'un troifieme prix extraordinaire,

qu'elle adjugera dans la même séance ; de rechercher , 1°. *quelles étoient les formes judiciaires
dans les causes criminelles chez les anciens Francs,
& sous nos premiers Rois ?* 2°. *à quelle époque
s'est introduit, dans le royaume , l'usage de juger
les accusés par leurs pairs ou par les jurés ; combien de temps a duré cet usage, & pourquoi il ne
subsiste plus que pour quelques classes de citoyens ?*
3°. *dans quel temps cette forme de jugement s'est
établie en Angleterre , & comment elle s'y est
conservée ?* Le prix sera une médaille d'or de la
valeur de 1200 liv.

M. Dacier n'ayant point terminé les éloges
qu'il auroit pu lire après ces annonces , on est
passé aux diverses dissertations qui devoient occuper la séance.

M. de Villoison a commencé par un mémoire
qui contenoit *l'abrégé de la relation du voyage
littéraire qu'il a fait dans le Levant, par ordre
du Roi.* Il y rend compte de ses découvertes,
entr'autres de celle d'une grande quantité d'ins-
criptions Grecques & de décrets interessants dans
l'Archipel , l'Attique , le Peloponnese , l'Io-
nie, &c.; il parle aussi du bois sacré d'Epidaure,
près de Géro , & de ce fameux théâtre , le
chef-d'œuvre de Polyclete , d'Argos que Pausanias préféroit à tous ceux de la Grece & de
l'Italie, & qui subsiste presque entiérement ; il
y fait mention du dialecte dorique de Pindare
& de Théocrite, qui s'est conservé sur les mon-
tagnes des Traconiens , les anciens *Eleuthero-
lacons* , qu'il ne faut pas confondre avec les
Maïnotes.

La lecture de cette relation a été suivie de
celle d'un mémoire de l'abbé Garnier , intitulé :

Examen d'une prétendue conspiration contre Jeanne
d'Albret , Reine de Navarre , & ses enfants.
On trouve à la page 339 du second tome des
mémoires de Villeroy, & à la page 779 du second volume des mémoires de Nevers, une relation anonyme de cette prétendue conspiration ,
formée par les Guise , pour livrer au Roi d'Espagne Jeanne d'Albret, Reine de Navarre ,
avec son fils & sa fille , qui résidoient dans la
ville de Pau. Cette piece sembleroit mériter
d'autant plus de croyance , qu'elle a été écrite
par un catholique , en faveur d'un prince protestant , puis adoptée en connoissance de cause
par le célebre de Thou , qui cite , pour garants,
des témoins oculaires qu'il a interrogés , & une
forte de déposition ou de demi-aveu du maréchal de Montluc, l'un des complices.

L'abbé Garnier, choqué d'une foule d'invrai-
semblances qu'offre ce récit , l'a soumis à une
analyse rigoureuse , & en comparant chacun des
faits qu'il renferme , avec d'autres faits notoires
& indubitables , il prouve qu'ils étoient faux &
supposés : que les témoins interrogés par de
Thou , étoient eux-mêmes dans l'erreur & que
le passage des mémoires de Montluc , sur lequel
il s'appuie , a un rapport bien déterminé à un
objet tout différent. Il a tâché de remonter à la
source de l'erreur , & a cru la découvrir dans
une fausse confidence de l'agent que les seigneurs
Navarrois, armés contre leur souveraine , avoient
adressé à la cour d'Espagne.

M. de Guines a fait part ensuite à l'assemblée de ses observations sur l'utilité de la littérature orientale.

La séance a été terminée par un mémoire du

docteur Barthez , qui a pour titre : *Nouvelles
recherches sur les observations & les opinions d'He-
mere dans la science de l'homme.*

L'auteur y fait voir que ces observations &
ces opinions singulieres se trouvent dans plusieurs
passages d'Homere , où l'on ne les a pas reconnus
jusqu'ici ; & qu'elles doivent être expliquées par
divers principes anatomiques & physiologiques
de la science de l'homme.

Si le temps l'eût permis , M. de Laverdy auroit
lu des réflexions historiques & critiques sur la
conduite qu'a tenue Charles VII envers la Pucelle
d'Orléans , après qu'elle eût été faite prisonniere
par les Anglois.

M. Deformeaux devoit aussi lire un mémoire
sur Henri I , prince de Condé.

14 *Novembre.* Relation de la séance publique
tenue aujourd'hui par l'académie royale des
sciences pour sa rentrée d'après la Saint-Martin.

Comme nous n'avons pu assister à cette séance ,
nous avons été obligés de nous en rapporter à
quelques témoins oculaires & auriculaires que
nous avons interrogés. Ils se sont accordés à
convenir qu'il n'avoit été lu que trois morceaux
intéressants : *l'Eloge de Bouvard* par M. le marquis
de Condorcet ; un mémoire de M. le Roi sur
les paratonnerres , & un autre de M. de Lavoisier
sur une nouvelle machine pour apprécier la chaleur spécifique des corps.

Quant au premier , on nous a assuré que cet
éloge ne contenoit que des faits dont nous avons
parlé en leur temps. Pour suppléer à la notice
que nous n'en pouvons donner , nous allons ra-
conter une anecdote de ce médecin , fameux
praticien , infiniment piquante & peu connue.

Bouvard étoit fort cauftique, grand frondeur ;
il s'exprimoit avec beaucoup de liberté fur les
miniftres. Un jour M. de Sartines, alors lieutenant de police, l'envoie chercher ; il eft fort
piqué du meffage, cependant il fe rend chez le
magiftrat : comme il fe doutoit du fujet, introduit auprès de M. de Sartines, il ne lui
donne pas le temps de s'expliquer, & s'affeyant à
côté de lui, il lui demande ce qu'il a, & en
même temps il fe met en devoir de lui tâter le
pouls. M. de Sartines répond que ce n'eft pas
pour fa fanté qu'il l'a mandé, que c'eft.....
Bouvard lui coupe la parole & s'écrie qu'il a le
pouls très-mauvais, lui confeille de fe coucher.
Grand débat entre ces deux perfonnages ; le
médecin s'obftine à vouloir jouer fon rôle ; le
magiftrat à faire entendre raifon au docteur...
Bref, celui-ci finit par fe retirer, en difant à
M. de Sartines : « il eft inutile de me faire
» venir, puifque vous ne voulez pas me croire
» & fuivre mes confeils : » & il le répete fans
interruption, de maniere qu'il ne laiffe pas le
loifir au lieutenant de police d'articuler une
phrafe. Celui-ci n'ofant févir & faire employer
la violence pour retenir le docteur, refte fort fot
& auroit volontiers enfeveli la converfation dans
l'oubli, fi M. Bouvard ne l'avoit publiée. La
plaifanterie n'eut d'autre fuite que celle d'apprendre à M. de Sartines à ne point fe jouer
ainfi à un homme public, dont le temps étoit
pour le moins auffi à ménager que le fien.

N. B. Depuis cet article écrit, nous avons
inutilement cherché dans les journaux & même
dans la gazette de France quelque mention de la
féance ; nous ne l'avons trouvée nulle part : le

marquis de Condorcet a jugé à propos, l'on ne sait pourquoi, d'empêcher tous les papiers publics de rendre compte des assemblées de l'académie des sciences.

14 *Novembre*. L'arrêt du conseil concernant la réduction des pensions mérite un précis plus détaillé.

Tous les ordonnateurs, dans chaque partie, remettront à S. M. au mois de mars un état particulier des graces à accorder, & il en sera formé un état général, qui sera enrégistré en la chambre des comptes & ensuite rendu public par la voie de l'impression.

Toutes les pensions, sans exception, seront payées au trésor royal, & il n'en sera remplacé que la moitié à la mort des titulaires, jusqu'à ce que leur totalité soit réduite à quinze millions.

Les réductions dont on a parlé, ne sont ordonnées que pour cinq ans.

On compte que ces réductions produiront cinq à six millions.

14 *Novembre*. Extrait d'une lettre de Rouen, du 8 novembre..... M. Dupaty l'a emporté, & Lardoise, Bradier & Simarre, le 5 de ce mois, ont été déchargés de l'accusation intentée contre eux ; il leur est permis d'assigner en dommages & intérêts les Thomassin, leurs accusateurs.

Le même jour le procureur du Roi du bailliage, requis de former appel de la sentence de sa jurisdiction, a déclaré qu'il ne pouvoit, attendu qu'elle avoit été rendue sur ses conclusions, & que l'ordonnance, la raison & l'honneur lui enjoignoient de ne point appeller. La chambre des vacations lui ayant ordonné de le faire, il a perſiſté dans ſon refus : ſur quoi, le 6, il eſt intervenu l'arrêt malgré le procureur général, déclarant qu'il n'y avoit lieu d'appeller de la ſentence rendue au bailliage le jour d'hier. En voici le diſpoſitif à peu près :

« Vu par notre chambre ledit réquiſitoire & ouï le rapport de M. de Dampierre, la cour a reçu & reçoit le procureur général appellant de la ſentence rendue le jour d'hier au bailliage de Rouen contre les nommés Bradier, Lardoiſe & Simarre ; a tenu ſon appel pour relevé, lui accorde compulſoire : ordonne que leſdits accuſés ſeront transférés des priſons du bailliage en celles de la cour. »

14 *Novembre.* Le projet d'amener la riviere d'Yvette à Paris avoit été contrarié par M. de Calonne, dont les liaiſons ſecretes avec la compagnie des eaux ne lui permettoient pas d'adopter un projet deſtructeur de la pompe à feu : l'agiotage auquel les actions des eaux ſervoient, merveilleuſement, auroit trop perdu de ſon reſſort ſi néceſſaire aux manœuvres de ſon miniſtere. Depuis ſon renvoi, M. le baron de Breteuil, promoteur zélé de tous les projets qui peuvent embellir Paris ou en augmenter les commodités, a vivement remis le premier projet ſur le tapis & enfin dimanche 28 novembre il a été adopté par le conſeil.

La riviere ſuccurſale de la Seine arrivera à Paris à la hauteur de l'obſervatoire & de-là ſe diſtribuera dans les maiſons qui en demanderont, & enſuite dans les rues & dans les jardins publics.

En outre M. le baron de Breteuil ayant supplié le Roi que le canal qui ameneroit cette riviere d'Yvette portât son nom, S. M. le lui a accordé, & on le qualifie déja sur les plans de *Canal de Breteuil.*

15 *Novembre.* On vante beaucoup le discours que M. Pelletan a fait à l'amphithéâtre des écoles de chirurgie le ... novembre pour l'ouverture du cours anatomique. Cet excellent discours a produit d'autant plus d'effet qu'il étoit prononcé de mémoire. Le savant professeur y prouve que l'anatomie est fondée sur les regles des autres sciences & spécialement sur les loix de la physique générale & particuliere.

15 *Novembre.* Il paroît un dernier réglement, en date du 23 octobre concernant le nouveau conseil de guerre; il est relatif à sa formation & à sa discipline, & differe beaucoup du premier.

Chacun des membres qui le composeront, jouira de 8000 liv. d'appointements : le rapporteur aura en sus de ce traitement 12000 liv. par an pour frais de bureau & 2000 liv. pour un secrétaire, qui sera toujours choisi parmi les quartiers-maîtres des régiments.

Comme S. M. a fixé à 150000 liv. par an la totalité des dépenses de ce conseil, il pourra disposer annuellement de 80000 liv. environ, en faveur de ceux de ses membres qui seront employés aux tournées, aux revues & autres travaux militaires, qui auront lieu pendant les six mois d'été, tant pour former les différents corps militaires à manœuvrer ensemble, que pour donner à la constitution militaire une forme plus active.

Il entre dans ce plan du conſeil de faire des campements & de grandes évolutions ; il eſt auſſi queſtion de porter au complet tous les régiments , de maniere que la France ait ſans ceſſe en activité de ſervice un armée de 180000 hommes , prête à entrer en campagne au premier ſignal.

Enfin le conſeil va s'occupper de porter l'ordre & l'économie dans toutes les dépenſes de la guerre.

15 *Novembre*. Le mémoire particulier que M. de Calonne dans ſa requête au Roi appelle *vraiment infernal* & qu'il attribue à l'archevêque de Toulouſe, commence à percer , quoique manuſcrit encore. Tout le monde eſt aujourd'hui convaincu de cette anecdote : on étoit étonné dans le temps de la fermentation de l'aſſemblée des notables , de n'entendre parler que de l'archevêque de Narbonne , de M. de Caſtillon , du marquis de la Fayette. On demandoit *que fait donc M. l'archevêque de Toulouſe* ? Il eſt aujourd'hui décidé que , convaincu de la mauvaiſe adminiſtration de M. de Calonne , inſtruit en même temps de l'aſcendant que ce miniſtre avoit ſur le Roi , il avoit cru devoir le ſupplanter pour le bien du royaume , mais ſans oublier ſa propre ſureté , c'eſt-à-dire ne point attaquer en face un ennemi trop ſoutenu , & ſe garder de ſe compromettre.

En conſéquence le prélat patriote avoit compoſé ou fait compoſer ce mémoire , tableau effrayant de l'ineptie & des déprédations du contrôleur général ; l'avoit d'abord fait lire ſecrément au petit nombre de notables dont il étoit ſûr & les plus profondérants dans l'aſſemblée ,

& par l'entremife de ceux-ci avoit tellement échauffé les autres, que prefque tous refufoient de communiquer avec M. de Calonne, & menaçoient de s'en aller fi l'on ne les en débarraffoit.

Il a donc fallu renvoyer ce miniftre ; mais en le renvoyant il étoit naturel de le remplacer par celui qui avoit mis dans un jour fi évident fa mauvaife adminiftration; on s'imaginoit qu'ayant découvert le mal, il trouveroit le remede : malheureufement il eft plus aifé de détruire que d'édifier.

16 *Novembre*. L'abbé Morellet, le promoteur ardent de la deftruction de l'ancienne compagnie des Indes, a publié auffi depuis peu un mémoire contre la nouvelle ; comme celle-ci n'eft qu'un fimulacre élevé par l'intrigue, l'aftuce & la cupidité, pour enlacer & faire des dupes, il n'a pas été difficile à cet écrivain de trouver le vice de cet établiffement & d'en développer le danger.

Les adminiftrateurs alarmés ont convoqué une affemblée générale, qui s'eft tenue lundi 29 octobre : il y avoit plus de 200 opinants.

Les actionnaires allant au vrai but ont d'abord demandé qu'il fût dreffé un état général de l'emploi des fonds de la compagnie : les directeurs n'avoient point envie de rendre le compte ; ils ont objecté que l'article 13 de l'arrêt d'établiffement s'oppofoit formellement à l'éxécution de cette demande, & que l'objet de l'affemblée actuelle étoit feulement d'arrêter une réponfe au mémoire publié contre le privilege exclufif de la compagnie ; c'eft le grand point dont elle s'occupe en ce moment.

16 *Novembre.* Voici une épigramme, à laquelle
a donné lieu la visite des murs de Paris par
l'archevêque de Toulouse ; ce qui a ramené les
conversations sur cet objet ; on apostrophe l'ar-
chitecte :

En vain de la muraille immense
   Dont tu nous cernes dans Paris,
   Par des brocards & des écrits
On persiffle l'extravagance.
Pour moi j'approuve ta raison,
  Et j'estime ton plan fort sage ;
   Le Doux , selon un vieux adage,
Il faut embellir sa prison.

17 *Novembre.* Le conseil de la guerre dont
l'ouverture fixée au 24 octobre a été retardée
jusqu'au 29 , a déja tenu plusieurs séances dont
on ne sait encore rien de positif. Il y a de
grands projets sur le tapis ; mais on assure que
ces messieurs ne sont pas d'accord. On parle de
la nouvelle formation de l'armée en quatre divi-
sions ; l'une , commandée par Monsieur ou par
le comte d'Artois ; l'autre , par le prince de
Condé ; la troisieme , par le maréchal de
Broglie ; & la quatrieme , par le maréchal
de Stainville.

On parle encore de réformer les colonels en
second , de faire maréchaux de camp tous les
brigadiers jusqu'à la promotion de 1784. Ce qui
fera vaquer à la fois plus de 40 régiments &
formera autant de remplacements pour leurs colonels en second.

Du

Du refte, économies, bonifications, amélio-rations font les grands mots qu'on fait fonner par-tout. Les régiments feront chargés des four-nitures ; l'adminiftration générale s'occupera des grands mouvements tels que les vivres, les four-rages, les étapes.

17 *Novembre.* Ce qui confirmeroit de plus en plus que le déficit n'eft pas à beaucoup près auffi confidérable que l'avoit annoncé le miniftre principal, & donneroit par conféquent une idée médiocre de fes lumieres, ou devroit faire tenir en garde contre fa mauvaife foi, c'eft un bruit qui court en ce moment.

L'on affure que le miniftre a informé les pré-fidents des adminiftrations provinciales que, con-formément à l'enrégiftrement de l'extenfion des deux vingtiemes, l'intention de S. M. étoit par amour pour fes peuples, de demeurer fort en arriere des fommes que cette impofition exacte-ment perçue devroit rendre, & qu'elle fe conten-teroit de demander pour cette augmentation un établiffement proportionnel & établi au marc la livre de la quote des impofitions de chaque province.

17 *Novembre.* On ne fe feroit jamais ima-giné, il y a 25 ans, lors de la profcription des jéfuites par le parlement, qu'au bout de cinq luftres un des membres de cette compagnie diroit la meffe rouge, feroit admis à fiéger dans la grand'chambre parmi les magiftrats, à complimenter la compagnie & à en recevoir des remerciements. C'eft pourtant ce qui eft arrivé lundi 12. M. de Seguiran, aujourd'hui évêque de Nevers, étoit encore jéfuite lors de la diffolution, ou peu avant ; en forte qu'il

euroit dû être exclu même des fonctions du saint ministere. Le moyen par lequel il est parvenu à l'épiscopat, n'est pas moins singulier, & c'est un protestant qui l'a fait revêtir de cette dignité : c'est M. Necker dont il prônoit les opérations & sur-tout les administrations provinciales.

Toutes ces anecdotes fournissent aux réflexions du philosophe, & tandis que le peuple n'admiroit à la messe rouge qu'une pompe vaine, il y découvroit un spectacle beaucoup plus intéressant par la combinaison d'événements aussi bizarres.

17 *Novembre*. Mardi dernier les petits comédiens de S. A. S. monseigneur le comte de Beaujolois, jouoient le *Nouvel Œdipe* ou *l'Homme singulier*, petit drame dans lequel on se sert d'un pistolet. Un des acteurs qui devoit en user, en voulant le tirer de sa poche se blessa. L'assemblée vivement émue de l'accident du Sr. Morel, (c'est le nom de l'enfant) voulut tout de suite lui donner des marques de sa sensibilité. La Dlle. Louvain, une des actrices, fut chargée de recueillir l'argent, & cette quête spontanée produisit une somme de 664 livres.

En outre, le public ayant désiré qu'il y eût une représentation de bénéfice pour le blessé, elle doit avoir lieu aujourd'hui.

18 *Novembre*. On avoit annoncé une ode sur la mort du duc Léopold de Brunswick, qui devoit être mise en musique par le Sr. Carbonnel, âgé de quatorze ans, éleve de l'académie royale de musique, & exécutée au concert spirituel de la Toussaint. Cette nouveauté a fait si peu de sensation, qu'on avoit oublié d'en parler. Mais ce

qui mérite d'être cité, c'est le début de Mad.
Benini & du Sr. Mengozzi, son mari, tous deux
sujets du spectacle italien & dont on a déjà
vanté les talents.

Le Sr. Mengozzi sur-tout a été unanimement
applaudi : son goût, d'une extrême pureté, le
naturel, la grace, la sensibilité de son chant
ont paru ne laisser rien à desirer. Il est en outre
excellent compositeur & les morceaux de sa façon qui ont été chantés au concert en sont la
preuve.

18 *Novembre.* Extrait d'une lettre de Dijon,
du 10 novembre.... Voici les détails que vous
desirez *sur l'affaire de l'hermite de Bourgogne.* Le
parlement entra en vacance le 15 d'août, mais il
avoit demandé au Roi des lettres de *continuatur*
sur cet objet : non-seulement il a mis la plus
grande célérité à rendre justice aux malheureux
qui la sollicitoient, mais il les a traités avec une
bonté spéciale. Ils s'étoient constitués prisonniers
sur la fin de juillet pour subir leur interrogatoire
& toute l'instruction d'usage. Le parlement prévoyant la longueur de la procédure, a relâché les
anciens accusés & ne les a rappellés que la veille
de l'arrêt.

Ceux transférés de Montargis à Dijon, les
vrais auteurs du délit, exigeoient ce retard ;
cependant la Rue, l'un d'eux, s'étoit constamment déclaré coupable du vol avec une fermeté presque héroïque. Il a dit : *je sais que je
dois périr ; mais je ne souffrirai pas que des innocents soient opprimés.* En même temps il a donné
sur le vol des détails convaincants, &, conduit
sur les lieux, il a tout désigné, tout reconnu,
tout expliqué. L'hermite seul a persisté dans ses

déclarations. Heureusement son témoignage isolé ne pouvoit prévaloir contre l'évidence.

M. d'Aubenton, avocat au parlement de Dijon, s'est contenté d'imprimer un *supplément* en neuf pages au mémoire de Me. Godard.

Enfin le 28 août, au rapport de Me. Devoys, est intervenu l'arrêt qui réhabilite la mémoire de Claude Gentil, condamné à être pendu & qui avoit subi la peine, ainsi que celle de Guillaume Vauriot condamné aux galeres perpétuelles & qui étoit mort de douleur ; & qui décharge de toutes accusations les trois autres.

Les vrais coupables ont été condamnés à être pendus : mais surcis à l'exécution de l'arrêt à l'égard de la Rue, jusqu'à ce qu'il eût plu à S. M. de manifester ses intentions. On croit qu'il y aura commutation de peine à son égard. Permis aux innocents de poursuivre leurs dénonciateurs, si aucuns sont, comme ils aviseront bon être.

18 *Novembre*. La représentation de bénéfice au profit du jeune enfant blessé, suivant le rapport du sieur Delomel, entrepreneur du spectacle de S. A. S. M. le comte de Beaujolois, a eu lieu hier & a rendu 2368 livres : recette qui ne peut s'attribuer qu'à l'excessive générosité des spectateurs, ou de gens bienfaisants qui n'ont pas même assisté à cette représentation.

19 *Novembre*. D'après la décision d'un grand conseil tenu hier au soir, il a été envoyé dans la nuit des couriers à tous les officiers aux gardes aux environs de Paris, avec ordre d'y revenir sur le champ. Il étoit question d'un coup

fourré. En effet, S. M. eft venue aujourd'hui au Palais avec fes freres, à neuf heures du matin : les princes & pairs avoient été invités de s'y rendre.

Le garde des fceaux a fait un difcours fur deux édits : l'un portant création d'emprunts pour 400 millions ; l'autre pour donner l'état civil aux proteftants en France, apportés à l'affemblée.

Après la lecture du premier édit, on l'a difcuté ; les opinions ont été libres d'abord & longues : M. d'Eprémefnil a parlé durant cinq quarts-d'heure avec la plus grande force ; il eft convenu avoir adopté cet édit dans une conférence avec le principal miniftre, mais autrement qu'on le préfentoit & avec la condition expreffe de la convocation des états généraux : il a infifté auprès du Roi pour avoir fon opinion perfonnelle ; il la lui a démandée comme celle d'un pere au fein de fa famille : il a paru l'émouvoir ; mais on avoit préparé S. M. & cette émotion paffagere n'a rien produit.

M. Robert de Saint-Vincent & l'abbé Sabbathier ont péroré auffi fortement ; ils ont obfervé qu'il n'y avoit d'autre hypotheque à donner à l'emprunt que l'énorme déficit annonce.

L'abbé le Coigneux a entrepris M. Lambert, le contrôleur général, qui, comme confeiller honoraire, fe trouvoit-là & faifoit platement l'éloge de fon édit.

M. de Malsherbes étoit auffi préfent, comme ayant voix délibérative, & l'on ne parle pas qu'il fe foit diftingué en cette occafion ; ce qui étoit bien le cas.

H 3

Quoi qu'il en foit, au milieu de ces débats & fur les cinq heures du foir , le garde des fceaux eft monté vers le trône & a parlé à l'oreille du Roi.

Alors S. M. a ordonné l'enrégiftrement de l'édit fuivant fa volonté , pour plus prompte expédition.

M. le Duc d'Orléans s'eft levé & a dit : « Si » le Roi tient féance au parlement , les voix » doivent être recueillies & comptées ; fi c'eft » un lit de juftice, il nous impofe filence. »

Le Roi perfiftant, le prince a ajouté : « Sire , » permettez que je dépofe à vos pieds ma pro- » teftation, contre l'illégalité de vos ordres. »

Le Roi n'ayant aucun égard à cette proteftation a répondu que c'étoit légal : puis a fait lire l'édit concernant les proteftants : enfuite il s'eft levé & s'eft en allé , après huit heures & demie de féance , fans s'être déplacé & même fans s'être mouché.

Après avoir reconduit le Roi , les princes & pairs font rentrés : on a mis en délibération le parti à prendre fur ce qui venoit de fe paffer : les chambres ont refté affemblées jufqu'à huit heures & fait l'arrêté fuivant.

« La cour confidérant l'illégalité de ce qui vient de fe paffer à la féance du Roi, dans laquelle les voix n'ont pas été réduites & comp- tées en la maniere prefcrite par les ordonnan- ces , de forte que la délibération n'a pas été complete , déclare qu'elle n'entend prendre au- cune part à la tranfcription ordonnée être faite fur les regiftres de l'édit portant établiffement d'emprunts graduels & fucceffifs pour les années 1788 , 1789 , 1790 , 1791 , 1792 , & fur le fur-

plus a continué la délibération au premier jour. »
M. le prince de Conti est sorti peu de temps
après le Roi, s'étant grièvement blessé la jambe
contre une banquette. Le prince de Condé n'a
point assisté à la séance, parce qu'il tient les
états de Bourgogne en ce moment. Le duc de
Bourbon y étoit.

On a été très-mécontent de la conduite du
garde des sceaux, qui, dans son discours, a
blâmé la conduite du parlement de Bordeaux,
& a avancé que le Roi avoit seul le droit de
convoquer les états généraux, & qu'ils étoient
inutiles.

M. d'Eprémesnil l'a vivement relevé, ainsi que
le duc de Nivernois, qui a opiné platement, &
est devenu courtisan vil & corrompu.

Il est inoui au surplus combien les ministres
ont remué, intrigué pour l'enrégistrement de
l'emprunt. Ils ont voulu profiter de la vacance
prolongée, suivant l'usage, jusqu'après la Sainte-
Catherine, & de l'absence de quantité de pairs
& de magistrats ; ils ont cru l'emporter en voix
par tous les honoraires, conseillers d'état, maîtres des requêtes & autres suppôts de la cour qui,
dans la nuit, avoient eu ordre de se rendre au
palais. De neuf présidents, il n'y en avoit que
quatre. Malgré cette menée basse & indigne, les
voix n'étant pas pour l'enrégistrement, le garde
des sceaux a décidé le Roi à l'ordonner, & la
séance, qui ne devoit être que séance royale, est
dégénérée en lit de justice ; ce qui va compromettre de nouveau l'autorité du Roi & l'avilir
conséquemment.

19 *Novembre.* Les comédiens françois ont
joué hier une pièce nouvelle sous le titre vague

de *Rofine & Floricourt*, comédie en trois actes
& en vers. Le premier acte a eu quelque fuccès
fans le mériter beaucoup : les deux autres ont
paru longs & froids. Le caractere de l'héroïne
est auffi peu intéreffant au fond que repouf-
fant dans les formes. On attribue cette comédie
à M . . . .

20 *Novembre*. Pour compléter la nombreufe
collection des intéreffants mémoires du prifonnier de Charenton , de fa compofition en grande
partie, & en orner le frontifpice, le fieur Duflos,
graveur, diftribue fon effigie , fous le titre de
*Portrait de Jean-François-Jofeph de la Motte Gef-
frard, comte de Sanois, ancien aide-major des
gardes-françoifes*, avec cette légende : *Calom-
ne nunc Victima, nunc Debellator.* On l'a com-
mentée par le quatrain fuivant en françois :

> Victime de la calomnie,
> Il en fut enfin le vainqueur :
> A fes fers il dut fon génie,
> Sa renommée à fon malheur.

20 *Novembre*. Le réglement particulier fait
par le Roi concernant le confeil de guerre du
23 octobre, eft compofé de 29 articles, dont le
plus remarquable eft le dernier ; il porte . . . « S'il
eft prefque toujours utile de mettre au plus
grand jour les détails de toutes les dépenfes
publiques, S. M. regardant au contraire le fecret comme l'ame de toutes les opérations, pendant qu'on les prépare, ordonne expreffément à
tous les membres du confeil le plus abfolu filence fur ce qui fe fera paffé dans les féances,
tant relativement aux délibérations ou propofi-

trons arrêtées par le conseil, qu'aux discussions qu'elles auront élevées & aux opinions particulieres & personnelles des membres, & elle regarde l'exécution la plus stricte de cette loi, comme si importante au bien de son service, qu'elle saura très-mauvais gré à ceux qui s'en écarteront. »

20 *Novembre.* M. Beffroy de Reigny, connu sous le nom burlesque du cousin Jacques, auteur des *Lunes* & qui entreprend un nouveau journal sous le titre de *Courier des planetes*, a profité de la mort d'un M. Jacquier, supérieur-général de la congrégation de la mission, pour en faire un éloge pompeux & nous apprendre qu'il a été autrefois clerc de la même congrégation; qu'il a passé sous la livrée de saint Vincent de Paul les plus heureux jours de sa vie; qu'en quittant cette congrégation, il en a conservé l'estime; qu'il y compte presqu'autant d'amis que de sujets, & qu'enfin la gaieté dont il fait profession, ne lui interdit pas de célébrer les héros du christianisme.

20 *Novembre.* On annonce un très-gros manuscrit trouvé à Girgente, en Sicile. On prétend que c'est la traduction Arabe des livres de Tite-Live, & qu'on pourroit y trouver toutes les décades qui nous manquent.

20 *Novembre.* Le parlement de Bordeaux a fait le 31 octobre de superbes remontrances qui font sous presse & qui vont paroître.

21 *Novembre.* Hier matin les chambres s'assemblerent, les princes & pairs y séant. On remit à délibérer sur l'édit des protestants au mercredi 28, sur ce qu'il a été observé que grand nombre de Messieurs étoient absents &

que la cour n'étoit pas encore en plein exercice.

On ne doute pas que cet édit ne paffe, puifque c'eft le vœu du parlement porté au Roi ayant l'affemblée des notables.

La politique a déterminé à rendre cet édit en ce moment, où l'on ne peut fecourir ouvertement les patriotes Hollandois fubjugués par le roi de Pruffe & le Stadhouder ; où les troupes légeres du premier reftées dans le pays, commettent des excès ; où les perfécutés émigrent en abondance pour fe retirer fous la domination de l'Empereur, qui les accueille avec empreffement. Le principal miniftre, quoique homme d'églife, s'eft flatté que la circonftance feroit favorable pour en faire rentrer beaucoup dans le royaume, fur - tout des familles d'origine françoife.

21 *Novembre.* Un M. Grainville, des académies de Rouen, de Rome & du Mufée de Bordeaux, nous apprend que l'infortunée mife en fcene au théâtre italien fous le nom de *Nina*, exifte réellement ; qu'elle réfide à Rouen, où il a demeuré dans la même maifon qu'elle : fans ceffe occupée de fon amour, elle n'adreffe jamais la parole à perfonne ; elle ne répond à aucune des queftions qu'on lui adreffe. Chaque jour elle va jufqu'à Belbœuf, paroiffe à une lieue de Rouen, fur la route de Paris, dans l'éfpoir de rencontrer fon amant. Elle eft négligée dans fes vêtements, mal - propre même ; ce qu'obferva Mlle. Adeline de la comédie italienne, curieufe de la voir, il y a 15 ou 16 mois ; elle s'écria : « Que madame Dugazon n'avoit » pas été fidelle au coftume : » obfervation

judicieufe, mais qui annonce trop d'infenfibilité. Auffi nie-t-elle l'anecdote, quand on lui
en parle.

21 *Novembre.* Dès le 6 mai dernier, les religieux bénédictins de l'ordre de Cluny, ancienne obfervance, dans le chapitre ordinaire
de l'ordre tenu à l'abbaye de Cluny, avoient
pris la délibération de préfenter requête au
Roi pour être difpenfés de l'exécution des édits
de mars 1768, & de février 1773 : ce qu'ils
viennent d'obtenir par un arrêt du confeil du
17 octobre dernier : en attendant qu'il y ait
été définitivement ftatué en fuivant les formes
civiles & canoniques, leurs biens doivent être
mis en fequeftre, & il fera prélevé fur les revenus pour chaque religieux une penfion via-
gere proportionnée au montant général, aux di-
gnités qu'ils auront poffédées dans l'ordre, enfin
à leur âge & à leurs infirmités.

Du refte, permis à ces religieux de fe pourvoir en cour de Rome pour obtenir, s'il y a
lieu, la fécularifation de leur perfonne.

21 *Novembre.* On affure que pour calmer les
inquiétudes de la Reine pendant la longue féance
du Roi au parlement, il partoit fréquemment,
même de demi-heure en demi-heure, des couriers qui lui rendoient compte de ce qui fe
paffoit.

21 *Novembre.* Extrait d'une lettre de Bordeaux, du 17 novembre... Il a paru dans le
journal de Paris de prétendues *Penfées de Montefquieu, extraites de fes manufcrits.* Le baron
de Montefquieu, petit-fils de ce grand homme,
réclame contre. Il certifie que fon pere, connu
fous le nom de baron de Secondat, avoit tou-

jours gardé fous clef les manufcrits du fien ;
depuis fa mort ; & qu'il a vérifié que tout ce
qu'on a imprimé dans le journal eft altéré, &
quelquefois même défiguré d'une étrange maniere. Il eft fur-tout indigné de l'audace des ennemis de fon grand pere, qui fe font flattés de
ternir ainfi fa mémoire, en détruifant par la
publicité de ces penfées, l'opinion qu'il avoit laiffée de la fenfibilité de fon cœur & de la bonté
de fon ame.

Le baron de Montefquieu a dû en conféquence écrire aux journaliftes de Paris & les
forcer d'imprimer fon défaveu. Il eft inconce-
vable que ces meffieurs, fi difficiles fur les bonnes
chofes qu'on leur envoie, adoptent de la forte
inconfidérément celles fur lefquelles ils devroient
être le plus fcrupuleux.

22 *Novembre*. M. le duc d'Orléans, que fa
reftauration du Palais-royal avoit furieufement
barbouillé dans le public, par la conduite patriotique qu'il a tenue lundi au parlement, a
reconquis la confidération & l'amour des François pour les princes & fur-tout pour la maifon d'Orléans ; quand il eft forti du palais, il
a été accueilli avec acclamation, & on l'a reconduit en triomphe jufqu'à fon carroffe : il a
été bien dédommagé en ce moment de tous les
farcafmes, de toutes les humiliations qu'il éprou-
voit depuis quelques années. Mais la cour eft
devenue furieufe de cette affectation des Pari-
fiens, & fon alteffe eft exilée à Villers-Coteret.
M. l'abbé Sabbathier a été arrêté & conduit au
m nt Saint-Michel & M. Fretteau au château
de Ham.

Hier le parlement, inftruit de ces trois évé-

ñemenrs, a arrêté fur le champ une députation
au Roi ; mais n'a reçu de S. M. qu'une réponfe
fêche & négative.

22 *Novembre*. MM. les confeillers d'état &
les maîtres des requêtes font très-mécontents
du réglement qui les concerne : ils prétendent
qu'on les y traite comme des commis fubalternes : en fixant les appointements des premiers à 2000 livres & ceux des feconds à 1000
livres par bureau, & en décidant que le même
mégiftrat n'en pourra pas avoir plus de deux :
ils efperent bien que le réglement n'aura pas
lieu.

22 *Novembre*. M. de la Roue, curé de Saint-
Côme, eft non-feulement le plus beau des curés, mais peut-être le plus bel homme de Paris :
auffi toutes les femmes qui le voient en raffo-
lent, & il paffe pour avoir eu plufieurs aventures galantes : il eft en outre prédicateur. Malheureufement fon éloquence ne répond pas à fa
figure. Un jour qu'il occupoit la chaire de Saint-
Victor, le feul jour où l'on prêche dans cette
églife : il y avoit attiré beaucoup de monde &
fur-tout de fexe ; mais fon premier point avoit
été fi long, que la plupart des auditeurs excédés
de fatigue & d'ennui avoient levé le fiege &
s'étoient en allés. Ce vuide lui fait peine ; il en
perd la tête. Au fecond point, il ne peut que
balbutier cinq ou fix phrafes qu'il retourne de
toutes les manieres ; à la fin il eft obligé de
dire : *mes freres, je vous demande pardon ; la
falive me manque, il faut que je m'arrête.* Le
lendemain le curé donnoit un grand repas de
fabrique : au milieu du feftin, il lui arrive un

paquet, il l'ouvre & trouve l'épigramme suivante :

> Le beau la *Roue* aux Victorins prêchoit ;
> A droite, à gauche, il battoit la campagne,
> Et cependant toujours se raccrochoit,
> Grace à son ton que l'audace accompagne.
> Il se déferre à la fin tout de bon,
> Il manque net : de salive, dit l'homme :
> De bon sens, oui : mais de salive, non ;
> En manque-t-on quand on est à Saint-Come ?

22 *Novembre.* M. de Saint-Genis, ce membre de la chambre des comptes, cité déja plusieurs fois, qui, toute sa vie, s'est occupé d'affaires d'administration, non en intriguant, ou en homme fiscal, mais en philosophe & en patriote, a présenté, il y a quelque temps, à M. l'archevêque de Toulouse un mémoire où il fait voir que le déficit n'est qu'apparent ; que du moins, sans rien changer à l'état des choses, pourvu qu'elles n'empirent pas, par des emprunts successifs & bien ménagés le trésor public se libéreroit de lui-même, & en 1798 la recette seroit de niveau avec la dépense.

Il paroît que c'est ce plan que le principal ministre a adopté dans son édit d'emprunts, & seulement qu'en y soignant des économies, retranchements & bonifications, sur-tout une extension des vingtiemes, il accéléreroit l'époque désirée, se mettroit même à l'aise pour satisfaire aux fantaisies de la cour.

23 *Novembre.* Voici des détails plus circonstanciés de la séance importante du lundi 19 & de ses suites.

Le Roi, après avoir écouté pendant plus de deux heures avec la plus grande attention les différentes opinions & les débats des opinants, avoit ordonné l'enrégistrement pur & simple de l'édit d'emprunt.

Après le départ de S. M. une nouvelle délibération s'étant ouverte, on pria M. le duc d'Orléans de mettre par écrit la protestation dont on a rendu compte, faite en présence du Roi seulement de bouche.

Le Roi instruit de ce qui s'étoit passé depuis sa sortie du parlement, fit savoir le lendemain à cette cour que la grande députation eût à se rendre à Versailles auprès de sa personne, avec les régistres, le lendemain 21.

Vers les six heures du soir le même mardi 20, le baron de Breteuil se rendit chez M. le duc d'Orléans, & remit à ce prince une lettre du Roi, qui lui ordonnoit de partir sur l'heure pour Villers-Coteret & d'aller coucher dès le soir au Rainci, avec la clause de ne voir personne, sauf sa famille & sa maison. A dix heures du soir le même jour messieurs l'abbé Sabbathier & Fretteau reçurent les lettres de cachet annoncées.

Le mercredi 21, le parlement ayant appris l'exil du premier prince du sang & la détention de deux de ses membres, arrêta que le premier président supplieroit instamment le Roi de rapprocher de sa personne un prince auguste, & de rendre à la compagnie deux magistrats dont le zele avoit animé les démarches.

Après cet arrêté, la grande députation se rendit

à Versailles. Le Roi la reçut à midi, fit biffer l'arrêté & lui parla en ces termes :

« Je vous ai ordonné de m'apporter la minute de l'arrêté que vous avez pris lundi après ma séance en mon parlement, que je ne dois pas laisser subsister dans vos registres, & je vous défends de le remplacer d'aucune maniere.

» Comment mon parlement peut-il dire qu'il n'entend prendre aucune part à l'enrégistrement, que je n'ai prononcé qu'après avoir entendu pendant sept heures les avis & les opinions en détail de ceux de ses membres qui ont voulu les donner ; & lorsqu'il est constant pour tous, comme pour moi, que la pluralité des suffrages se réunissoit pour l'enrégistrement de mon édit, en y joignant des supplications pour hâter l'assemblée des états généraux de mon royaume.

» J'ai dit que je les convoquerois avant 1792, c'est-à-dire, au plus tard en 1791 ; ma parole est sacrée.

» Je me suis rapproché de vous par confiance dans cette forme antique & si souvent réclamée par mon parlement auprès des Rois mes prédécesseurs ; & dans le moment où j'ai bien voulu tenir mon conseil au milieu de vous sur un objet de mon administration, vous essayez de vous transformer en un tribunal ordinaire, & de présenter de l'illégalité dans son résultat, en invoquant les ordonnances pour le soumettre & moi-même à des regles qui ne regardent que les tribunaux dans l'exercice de leurs fonctions.

» Les réclamations de mes cours ne doivent

me parvenir que par des repréſentations ou des remontrances reſpectueuſes ; je déſapprouverai toujours les arrêtés ſur les regiſtres qui conſtatent leur oppoſition à ma volonté, ſans m'en dire les raiſons ; ou leurs réſolutions, ſans m'en donner les motifs. »

Ici M. le premier préſident ayant eu la permiſſion de porter au Roi le vœu de ſa compagnie à l'occaſion de l'exil du duc d'Orléans & de la détention des deux magiſtrats, S. M. lui a répondu :

« Lorſque j'éloigne de ma perſonne un prince de mon ſang, mon parlement doit croire que j'ai de fortes raiſons. J'ai puni deux magiſtrats, dont j'ai dû être mécontent. »

23 *Novembre. Le Courier maritime, ou le Correſpondant général de la marine marchande*, eſt une nouvelle feuille périodique qui doit commencer l'année prochaine.

Son objet eſt de faire diſparoître, ou au moins de fixer les incertitudes & d'accélérer les lenteurs des correſpondances particulieres, en mettant réguliérement ſous les yeux des négociants & marchands du royaume, un tableau de comparaiſon, un état exact, général & poſitif de toutes les opérations de la marine marchande, & de leurs réſultats dans tous les ports de la France & de ſes Colonies.

Cette gazette ſera de 4 pages in-4°. & paroîtra les mercredi & ſamedi de chaque ſemaine.

23 *Novembre.* Le fanatiſme ne ſe déconcerte point : malgré le vœu général pour le rappel des proteſtants, & quoique le parlement ſe ſoit expliqué déja pluſieurs fois en leur faveur, avant

qu'il soit délibéré sur l'édit nouveau qui les concerne, il a été adressé à chaque membre un gros in-4°. où l'on prévoit les plus grands maux de ce retour. On assure que cet ouvrage est spécieux & mérite d'être réfuté.

24 *Novembre.* Le Roi dans sa mercuriale à la députation dit positivement, que la pluralité des suffrages étoit pour l'enrégistrement de l'édit d'emprunt, & il paroît constant en effet aujourd'hui qu'il passoit à la pluralité de vingt voix. En conséquence on regarde comme une grande gaucherie de la part du garde des sceaux de n'avoir pas profité de la circonstance pour donner à l'édit toute la sanction qu'il pouvoit obtenir légalement en remplissant les formalités d'usage. Il a prétendu qu'il ne convenoit point de les suivre scrupuleusement en présence du Roi ; que les magistrats n'avoient plus que voix consultative, & par conséquent qu'il étoit indigne de la majesté du trône d'asservir le monarque à des regles ennuyeuses, à des formes minutieuses qui n'étoient point faites pour lui. Tout le monde blâme M. de Lamoignon & trouve qu'il se montre de plus en plus au dessous de sa dignité, à laquelle son ambition seule l'a fait parvenir.

24 *Novembre.* On publie l'édit d'emprunt qui porte à la fin : *regiſtré en la cour, le Roi y séant, toutes les chambres aſſemblées, ce requérant le procureur général du Roi, pour être exécuté suivant ſa forme & teneur, &c.*

Le préambule en est fort long, fort diffus, composé de phrases péniblement contournées, dont l'obscurité a sans doute été imaginée exprès, afin de rendre moins sensibles les contradictions réquentes qu'on y trouve, avec le langage qu'on fait tenir au Roi précédemment dans plusieurs réponses. Voici ce qui en résulte plus clairement & ce qu'il est essentiel d'en extraire.

1°. Depuis que le Roi connoît la situation déplorable de ses finances, il ne cesse de s'occuper des moyens de rétablir l'ordre & l'équilibre entre la recette & la dépense.

2°. Les sacrifices ne coûtent rien à S. M.; mais les économies les plus multipliées ne peuvent procurer sur le champ tout le produit qu'elles promettent; plusieurs ne sont qu'éventuelles ou successives, & quelques-unes nécessitent des remboursements qui dans le moment les rendent plus coûteuses que profitables.

3°. S. M. ne veut point mettre de nouveaux impôts, tant qu'elle espérera d'autres ressources: elle ne veut pas non plus en rien manquer à ses engagements, pour éviter la foule de maux qu'entraîneroit cette secousse.

4°. Il faut donc recourir à quelques emprunts, qui non-seulement pourvoient au besoin du moment, mais embrassent encore le présent & l'avenir; qui annoncent un systême & un terme de libération.

5°. En conséquence elle en ordonne un qui doit être étendu à toutes les années où il sera nécessaire, & S. M. a trouvé de la sorte un principe de libération & pour éteindre les anciens emprunts, & pour éteindre celui même qui doit opérer un effet si salutaire.

6°. Cent millions de revenus vont être engagés au service de pareilles sommes de rentes viageres: ces revenus sont bonifiés successivement de plus de cinquante millions d'économies;

par le dernier réglement fur les penfions , le fonds total qui s'étoit élevé de 27 à 28 millions eft invariablement fixé à quinze ; enfin parmi les dépenfes dont eft chargé le tréfor royal, il y en a pour trente millions qui ont un terme, & même en partie peu éloigné ; il eft démontré qu'en comptant les augmentations de recette que peut produire la réforme des finances, le tréfor royal doit profiter, d'ici à un certain nombre d'années, de plus de cent millions & un jour même de plus de deux cents.

7°. Le Roi n'eft point arrêté par l'idée du ftellionat, en engageant des revenus déja hypothéqués, en ce que l'emprunt nouveau doit en éteindre d'autres ; en ce que la maffe des extinctions fur près de deux cents millions de dépenfes qui ont un terme, doit couvrir les arrérages des deux premieres années, les furpaffer dans la troifieme, & enfin leur devenir tellement fupérieure que les emprunts eux-mêmes puiffent diminuer fenfiblement.

8°. L'emprunt graduel que fe propofe S. M. étant annoncé d'avance, doit devenir d'année en année plus avantageux, & le crédit s'affermiffant de jour en jour, elle efpere parvenir à faire baiffer l'intérêt de l'argent.

9°. S. M. a été occupée de la feule crainte de la guerre : elle eft raffurée à cet égard, & dans le cas même où cette guerre furviendroit, elle ne dérangeroit point fes opérations, & elle y a pourvu.

10°. S. M. va s'appliquer fans ceffe à accélérer le jour heureux de la remife du fecond vingtieme, afin de le réferver pour les befoins extraordinaires.

11°. Pour que les peuples ne doutent pas de la sincérité & de la ftabilité des intentions de S. M., elle renouvelle l'engagement de donner tous les ans une publicité exacte de fon adminiftration & de fes dons.

12°. Bien plus, & afin d'augmenter la confiance, la partie deftinée à des rembourfements fera foumife, dès le moment, à l'infpection des magiftrats de la chambre des comptes.

13°. S. M. a réglé enfuite la maniere la plus convenable, la proportion, la durée & la forme de l'emprunt. Il fera plus confidérable cette année, tant parce que les préparatifs de guerre ont occafionné des dépenfes extraordinaires, que parce que les bénéfices par extinction, ou par améliorations, ou par économie, font moins fenfibles. Il fera en perpétuel & viager, afin de contenter tous les goûts : il fera plutôt porté au delà qu'en de-çà des befoins : s'il y a du trop, on l'emploiera à éteindre, du moins en partie, ces anticipations ruineufes dont on n'a pu fe paffer jufqu'à préfent.

14°. Par ces fages combinaifons l'emprunt qui doit durer cinq ans, diminuant d'année en année, ne fera pour 1791 que de 60 millions.

15°. C'eft alors que S. M. promet d'affembler les états généraux pour leur faire voir fa bonne adminiftration, leur inutilité, & en recevoir les remerciements qu'ils lui devront. *Amen ! amen ! amen !*

24 *Novembre.* Pour compléter la relation des actes parlementaires relatifs à la féance du 19 & à fes fuites, voici le difcours prononcé par le premier préfident le mercredi 21.

SIRE,

» Votre parlement se rend à vos ordres. Il
a été instruit ce matin à l'ouverture de sa
séance , qu'un prince auguste de votre sang avoit
encouru votre disgrace ; que deux conseillers de
votre cour sont privés de leur liberté. Votre parlement consterné supplie très-humblement V. M.
de rendre au prince de votre sang & aux magistrats la liberté qu'ils n'ont perdue que pour
avoir dit librement ce que leur ont dicté , en
votre présence , leur devoir & leur conscience
dans une séance où V. M. a annoncé qu'elle
venoit recueillir des suffrages libres. »

24 *Novembre.* La protestation de M. le duc
d'Orléans inscrite dans les registres de la compagnie , porte aussi littéralement :

« SIRE,

» Je supplie V. M. de permettre que je dé-
pose à ses pieds , & dans le sein de la cour , la
déclaration que je regarde cet enrégistrement
comme illégal , & qu'il seroit nécessaire , pour
la décharge des personnes qui sont sensées
avoir délibéré , d'y ajouter que c'est par exprès
commandement du Roi. »

25 *Novembre.* Ce sont des commissaires &
exempts de police qui se sont transporté chez
M. Fretteau & l'abbé Sabatthier pour leur inti-
mer les ordres du Roi. Il passe pour constant
que le premier a été traité avec une grande dureté,
le second, avec une moindre : qu'on a obligé l'un
de partir sur le champ , & dès cinq heures du

matin ; que l'autre a eu du répit jusqu'à sept heures du soir, mais a été obligé de partir, quoique malade.

Le 22, les pairs reçurent défenses à sept heures du matin de se rendre au parlement & furent assez lâches pour y obtempérer. Les chambres furent assemblées ce même jour depuis dix heures jusqu'à quatre heures du soir, & arrêterent :

1º. Protestation sur l'interdiction faite aux ducs & pairs de se trouver à une assemblée qui n'étoit indiquée que pour délibérer sur un arrêté, auquel ils ont eux-mêmes contribué.

2º. Députation auprès de madame la duchesse d'Orléans pour lui faire agréer les compliments de condoléance de la cour, & instances auprès du Roi afin de faire cesser l'exil de M. le duc d'Orléans.

3º. Réclamation des deux membres détenus qui n'ont pas dû encourir la disgrace du Roi plus que les autres ; puisque l'arrêté, fruit de leur opinion, est le vœu de toute la cour.

4º. Supplications à rédiger le soir même pour être lues le lendemain 23 à l'assemblée des chambres & sur le champ présentées au Roi.

Les supplications lues, les gens du Roi eurent ordre d'aller à Versailles savoir le jour, l'heure & le lieu où le parlement seroit reçu.

Le Roi répondit qu'il le recevroit le lundi 26, qui est demain, à sept heures du soir : les supplications sont déja connues de beaucoup de gens ; on les dit courtes & touchantes.

25 Novembre. Discours à lire au conseil, en présence du Roi, par un ministre patriote, sur le projet d'accorder l'état civil aux protestants. Tel est le titre du gros in-8°. annoncé ; il a 313 pages de texte, avec des notes, indépendamment des pieces justificatives.

Les plus essentielles sont 1°. *le mémoire du duc de Bourgogne, dauphin de France, petit-fils de Louis XIV, pere de Louis XV* ; 2°. *Lettre de feu M. de Chabannes, évêque d'Agen, à M. le contrôleur général, contre la tolérance des huguenots dans le royaume*, en date du 1 mai 1751 ; 3°. *Mémoire sur les entreprises des protestants, présenté au Roi par l'assemblée du clergé de France en 1780*, tiré du procès-verbal de cette assemblée, souscrit par M. l'archevêque de Toulouse, aujourd'hui principal ministre ; 4°. *Enfin plan du gouvernement républicain que les protestants vouloient établir en* France.

25 Novembre. On vient d'imprimer un recueil de pieces concernant la séance du 19 novembre 1787 ; on y trouve :

1°. *Discours du Roi au parlement.* S. M. y annonce qu'elle vient lui rappeller des principes dont il ne doit pas s'écarter, le consulter & l'entendre sur deux grands actes d'administration & de législation, qui lui ont paru nécessaires ; enfin répondre aux représentations que lui a faites la chambre des vacations en faveur du parlement de Bordeaux. Ce discours est très-mal fait : on y trouve quelques élans de vigueur, mais bientôt la foiblesse du monarque s'y décele de nouveau.

2°. *Discours de M. de Lamoignon, garde des sceaux de* France. Dans celui-ci très-long, le garde des sceaux répond d'abord explicitement au vœu que lui a porté le parlement d'assembler les états-généraux du royaume. Il lui rappelle adroitement à cette occasion les principes

sur

fur l'abfolu pouvoir du Roi confignés dans l'arrêté du 10 mars 1766, fuite de la fameufe flagellation du 3 du même mois; il en conclut qu'au Roi feul appartient le droit de convoquer les états-généraux, que lui feul doit juger fi cette convocation eft utile ou néceffaire; qu'enfin il n'a befoin d'aucun pouvoir extraordinaire pour l'adminiftration de fon royaume.

Après cette réponfe aux remontrances & arrêtés du parlement, l'orateur entre dans quelques détails d'économies & de bonifications que S. M. vient d'opérer; fuivant fon calcul elles fe montent déja à plus de 50 millions; de-là il paffe à l'emprunt qu'il cherche à juftifier par toutes les raifons fournies dans le préambule de l'édit, & qu'il voudroit transformer en opération de génie, en y faifant envifager une unité de vues & de combinaifons fages & profondes. Il dit un mot de l'édit concernant les proteftants, dont il prévoit de grands avantages pour la population, l'agriculture, le commerce & les arts, & fur-tout celui de fauver la contradiction fréquente entre les loix & la nature, entre les loix & les mœurs, entre les loix & les jugements des tribunaux, enfin entre les fuppofitions des ordonnances & l'évidence inviolable des faits.

En dernier lieu le garde des fceaux rend compte au parlement au nom du Roi des motifs qui ont empêché S. M. d'acquiefcer aux vœux qu'il a portés au pied du trône en faveur du parlement de Bordeaux.

Rien de plus pietre que tout ce difcours, qui trahit à chaque ligne l'ineptie de fon auteur, incapable de faire parler un grand Roi; qui tour-à-tour outre & avilit l'autorité, qui voudroit être à la fois ministre & magistrat, & ne sait pas tenir le juste milieu entre cette double fonction trop souvent incompatible.

3°. *Rapport de M. l'abbé Tandeau de l'édit d'emprunt.* Cet abbé, comme rapporteur de la cour, étoit dans le cas d'opiner le premier : son dis-cours de 22 pages est une apologie complete de l'emprunt , dans les vues qui lui avoient été probablement suggérées par la cour : il ter-mine par déclarer que malgré ces réflexions toutes en faveur de l'édit , son importance le dé-termineroit à en renvoyer l'examen à des com-missaires , si la présence de S. M. ne l'avertissoit qu'elle est venue chercher au milieu de son par-lement un avis définitif.

26 *Novembre.* Le *Discours à lire au conseil* est divisé en trois paragraphes :

1°. Qu'ont fait les protestants avant la révo-cation de l'édit de Nantes ?

2°. Que font-ils depuis cette époque ?

3°. Que feroient-ils dans les circonstances actuelles , si le Roi sanctionnoit leur état ?

Ce qu'ont fait les protestants s'apprend dans l'histoire. Leur secte a désolé la France par le fer & par le feu ; elle l'a livrée à l'avarice & à l'ambition des étrangers ; elle l'a réduite à la derniere extrêmité par la fureur des guerres ci-viles , par des révoltes sans cesse réitérées , par tous les horribles excès de la rage & de l'im-piété ; elle a fait la guerre à six Rois de France & leur a livré quatre batailles rangées. On la voit audacieuse dans sa naissance , séditieuse dans son accroissement , républicaine dans sa prospérité , menaçante dans ses derniers soupirs. En vain trois déclarations du Roi , 176 arrêts du conseil & des parlements , quatre ordonnances, dix jugements avoient-ils tenté de réprimer ses infractions ; les calvinistes étoient toujours inquiets & factieux , ils remuoient sourdement , ils entretenoient des intelligences , ils formoient des liaisons criminelles avec les puissances étrangeres, ennemies de la France.

Dans l'histoire sont encore consignés beaucoup de faits concernant la conduite des protestants depuis leur expulsion de France. Ils préluderent par les scenes que jouerent dans le Dauphiné, le Vivarais & les Cevenes les prophetes & les prophéresses ; mais bientôt à cet enthousiasme religieux succéda la rebellion manifeste dans les Cevenes & éclata la guerre des Camisards. A la mort de Louis XIV , ils profiterent de la longue minorité de Louis XV pour entretenir des rapports criminels avec les puissances étrangeres, pour tenir des assemblées illicites, pour accueillir des prédicants qui ne furent occupés qu'à exciter les peuples à la révolte : en un mot, toute leur conduite ne fut qu'une infraction continuelle aux édits & déclarations qui les concernoient. La déclaration de 1724 comprime l'inquiétude de ses sectaires & maintient le repos tant que la fermeté du gouvernement & la paix de l'Europe les convainquirent de l'inutilité, du danger même de leurs mouvements : mais depuis la guerre de 1741 , ce ne fut plus de leur part qu'une chaîne d'entreprises criminelles ; présage de celles auxquelles ils se porteroient si l'on dérogeoit à une loi positive , à l'illégitimité de leur existence.

C'est ce que sollicitent les fauteurs du protestantisme qui assiegent en ce moment les ave-

I 2

nues du trône : des mémoires rédigés par des
personnages délégués du parti, décorés du titre
de *députés des églises réformées*, entr'autres deux
ministres protestants de Metz, ont tenté la délicatesse du gouvernement, en lui infinuant des
offres pécuniaires pour le soulager dans l'embarras du fisc public : on est parvenu à faire
illusion à plusieurs membres de l'assemblée des
notables, qui ont élevé leurs voix en faveur des
religionnaires, mais étouffées par la prudence
de Monsieur. Il est à présumer que tant d'efforts
combinés vont réussir ; mais cette indulgence
déterminée par une fausse politique entraîneroit
les suites les plus déplorables, la subversion totale de
la constitution religieuse & politique de cet empire.

Après avoir obtenu l'état civil, les protestants
demanderoient des temples, le culte public,
des dixmes pour leurs pasteurs, des synodes &
des assemblées périodiques, des écoles & des fé-
minaires ; ils s'introduiroient dans les assemblées provinciales, & formeroient un second
parti dans l'état.

Comme tous ces maux ne font que de pré-
voyance, l'auteur ne discute plus la matiere en
historien, mais en logicien, & afin de ne laisser
aucun prétexte aux fauteurs du protestantisme,
il établit quatre questions : Que demandent les
protestants ? Sont-ils fondés à le demander ?
Quel temps choisissent-ils pour le demander ?
Le Roi peut-il accorder, sans inconvénient, ce
qu'ils demandent ? On ne peut suivre l'auteur
dans la discussion de ces questions, & quoique
ses raisonnements ne soient pas sans réplique, on ne peut nier, comme on l'a dit
déja, qu'ils ne méritent une réfutation. Cet

ouvrage eſt d'autant plus capable de frapper &
de faire réfléchir les miniſtres , qu'à quelques
écarts près contre les janféniſtes & les philoſophes,
qu'il appelle philoſophiſtes & qu'il prétend devoir
bientôt ſe fondre dans le proteſtantiſme , s'il
étoit admis, l'écrivain montre beaucoup de modération.

Quant au ſtyle , il eſt vigoureux , animé,
chaud , & en général, l'ouvrage eſt d'un excellent
écrivain. La proſopopée de la religion à Louis XVI,
quoique peu concluante dans une diſſertation , eſt
un morceau oratoire propre à mériter à l'auteur
une place parmi nos auteurs les plus éloquents.

26 *Novembre*. Il paroît que le grief de l'abbé
Sabbathier eſt d'avoir parlé de l'archevêque
de Touloufe avec une ſorte de mépris dans
les aſſemblées précédentes , ainſi qu'on l'obferva dans le temps ; d'avoir aſſimilé cette
époque à des temps dont on a trouvé indiſcret
& dangereux de rappeller le ſouvenir , difant
qu'il falloit chaſſer de l'adminiſtration ce prêtre ,
comme on avoit autrefois expulſé le chapeau
rouge. Quant à M. Fretteau , c'eſt une vengeance
de M. de Lamoignon, qui a fait dans la féance
du 19 deux rôles oppoſés ; qui après avoir ſervi
d'organe au Roi , comme garde des ſceaux , a
pris enſuite fon rang de préſident & a voté
comme magiſtrat : M. Fretteau en obſervant
cette irrégularité , avoit voté pour qu'il ſortît
pendant la deliberation.

26 *Novembre*. Il vient d'être envoyé encore
aux différents membres du parlement une feuille
de 16 pages, intitulée *Lettre à un Magiſtrat du
parlement de Paris, au fujet de l'édit fur l'état
civil des Proteſtants*.

C'eft un extrait fuccinct du gros ouvrage dont on a rendu compte. L'auteur de celui-ci ne connoiffant point l'édit qu'on affure avoir 37 articles, n'en difcute aucun, mais combat en général le projet de donner une exiftence légale aux religionnaires. Il prétend qu'on manquera le but qui eft d'en ramener beaucoup dans le royaume, & qu'on fe prépare des troubles futurs qu'une fage & jufte intolérance avoit enfin anéantis; que le nombre des proteftants diminuoit fenfiblement; que cette fecte alloit s'éteindre, & qu'on la fera renaître. Tout ce que l'écrivain avance, n'eft pas fort péremptoire & il feroit aifé de le réfuter par fes propres raifonnements.

28 *Novembre.* C'eft en ce moment le cabinet de la feue préfidente de Beauville, qui eft l'objet de la curiofité des amateurs; il eft compofé non-feulement de tableaux de peintres célèbres des différentes écoles de deffin & d'eftampes en feuilles, fous verre & en livres, dont un bel œuvre de *Sébaftien le Clerc*; de figures, de buftes, de vafes de bronze, de marbre, de terre cuite, laques, pierres gravées antiques, &c., mais encore de différentes collections de morceaux d'hiftoire naturelle, que cette virtuofe s'étoit plu à raffembler depuis trente-cinq ans. On y admire fur-tout une riche & nombreufe fuite de coquilles, la plus complète connue. Comme ce cabinet doit être mis en vente inceffamment, tout le monde y eft admis & c'eft une affluence confidérable.

29 *Novembre.* On regarde aujourd'hui comme certain que le parlement étoit d'accord avec l'archevêque de Touloufe; que l'édit auroit été librement enregiftré pour 110 millions feule-

ment , avec la promesse expresse du Roi de convoquer les états-généraux pour mars 1789. Que la cabale Calonne, M. le garde des sceaux , le comte d'Angiviller, le duc de Liancourt & autres courtisans se sont coalisés pour faire échouer le projet. M. de Lamoignon étant le premier en ligne, on regarde cette crise comme un combat à mort entre le principal ministre & lui.

Quoi qu'il en soit , la séance du 22 a pensé être beaucoup plus orageuse qu'elle ne l'a été : il y avoit eu 27 voix contre 40 pour décréter les commissaires, exempts & suppôts de police, porteurs & exécuteurs des ordres illégaux du Roi contre messieurs Sabbathier & Fretteau.

On vouloit aussi dénoncer l'emprunt dont l'enrégistrement n'est point exact, &, ce qui plus est, n'existe point sur les régistres du parlement; il n'a été inscrit que sur l'édit même que le Roi avoit apporté avec lui le lundi 19.

Ces deux coups de vigueur n'ont pu avoir lieu , faute de la pluralité.

29 *Novembre.* Hier le parlement a porté au Roi par l'organe de son premier président ses supplications au sujet de l'exil de M. le duc d'Orléans , & de l'enlèvement de MM. Fretteau de Saint - Just, & Sabbathier de Cabre, arrêtés aux chambres assemblées le vendredi 23 novembre 1787 : elles sont courtes & énergiques; elles seront incessamment imprimées, ainsi que la réponse du Roi qui est longue , dure, seche, gasconne & décèle par-tout l'embarras de ceux qui l'ont dictée.

29 *Novembre.* L'assemblée indiquée pour aujourd'hui a eu lieu au sujet de l'édit concernant l'état civil à donner aux protestants, & il en est résolu l'arrêté suivant :

I 4

« La cour avant de délibérer fur l'édit, attendu l'abfence des princes & pairs, avec lefquels la délibération avoit été commencée en préfence du Roi, reprife le lendemain & continuée avec eux au mercredi 28, a remis la délibération au vendredi 7 décembre prochain, & efpérant ladite cour qu'à cette époque la levée des obftacles qui paroiffent s'oppofer à la venue des princes & pairs, mettra la cour à portée de recevoir les lumieres des membres les plus diftingués en icelle, pour délibérer fur un acte de légiflation auffi important, & qu'elle follicitoit depuis long-temps de la bonté du fouverain. »

29 *Novembre.* Un chevalier de Pawlet, aujourd'hui comte de Pawlet, un jour rencontre dans le bois de Vincennes un enfant prêt à fuccomber fous une fievre brûlante, qui ayant perdu fon pere mort aux invalides, n'ayant ni reffource, ni afyle, s'étoit retiré dans ce bois, où il vivoit de ce qu'il mendioit: il conçoit le projet de former un établiffement fous le titre d'*Ecole des orphelins militaires.* Sans fortune lui-même, il imagine de mettre à contribution l'humanité & la compaffion publique; il fait d'abord un journal deftiné à cet acte de bienfaifance, & cette reffource ne fuffifant pas, il fe remue, il s'intrigue auprès des gens puiffants, des gens riches, des miniftres, & enfin il confolide fon école, qui prend une forme & eft aujourd'hui très-floriffante.

Il faut, pour y être admis, être fils de vétéran; il n'y a d'exception à cette regle qu'en faveur des gentilshommes les plus pauvres, qui, lorfque leur pere n'a pas fervi, font obligés de prouver au moins huit degrés de nobleffe.

Dans cette école fe trouvent réunis des maîtres & des profeffeurs pour tous les genres de connoiffances, pour toutes les reffources néceffaires à l'éducation la plus libérale & la plus étendue, foit dans les arts, foit dans les fciences, deffin, peinture, mufique, langues mortes & étrangeres vivantes, mathématiques, &c.

Les détails de l'ordre & de la difcipline embraffent tout ce que l'on peut defirer, & font l'admiration de tous ceux qui en ont été les témoins.

M. de Calonne, enchanté de cet établiffement & de fon organifation, avoit voulu y mettre fon fils; ce qui n'a pas peu contribué à lui donner de la confiftance & de la vogue.

Aujourd'hui le comte de Pawlet propofe une extenfion à cette école : il crée vingt-quatre nouvelles places fous le nom d'*écoles d'encouragement*; elles font deftinées à de jeunes gens de toute naiffance & de tout âge, qui, ayant déja acquis dans un genre quelconque des talents, annonces d'un grand mérite, peuvent manquer des moyens fuffifants pour atteindre à la perfection qu'ils femblent promettre.

Le plus merveilleux, c'eft ce que le comte de Pawlet, au rapport de ceux qui le connoiffent, eft un affez médiocre fujet lui-même, qui n'a que de l'intrigue & de l'imagination : du refte, un joueur, paffant fa vie dans les tripots & les brelans.

19 Novembre. Les *Remontrances de Bordeaux*, arrêtées à Libourne, toutes les chambres affemblées le 31 octobre, font en effet imprimées &

I 5

répondent à la haute opinion qu'on en avoit
donnée : elles font pleines de raifon & d'éloquence en même temps ; elles font écrites avec
beaucoup de pureté, de noblesse & d'énergie :
elles commencent par une peinture rapide de
l'état déplorable du royaume & de la magiftrature à la mort de Louis XV ; de la nouvelle
vie qu'ils avoient repris au commencement du
regne de Louis XVI ; enfin de la décadence du
crédit & de l'abyme qui s'eft ouvert tout-à-coup
dans les finances ; des remedes imaginés dont
le principal confifte dans l'établiffement des affemblées provinciales, leur objet annoncé, préco-
nifé par le miniftre, eft d'affervir en quelque
forte la nation au gouvernement ; mais leur
objet véritable, fecret, unique eft d'accroître les
impôts & de fe paffer de la loi de l'enrégiftrement. De-là l'obligation des cours de s'oppofer
à de pareilles créations, jufqu'à ce qu'elles en
aient bien connu & arrêté l'objet ; de-là les vexations qu'a éprouvées & qu'éprouve encore le parlement de Bordeaux, ou plutôt la Guienne entiere, dont l'interruption de la féance précé-
dente avoit accumulé déja les procès dans les
greffes & les accufés dans les prifons. Ces remontrances finiffent par demander de nouveau
l'affemblée des états-généraux, comme le feul
remede aux maux de la France.

19 *Novembre.* Le morceau le plus remarquable
des *fupplications* du 23 eft celui-ci, néceffaire à
rapporter d'ailleurs pour l'intelligence de la réponfe du Roi.

« Et quel enlevement, Sire ? L'honneur en
frémit, & l'humanité en gémit, comme la
juftice.

» Des mains viles se sont portées sur la personne de l'un de vos magistrats (M. Freteau) :
sa maison étoit assiégée ; des suppôts de la police écartoient sa famille : il a fallu descendre auprès d'eux à la prière, pour qu'il vît sa femme,
ses enfants & ses sœurs dans ces derniers moments. On l'a forcé de partir sans aucun serviteur ; & ce magistrat qui se croyoit lundi
dernier sous la sauve-garde personnelle de V. M.
est parti en effet pour une prison éloignée, seul,
au milieu de trois hommes dévoués au pouvoir
arbitraire.

» Le second des magistrats enlevés par vos
ordres (l'abbé Sabbathier), quoique traité chez
lui moins durement que le premier, n'en a pas
moins été contraint de partir avec la fievre &
menacé d'une maladie inflammatoire, pour un
lieu où la vie est un supplice continuel. Un
rocher est sa demeure, les flots de la mer battent
sa prison, l'air en est mal sain, les secours sont
éloignés, & V. M., sans le vouloir, sans le
savoir, en signant l'ordre de son enlévement a
peut-être signé celui de sa mort. »

Réponse du Roi.

« Le jour de ma séance au milieu de vous,
mon garde des sceaux vous a dit par mes ordres :

» Que plus je me montrois bon, quand je pouvois
me livrer aux seuls mouvements de mon cœur,
plus j'étois ferme, quand je pouvois entrevoir que
l'on abuse de ma bonté.

» Je pourrois finir-là ma réponse à vos supplications ; mais je veux bien y ajouter que si

I 6

je ne b'âme pas l'intérêt que vous me témoignez
fur la détention de deux magiftrats de mon
parlement, je n'approuve pas que vous en exa-
gériez les circonftances & les fuites ; & que
vous fembliez l'attribuer à des motifs, que le
libre cours que j'ai laiffé aux opinions ne vous
permet pas même de préfumer.

» Je ne dois compte à perfonne des motifs de
mes réfolutions : ne cherchez pas plus long-
temps à lier la caufe particuliere de ceux que j'ai
punis avec l'intérêt de mes autres fujets & des
loix.

» Mes fujets favent tous que ma bonté veille
perpétuellement fur leur bonheur, & ils en re-
connoiffent les effets jufques dans les actes de
ma juftice.

» Chacun eft intéreffé à la confervation de
l'ordre public, & l'ordre public tient effentiellement au maintien de mon autorité.

» Si ceux qui ont été chargé de l'exécution
de mes ordres fe font conduits d'une maniere
contraire à mes intentions, je les punirai.

» Si le lieu de la détention des deux magiftrats peut être nuifible à leur fanté, je les ferai
transférer ailleurs.

» Le fentiment d'humanité eft inféparable dans
mon cœur de l'exercice de ma juftice.

» Quant à l'éloignement de M. le duc d'Orléans, je n'ai rien à ajouter à ce que j'ai déja
dit à mon parlement. »

Sur cette réponfe le parlement a arrêté d'itératives fupplications.

29 *Novembre*. M. Mercier, par la bonhommie
qu'il a eue d'imprimer fes pieces avant de les
faire jouer, en peut moins impofer qu'un autre

à la repréfentation, & fes fuccès en font plus
certains. On ne fait fi c'eft de fon aveu, mais
fon drame intitulé *Natalie*, joué mardi aux
Italiens, quoique de quatre actes dont il eft
partagé dans l'impreffion, réduit à trois, n'a
point réuffi & il a été accueilli de murmures
affez conftants depuis le commencement jufques
à la fin.

30 *Novembre.* Les pairs, toujours foibles &
pufillanimes, n'ofant plus venir au palais depuis
les défenfes qu'ils en ont reçues du Roi, fe
font affemblés chez M. le duc de Luynes & y
ont arrêté de faire des repréfentations au Roi
fur l'exil de M. le duc d'Orléans. Voilà tout
ce qu'on en dit.

30 *Novembre.* Tout le détail de l'échange
du comté de Sancerre paroît imprimé en
deux volumes in-8°. On affure que M. de Calonne y eft prouvé fripon jufqu'à la démonftration. Malheureufement un pareil ouvrage doit
être fort ennuyeux.

30 *Novembre.* Les confeillers d'état & maîtres
des requêtes, apres avoir conféré entr'eux fur
le réglement concernant le confeil, les bureaux
& leurs honoraires, en ont porté des plaintes
au garde des fceaux, qui les a affuré n'en avoir
eu aucune connoiffance préalable. On veut que
ce foit un projet ancien déterré par le principal
miniftre & adopté avec empreffement, communiqué à M. le controleur général qui n'y a point
trouvé d'obftacle, mais a repréfenté pourtant
qu'il feroit bon de confulter M. d'Ormeffon.
Celui-ci a répondu qu'il ne doutoit pas du zele
de Meffieurs du confeil à entrer dans les vues

d'économie de S. M., que ces Messieurs servoient par honneur, & non par intérêt.

Les conseillers d'état & les maîtres des requêtes sur-tout savent très-mauvais gré à M. d'Ormesson d'avoir fait ainsi les honneurs des membres du conseil : ils prétendent qu'étant puissamment riche, il en parloit fort à son aise; mais qu'il auroit dû songer que ses confreres ne le font pas tous ; que les charges de maître des requêtes font cheres ; qu'elles entraînent des frais, & qu'il faut en être dédommagé par quelque chose.

Comme le garde des sceaux n'est point d'intelligence avec le principal ministre ; c'est un nouveau nuage qui s'éleve sur la tête de celui-ci, & il a de la sorte presque tout le conseil à dos.

30 *Novembre.* L'on a dit que le parlement de Bordeaux avoit improuvé la conduite du parlement de Paris à Troyes, c'est-à-dire l'enrégistrement qu'il y a fait de la prorogation des vingtiemes. Voici ce qu'on trouve à ce sujet dans les remontrances de cette cour; le paragraphe, sans désigner personne, est en effet une critique indirecte de la complaisance du parlement de Paris.

« Si par une condescendance condamnable, il (le parlement de Bordeaux) avoit la foiblesse de changer de conduite, il mériteroit les reproches que Jean de Montluc, opinant dans le conseil, faisoit, en présence de Charles IX, aux députés d'un parlement : *il advient souvent* disoit-il, *que ces Messieurs, après avoir usé de ces mots si féveres & si rigoureux : la cour ne* peut, ni ne doit, selon leur conscience, entre

tiner ce qui lui a été mandé ; *peu de temps après,
comme s'ils avoient oublié le devoir de leurs
consciences, passent outre & accordent ce qu'ils
avoient refusé avec opiniâtreté : je demanderois volontiers ce que deviennent alors leurs consciences ?
s'ils changent, ils donnent à mal penser à beaucoup de gens de leurs consciences.* »

1 *Décembre* 1787. Extrait d'une lettre de Rouen,
du 27 novembre 1787. Notre parlement avoit
en effet voulu d'abord s'opposer aux assemblées
provinciales dont il desiroit enrégistrer les réglements avec l'édit de création ; mais sur ce
qu'on lui a répondu que ceci n'étoit qu'un
essai, que dans trois ans les assemblées provinciales auroient leur organisation, & que le lé-
gislateur devoit s'être assuré des bons effets d'un
réglement public avant de lui donner, sans
nécessité, la sanction des loix ; il s'est rassuré
& a cru devoir se rendre à ces considérations.
Aussi vous voyez que M. le garde des sceaux,
dans son discours à la séance du Roi au parlement de Paris le 19 novembre, se prévaut
beaucoup de cet acquiescement tacite, pour
blâmer la conduite du parlement de Bordeaux
qui, *par une méfiance offensante,* dit-il, *calomnie
les intentions de S. M. en méconnoissant ses bienfaits.....*

1 *Décembre.* Veut-on savoir ce qu'il faut
penser des assemblées provinciales, telles qu'elles
sont établies en ce moment ? Voici ce qu'en dit
le parlement de Bordeaux, dans les fameuses remontrances du 30 octobre, où il a grand intérêt de parler avec beaucoup de circonspection,
de ne point altérer la vérité & de ne point se
mettre dans le cas d'être démenti. Il ne fait que

confirmer ce qu'on a rapporté de leur mauvaife organifation. Voici le paragraphe littéral :

« Les événements ont juftifié ce que la prudence des notables avoit prévu ; les commiffaires départis ont pris fur les affemblées provinciales une autorité qui décourage & les préfidents & les membres de plufieurs de ces affemblées. Les réglements qui ont été envoyés, fouffrent prefque généralement des difficultés ; & le parlement de Grenoble, fi zélé pour la gloire du Souveverain & les intérêts de la nation, s'eft vu forcé d'en arrêter l'exécution, quoiqu'il en eût enrégiftré l'établiffement. »

En conféquence le parlement de Bordeaux eftime qu'un pareil établiffement doit être l'objet de l'affemblée des états généraux, & que c'eft à la nation elle-même à former les affemblées provinciales, à les réunir dans un même efprit, dans un intérêt commun ; à donner à leur mouvement cet enfemble, cette harmonie abfolument néceffaire à leur confervation, à la gloire de l'état & à l'utilité publique.

1 *Décembre.* On augure que l'exil du duc d'Orléans ne fera pas long & l'on penfe qu'il feroit peut-être déja fini fans les inftances du parlement, auxquelles le Roi ne veut pas avoir l'air de céder. Ce qui fait préfumer que S. M. n'eft pas fort offenfée, c'eft fa réponfe au duc de Bourbon & au prince de Condé, qui ont de leur côté fait leurs fupplications communes & perfonnelles : fans rien refufer ni accorder, elle leur a dit avec fa bénignité ordinaire : *je fuis bon parent.*

On ne fait fi dans cet efpoir, mais il paffe pour conftant que M. le duc d'Orléans a fait inviter le parlement de ne pas s'occuper de lui ; invitation à laquelle il ne pouvoit accéder décemment.

Ce qu'il y a de fûr, c'eft que la maifon d'Orléans ne paroît pas fort affligée de l'événement. Madame la duchelle & fes enfants ont été le joindre.

2 *Décembre.* C'eft par une lettre du Roi même que les princes du fang ont été engagés à ne pas fe trouver aux affemblées du parlement : quant aux pairs, c'eft par une lettre du miniftre au nom de S. M. qu'ils ont reçu femblable invitation.

2 *Décembre.* Les fuppôts du miniftere ne manquent pas de répandre le bruit que l'emprunt va à merveille ; que dans les trois premiers jours les foumiffions fe font élevées à plus de 40 millions ; ils prétendent que le défaut d'hypotheque n'effraie point , ou plutôt qu'on la trouve très-bonne fur les retranchements & économies dont une partie eft déjà effectuée ; que les rembourfemens annoncés ne fouffrant aucun délai , à plus forte raifon les arrérages de toutes les rentes viageres & perpétuelles n'en fouffriront point.

2 *Décembre.* Les travaux du confeil de la guerre fe continuent fans interruption ; mais le réfultat devant former l'enfemble d'une nouvelle conftitution militaire, il ne paroîtra pas avant le commencement de l'année prochaine.

On renvoie à cette époque la promotion des colonels-brigadiers au grade de maréchal de camp : encore ajoute t-on que leur nomination ne fera faite que pour prendre rang dans la premiere promotion des officiers généraux de ce grade.

Il a été adressé une lettre circulaire à tous les colonels pour ne pas nommer aux emplois de sous-lieutenants de remplacement dans leurs régiments.

2 *Décembre*. Il y a environ dix-huit mois que le maréchal duc de Duras, premier gentilhomme de la chambre, à l'instigation des comédiens, & sur-tout de madame Vestris qui le subjugue toujours, a fait fonder par le Roi une *école de déclamation* pour le théâtre françois, dont les professeurs sont les sieurs Molé, Dugazon & Fleuri. Les sujets qui y sont admis ne sont élèves d'aucun des professeurs en particulier, mais reçoivent des leçons également de tous les trois.

Suivant le réglement on ne devroit y admettre aucun sujet qu'avec des précautions très-sages, & l'on n'y devroit point garder ceux qui après un examen suffisant, ne montrent pas des dispositions dont on puisse attendre du succès. Mais on sait à quoi servent en France les réglements, même dans les corps les mieux disciplinés ; à plus forte raison on conçoit combien ils peuvent dégénérer dans un tripot comme la comédie françoise.

Quoi qu'il en soit, il vient de débuter, il y a quelque jours, le premier élève connu de cette école, le sieur Talma : il a eu du succès dans le tragique & dans le comique : il joint aux dons naturels une figure agréable, une voix sonore & sensible, une prononciation pure & distincte : il sent & fait sentir l'harmonie des vers ; son maintien est simple, ses mouvements font naturels ; fur-tout il eſt toujours de bon goût & n'a aucune manière, il n'imite aucun acteur, & joue d'après ſon ſentiment & ſes moyens. Il fait honneur à cette école & prévient très-favorablement pour une inſtitution qui peut être auſſi utile.

Au reſte, le ſieur Talma n'eſt pas ſans défauts ; il en a de grands, mais inévitables dans un débutant & dont on conçoit qu'il s'en corrigera avec le temps, de l'étude & de la réflexion.

3 *Décembre.* Les prôneurs du miniſtère, dans ce moment de fermentation cherchent à le calmer par les annonces les plus impoſantes : ils diſent que les états de Bourgogne & enſuite les aſſemblées provinciales de Tours, d'Orléans & des Trois-Evêchés ont conſenti un abonnement pour l'augmentation des vingtiemes : mais ils exaltent beaucoup la modération du gouvernement, qui s'eſt contenté de le fixer à un taux au deſſous de celui de l'édit. Du reſte, ſuivant eux, c'eſt toujours un accroiſſement de revenus qui corrobore l'hypotheque du nouvel emprunt.

3 *Décembre.* On ſait que les appointemens de principal miniſtre ſont de ceux de deux cents mille francs. M. l'archevêque de Toulouſe n'en a point voulu ; il s'eſt contenté d'une abbaye de 180000 livres de rente ; & l'on admire cette modération. Ceux qui ne ſont pas ſi bonnes gens, trouvent que ce prélat a parfaitement bien calculé ; car les appointemens auroient pu céſſer avec la place, au lieu que le bénéfice lui reſtera.

Du reſte, il eſt fort queſtion de le faire cardinal, & l'on parle de deux chapeaux que le pape doit donner dans le prochain conſiſtoire de ce mois, l'un pour M. de Toulouſe, l'autre

pour le grand-aumônier. On ajoute qu'un troifieme eft deftiné à l'archevêque de Rheims.

Cette multitude de chapeaux eft bien contraire
au projet annoncé de n'avoir plus de cardinaux
en France. Mais ici les fyftêmes changent avec
les perfonnes ; il eft tout naturel qu'ayant un
principal miniftre-eccléfiaftique, les faveurs de
Rome, méprifées nagueres, acquierent fous
celui-ci un nouveau luftre, puifque ce font les
feules dont il foit fufceptible.

3 *Décembre.* Le parlement de Rouen, dont la
cour fe loue dans le difcours du garde des fceaux
à la féance du 19 novembre, l'a en effet infiniment flattée en enrégiftrant la prorogation
des vingtiemes à l'exemple de celui de Paris ; il
a bien fait des remontrances, mais étrangeres à
cet objet.

3 *Décembre.* Extrait d'une lettre de Douvres,
du 20 novembre. ... Jamais on n'avoit vu dé-
barquer dans ce port un détachement de dan-
feurs aufli nombreux que celui qui vient de nous
arriver de France : quand cette troupe légere &
frétillante, qui avoit pour fon chef le vieux
général Noverre, aborda au rivage, l'ardeur
avec laquelle on la vit s'élancer de la cha-
loupe à terre, infpira une terreur panique générale. Les habitants qui fe trouverent fur la
jetée au moment de la defcente, encore alarmés des bruits de guerre répandus depuis un
mois, fe difpofoient à courir aux armes. Quand
ils virent que toute la troupe, contente d'être
débarraffée du mal de mer, s'amufoit à faire,
en riant, des cabrioles, des battements & des
coupés, qui leur montrerent leur erreur, & les
raffurerent bientôt contre les fuites de cette in-

vafion ; les Douvriens enchantés de la gaieté de ces François fi leftes ne pouvoient fe raffafier de les voir & les fuivirent jufques dans leur auberge. Les porte-faix & les gens de port fur-tout s'attendoient à leur générofité , & leur demanderent pour boire ; mais elle recommença fes entrechats & les paya en gambades.

4 *Décembre.* Dans l'affemblée de la compagnie des Indes dont on n'a rendu compte qu'en partie , un actionnaire trouvant plus commode de ne pas répondre aux objections du détracteur, avança , pour s'en difpenfer , que le mémoire dont on s'occupoit , n'étoit qu'un écrit clandeftin : on le releva fortement fur cette qualification peu convenable pour un écrit figné par les députés du commerce des principales villes du royaume , rédigé d'ailleurs par un auteur connu très-verfé dans la fcience de l'économie publique, par un membre de l'académie françoife , qui avouoit fon ouvrage & avoit été autrefois l'homme du gouvernement , lorfqu'il avoit jugé à propos de détruire l'ancienne compagnie des Indes , ayant une confiftance bien plus impofante que celle de l'embryon moderne.

On paffa donc outre & l'on nomma des commiffaires choifis parmi les actionnaires , pour concerter la réponfe avec les adminiftrateurs de la compagnie.

Comme il n'a été accordé qu'un délai d'un mois à cette compagnie pour fournir fa réponfe, elle ne doit pas tarder à la publier.

Au furplus , elle compte fans doute toujours fur la faveur du gouvernement , puifqu'elle prépare fes armements & les cargaifons pour la première expédition dans l'Inde & la Chine.

4 *Décembre*. On affure que M. le duc d'Orléans ne tardera pas à jouir de l'indulgence prévue du monarque & à l'éprouver bon parent comme il s'est annoncé. On veut que l'on faffe des préparatifs pour le recevoir au Rinci , féjour enchanté qui le rapproche de Paris ; où d'ailleurs S. A. S. fera à portée de fuivre les travaux qu'elle y fait faire & dont elle fe plaît finguliérement à s'occuper.

4 *Décembre*. Les remontrances du parlement de Rouen annoncées, font relatives au bien de la province. Il y repréfente au Roi l'abus dangereux des conceffions , échanges, engagements, toujours à fon détriment. Ces arrangements autorifés par des arrêts du confeil , furpris à fa religion , enrichiffent des particuliers en crédit qui fe prévalent du nom de S. M. & fe mettent en fon lieu & place pour exercer leurs vexations.

Ces remontrances font écrites avec un ton noble & infinuant: le ftyle en eft pur , & dégagé de ce vain luxe de mots impofants , fous lefquels on cherche fouvent à cacher l'infuffifance d'une logique feible. Elles font l'ouvrage de M. Vatrimenil , jeune membre de la compagnie , qui annonce autant de talent que de zele & de prudence.

4 *Décembre*. Il s'éleve contre le curé de Saint-Roch actuel une affaire criminelle trèsfâcheufe pour lui. On avoit bien fu que M. Marduel , fon oncle & fon prédéceffeur , avoit long-temps refufé de réfigner fa cure à ce neveu, & l'on préfumoit qu'il avoit de fortes raifons pour ne pas vouloir fe repofer dans un âge auffi avancé , en favorifant un proche parent. Quoi

qu'il en foit, le neveu fembloit avoir vaincu la répugnance de fon oncle & la réfignation s'eft effectuée.

Un nouveau prétendant attaque aujourd'hui tout-à-coup cette réfignation comme fuppofée ; il accufe le curé actuel de l'avoir fabriquée de concert avec les notaires qui l'ont fignée, & d'avoir tenu la mort de fon oncle cachée pendant fix jours, pour fe donner le temps d'exécuter toutes fes mefures.

Il faut voir ce que deviendra une affaire fi grave & fi calomnieufe, dont on affure que les tribunaux font déja faifis.

5 *Décembre.* La lettre dont on a parlé, adreffée à l'archevêque de Touloufe au fujet des états rendus à la Provence fuivant leur ancienne forme, eft du parlement d'Aix & on l'attribue même à M. de Caftillon. On a affecté de l'inférer dans les papiers publics : après avoir loué les lumières, le courage & l'intégrité du prélat, on lui dit qu'il commence comme Sully avoit fini : on ne peut croire qu'un perfonnage, tel que le procureur général du parlement de Provence, qui s'étoit diftingué par fon zele, fon patriotifme, fa fermeté, fon auftérité dans l'affemblée des notables, ait eu la baffeffe de defcendre tout-à-coup à des louanges auffi rampantes & auffi outrées. Mais que dire de la compagnie entiere qui les a adoptées ?

5 *Décembre.* Voici le temps du renouvellement des clubs & où les commiffaires de ces compagnies vont être embarraffés pour faire face aux engagements, fi les abonnements ne fe renouvellent pas. Ils conçoivent une lueur d'efpérance depuis que le club des échecs a obtenu la per=

miffion de fe raffembler fous une nouvelle forme.
Le concierge, nommé *Carlier*, a annoncé à tous
les membres, par un billet circulaire, qu'on le
trouveroit toujours chez lui. Rien de plus plai-
fant que ce petit moyen du miniftere pour n'avoir
pas l'air de revenir contre un coup d'autorité
qui a beaucoup fait crier tous les oififs de ces
fociétés : au refte, celle-ci eft la moins nombreufe de toutes & avoit un objet déterminé qui
ne pouvoit alarmer le gouvernement. Les joueurs
d'échecs font ordinairement lents, froids, taci-
turnes & peu à craindre dans les fermentations
politiques.

5 *Décembre.* M. Boucher d'Argis, confeiller
au châtelet, vient de renouveller un projet dont
nous avons parlé autrefois & déja légérement
efquiffé à Orléans, fi notre mémoire eft bonne.
Il le conçoit plus en grand & d'une maniere
infiniment plus utile. Il propofe une *affociation
de bienfaifance*, dont le but fera de protéger &
de défendre tous les pauvres qui auront à exercer
des droits reconnus pour légitimes, ou à re-
pouffer des prétentions injuftes, ainfi que d'accorder à ceux qui obtiendront des jugements ab-
folutoires, des indemnités qui feront calculées
fur les reffources de l'affociation, &, autant
qu'il fera poffible, fur leurs pertes. Il faut voir
dans le profpectus même que l'auteur en a publié,
les précautions qu'il prend, tant pour éviter les
abus & les furprifes en pareil genre, que pour
bien conftater la bonté des caufes & la juftefle
de l'affiette des fonds.

Cette idée feule, quand elle ne s'exécuteroit
pas, ne peut que faire infiniment honneur à
fon auteur ; mais le concours de foufcripteurs
qui

qui fe préfentent pour le feconder, ne laiffe aucun lieu de douter qu'elle ne fe réalife & ne
fe confolide promptement.

6 Décembre. Les enthoufiaftes de Sacchini, non
contents des hommages exceffifs qui lui ont été
rendus jufqu'à préfent, doivent faire céiébrer
dans le courant de ce mois un fervice en mémoire de ce grand compofiteur. L'églife des
petis Peres fera le théâtre des honneurs funéraires
qu'ils veulent lui rendre, & comme il n'a point
laiffé de meffe de *Requiem*, on exécutera celle du
célebre Durante, fon maître, chef-d'œuvre dont
on a eu de la peine à fe procurer une copie, parce
qu'il eft expreffément défendu au confervatoire de
Naples d'en donner à perfonne. Elle fera exécutée par les artiftes les plus diftingués de cette
capitale.

6 Décembre. M. le Breton, ce jeune artifte,
dont on a loué l'effai dans la mufique *des pro-
meffes de mariage*, vient d'obtenir un fecond
fuccès aux Italiens, dans une piece jouée hier
à leur théâtre fous le titre de *l'Amant à l'épreuve*,
comédie nouvelle en deux actes & en profe,
mêlée d'ariettes, dont le fond trop commun,
quoique femé de quelques détails agréables,
n'auroit certainement pas fait trouver grace devant le public à l'auteur des paroles, s'il n'eût
été foutenu par fon partener. Cet auteur eft M.
Moline.

7 Décembre. L'ouvrage annoncé a pour titre,
*Obfervations de la ville de Saint-Mihiel en
Lorrraine, fur l'échange du comté de Sancerre;
en réponfe à la requête de monfieur de Calonne.*
Il eft divifé en effet en deux volumes, dont

le second ne contient que des pieces juſtifica-
tives.

Quant au premier, c'eſt un écrit rempli de
ſageſſe, de modération, d'égards même pour
un ancien miniſtre du Roi; mais qui n'en eſt
que plus foudroyant. La ſurpriſe faite au Roi
par M. d'Eſpagnac & la colluſion coupable qui
exiſtoit entre l'échangiſte & l'ancien contrôleur
général, y ſont démontrées juſqu'à l'évidence.
M. de Moncrif, le commiſſaire de la chambre des comptes envoyé pour faire la viſite
des domaines à échanger, eſt auſſi fortement
inculpé ; & l'on ne voit pas qu'il puiſſe s'ex-
cuſer de n'avoir pas rempli les formalités né-
ceſſaires auxquelles on le ſommoit de ſatisfaire.

Cette réclamation que MM. de Calonne &
d'Eſpagnac voudroient traveſtir en *libelle diffa-
matoire*, ou en production ténébreuſe d'une
aveugle méchanceté, malheureuſement pour eux
eſt autoriſée par 137 ſignatures d'habitants des
trois ordres de la ville de Saint-Mihiel, à la
ſuite d'une délibération datée du 18 novembre
dernier.

Du reſte, cette petite ville commence par
établir l'intérêt ſenſible qu'elle a dans cette affaire, & elle convient que c'eſt elle qui fit
parvenir dans le temps au bureau des notables
toutes les connoiſſances qu'elle avoit acquiſes
tant ſur le comté de Sancerre, que ſur les domaines contr'échangés, & qui ſervirent de baſe
aux dénonciations célebres qui ont imprimé
une ſorte de flétriſſure ſur cet échange déſaſtreux.

On apprend dans ce mémoire que l'affaire

est actuellement pendante au conseil ; que MM. d'Espagnac & de Calonne ont fourni leurs mémoires & que le procès doit se juger incessamment.

Cet écrit est divisé en deux parties : la première contient la description du comté de Sancerre & des domaines contr'échangés ; la seconde, les réponses aux allégations de M. de Calonne & de M. d'Espagnac. Quelque bien fait qu'il soit, comme il consiste principalement en calculs, on auroit peine à le lire sans le grand intérêt qu'il présente & le personnage important qu'il attaque.

7 Décembre. Le chevalier Gluck dont on avoit prématuré la mort, il y a quelque temps, même quelques années, mais qui en effet étoit depuis lors perdu pour son art, vient de mourir très-physiquement le 17 novembre d'une nouvelle attaque d'apoplexie. Il étoit dans la 73e année : il laisse une fortune de 100000 florins.

7 Décembre. M. le duc d'Orléans avant-hier près de la Ferté-Milon ayant voulu passer sur un pont malgré la riviere débordée, son cheval s'est embourbé, a péri & le prince a eu beaucoup de peine à se sauver à la nage : son jokei qui le suivoit, alloit à son secours, malgré le prince qui lui crioit de ne pas avancer : le même accident lui est arrivé : S. A. touchée du zele de cet enfant, s'est de nouveau remise à l'eau pour l'en tirer ; elle a réussi & s'est contentée de lui dire en riant : *une autre fois tu ne te feras pas couper les cheveux si court, tu as vu la peine que j'ai eu à les prendre & à les tenir.* Quoi qu'il en soit de cette plaisanterie, Paris est déja inondé de vers à la louange d'

K 2

duc d'Orléans : voici ceux qui nous ont paru les moins fades, les plus appropriés aux circonstances & les mieux faits. Ils sont adressées au prince :

Les divers éléments contre toi conjurés,
Tour-à-tour, à l'envi, t'ont déclaré la guerre;
Par le feu tes lambris ont été dévorés :
L'air en te repoussant du brillant atmosphere
A pensé te faire périr :
L'onde aujourd'hui veut t'engloutir.
Il ne te reste que la terre,
De ton être à regret supportant le fardeau.
Qu'ai-je dit! ô blasphème! ô prodige nouveau,
Rival de *Léopold* tu suis ce rare exemple
D'héroïsme & d'humanité.
La terre maintenant & t'aime & te contemple :
Parmi ses demi-dieux tu vas être compté :
Qu'elle soit à jamais ton asyle & ton temple !

8 *Décembre*. M. l'abbé Galliani, dont on se rappelle le séjour en France & qui y a laissé, il y a environ vingt ans, un monument de la gaieté de son esprit & de son talent littéraire dans ses dialogues sur les bleds, est mort à Naples le 31 octobre.

8 *Décembre*. Le gouvernement a tellement à cœur de faire passer l'édit au sujet des protestants, que le parlement reculant de s'occuper du fond sous prétexte que la délibération ayant été commencée avec les princes & pairs ne pourroit être continuée sans eux, il a fléchi encore en ce point; il a été écrit aux princes

& pairs une espece de lettre d'excuse, où S. M.
leur déclare qu'elle n'a jamais voulu les priver
de leur droit ; qu'elle n'avoit entendu que leur
faire une simple invitation de s'abstenir d'aller
au palais : en sorte qu'ils s'y sont rendus hier.
Il n'y avoit cependant de princes du sang que
le prince de Condé & le duc de Bourbon.

Il a d'abord été question du prince exilé &
des deux magistrats détenus. Arrêté d'itératives
supplications qui, rédigées sur le champ, seroient
portées au Roi le plutôt possible. Heureusement
pour la cour que ses partisans l'ont emporté,
& que, malgré la douleur de la compagnie qui
sembloit ne devoir pas lui laisser le temps de
s'occuper d'autre chose, on a délibéré sur l'édit.
Le titre, qui ne caractérise en rien les protestants & embrasse généralement tous ceux qui
ne sont pas de la religion catholique, a donné
lieu à un long dire de la part de M. d'Epre-
mesnil ; il a observé que c'étoit ouvrir la porte
à toutes les sectes. Le duc de Mortemart , qui
commence à se distinguer dans les assemblées,
a vivement relevé l'orateur à ce sujet : il a regardé comme un trait de sagesse & de politique profonde de la part du gouvernement,
d'avoir généralisé le titre, puisqu'il n'étoit pas
question de donner un état civil aux protestants
comme protestants , mais comme citoyens,
comme hommes ; qualité qui, en effet, concernoit les suivants de toute religion quelconque. M. le duc de Luynes a secondé puissamment le pair. On a fait ensuite d'autres objections plus solides, qui ont décidé à renvoyer
l'examen de l'édit à des commissaires.

K 3

La séance très-longue a été remise au vendredi 14.

8 *Décembre. La Société Olympique* vient d'être rétablie aussi, comme ne s'occupant que de maçonnerie.

8 *Décembre.* Toutes les prohibitions, toutes les recherches, toutes les entraves qui s'accroissent de jour en jour pour contenir l'avidité des libraires & la démangeaison d'écrire des auteurs, n'empêchent pas les pamphlets les plus misérables de pulluler en aussi grande abondance que jamais : on doit mettre de ce nombre *Lettres supprisées à M. de Calonne*; écrit vague, sans faits, sans anecdotes, sans intérêts. On se doute bien que ses lettres sont absolument fictives ; ce qui démontre encore mieux l'ineptie de l'auteur, qui, ayant le champ libre, pouvoit ouvrir carriere à son imagination, ou profiter du moins de tout ce qu'il auroit recueilli sur son sujet.

8 *Décembre.* Le sieur Hoffmann pere, bailli de Benfeld, & le sieur Hoffmann fils, se prétendant inventeurs de l'imprimerie politype, en vertu de leur découverte, par arrêt du conseil du 5 décembre 1785, avoient obtenu la création d'une trente-septieme imprimerie en leur faveur dans la ville de Paris & le privilege d'exercer cet art pendant quinze ans, à la charge de ne se servir que de leur procédé & de se conformer aux réglements de la librairie. On les a accusés non-seulement d'avoir presque toujours des caracteres mobiles ordinaires, mais d'avoir profité du secret prétendu de leur art pour se soustraire aux inspections d'usage & imprimer plusieurs libelles : en conséquence leur

imprimerie a été interdite déja plusieurs fois
& tout récemment ayant mis le scelé sur leurs
effets & papiers, on a trouvé des preuves du
délit : de-là un arrêt du conseil du 1 novembre
rendu du propre mouvement du Roi, qui les
déclare déchus de leur privilege, supprime leur
imprimerie, &c.

L'arrêt étant revêtu de toutes ses formalités & enrégistré à la chambre syndicale le
30 novembre, doit être incessamment rendu
public.

8 *Décembre.* Extrait d'une lettre de Melun,
du 4 décembre 1787... Vous êtes curieux de
savoir ceux qui se font le plus distingués dans
l'assemblée provinciale tenue ici au mois d'août
dernier.

M. le duc du Châtelet, comme préfident, a
fait un discours rempli de choses propres à la
convenance, au lieu & à la place qu'il occupoit : on y a reconnu cet esprit d'ordre & de
raifon ferme qui l'ont toujours distingué.

M. Berthier, intendant de la généralité de
Paris, a parlé en hypocrite ; il a recommandé
à l'assemblée les pauvres taillables, l'agriculture
& fes utiles coopérateurs dans les travaux qu'il
a entrepris ; il ne s'est pas mal flatté lui-même
en s'attribuant le rétablissement de la société
d'agriculture, l'institution des comices agricoles, les secours donnés aux pauvres par ses
soins, les encouragements, les distinctions ho-
norables aux plus riches cultivateurs, enfin les
lumieres & l'émulation qu'il a portées dans
l'agriculture.

Sa grande mal-adresse a été de rappeller fon

pere, *pour lequel*, a-t-il dit, *je me flatte qu'on conserve de l'estime.*

Au nom du bureau de réglement, le vicomte de Noailles a développé d'une maniere claire le régime des affemblées provinciales & a étendu ses vues auffi loin que l'on pouvoit les pouffer pour le maintien de ce régime, pour tous les cas que la loi n'avoit pas prévus, pour la confervation des droits de tous les ordres.

M. le comte de Crillon, procureur fyndic pour la nobleffe, a parlé au nom du bureau chargé des inftructions pour la commiffion intermédiaire & a dit de très-bonnes chofes.

Enfin l'abbé de Treffan, le fils de l'académicien, a lu des réflexions relatives aux travaux de ladite commiffion, qui ont été fort goûtées par l'affemblée.

9 Décembre. M. le premier préfident s'eft transporté hier à Verfailles pour offrir au Roi les itératives fupplications : il avoit heureufement avec lui deux préfidents à mortier, fuivant la la demande ordinaire de S. M. Il a pris une colique à M. d'Aligre ; il a fallu qu'il allât fe foulager. M. d'Ormeffon l'a fuppléé. Le Roi de fort mauvaife humeur a pris les fupplications & lui a dit de s'en retourner, qu'il feroit favoir fa réponfe.

9 Décembre. M. le Marquis du Creft, qui depuis quelque temps fait beaucoup parler de lui, femble difpofé à rentrer dans l'obfcurité dont il n'auroit jamais dû fortir. Il vient de donner la démiffion de fa place de chancelier, de garde des fceaux, chef du confeil, & furintendant des maifons, domaines, finances & bâtiments de M. le duc d'Orléans. Cet événe-

ment fournit encore matiere à beaucoup de propos. Il est difficile de croire que cette démission
soit volontaire. On veut que M. le comte d'Artois
ait conseillé au prince de renvoyer ce serviteur,
comme désagréable au Roi & comme un obstacle
à sa réconciliation : d'autres assurent qu'il est cri-
blé de dettes , & que ne sachant comment résis-
ter à ses créanciers , il a été forcé de se soustraire
à leur poursuite , en se réfugiant en Angleterre,
où il est.

Quoi qu'il en soit , il se répand une *copie*
imprimée de la lettre de M. le marquis du Cress
à monseigneur le duc d'Orléans , suivant laquelle
sa démission seroit volontaire & prescrite uniquement par l'honneur & son attachement à
S. A. Il ne dissimule pas les bruits publics de toute
espece ; il a compromis Monseigneur par des
démarches imprudentes ; Monseigneur ne pourra
abréger le temps de son exil, qu'en lui demandant la démission de sa place ; on lui suppose
une correspondance criminelle , par le moyen
du comte de Kersalaun, avec lequel il n'a jamais
eu de liaison & dont les papiers de ce prisonnier
visités n'ont offert aucune trace ; il a tenu chez
lui des conférences secretes avec les deux magistrats qui partagent aujourd'hui la disgrace
du prince, quoiqu'il ne connnoisse pas même
de vue M. Fretteau. Ces reproches , tout injustes
qu'ils soient, le déterminent à se sacrifier, afin
de céder sa place à quelque autre personne plus
agréable au ministere : il ne l'a pas mal remplie ;
en deux ans il a augmenté les revenus de Monseigneur d'un tiers en sus , & fondé un nouveau plan d'administration & de comptabilité ,
propre à remplir les vues d'ordre & d'économie

dont S. A. est occupée : il se retire satisfait & va remplir à Londres la mission dont son maître l'avoit chargé avant de recevoir sa démission.

Voilà le fond de cette lettre, soutenue sur le ton de présomption qu'on lui connoît, au reste, sans date & dont l'authenticité n'est pas parfaitement constatée.

9 Décembre. Mad. la Baronne de Stahl, épouse de l'ambassadeur extraordinaire du roi de Suede en cette cour, ci-devant Mlle. Necker, ayant trouvé dans une maison le marquis de Champcenets, frere de celui connu dans la république des lettres, le prit pour celui-ci & le lutina beaucoup sur le mauvais genre de ses plaisanteries. La méprise ne s'éclaircit qu'après nombre de sarcasmes, qui donnerent de l'humeur au marquis, & il n'eut rien de plus pressé que d'en faire des reproches à son frere le poëte, qui pour s'en venger fit passer à la baronne l'épigramme suivante, pour l'intelligence de laquelle il faut savoir que Mad. de Stahl est fort laide, qu'elle a de grandes prétentions à l'esprit & n'en est pas infiniment pourvue; du moins c'est ce que lui reproche le satirique.

Armande a pour esprit l'horreur de la satire,
   Armande a pour vertu le mépris des appas.
Elle craint le railleur que sans cesse elle inspire ;
   Elle évite l'amant qui ne la cherche pas.
Puisqu'elle n'a pas l'art de cacher son visage,
   Et qu'elle a la fureur de montrer son esprit ;
Il faut la défier de cesser d'être sage,
      Et d'entendre ce qu'elle dit.

9 *Décembre.* On répand un mot affez jufte fur le changement fubit opéré dans le public en faveur du duc d'Orléans : on dit que contre les regles de l'optique , il s'étoit agrandi en s'éloignant.

10 *Décembre.* S'il faut en croire des officiers généraux très-inftruits , nous avons en France 36000 officiers de tous grades & 13000 feulement font en activité de fervice ; ce qui porte à 23000 le nombre de ceux participant aux graces du Roi fans être d'aucune utilité réelle. Le confeil de guerre s'occupe beaucoup de cet objet & de la deftination qu'on donnera à tant de militaires à charge à l'état.

10 *Décembre.* Le Roi a accordé des lettres-patentes à une compagnie qui offre de faire conftruire à fes dépens un pont de fer, en face de l'arfenal & du jardin du Roi , avec le droit de lever un péage fur ce pont pendant un temps limité. Malheureufement c'eft le fieur de Beaumarchais qui eft à la tête de cette compagnie.

10 *Décembre.* On a imprimé : *Mémoire préfenté au Roi par les pairs du royaume :* c'eft le 24 novembre qu'il fut arrêté. Il eft foible, plat & plein de contradictions ; il n'eft foufcrit que de dix-fept pairs, dont un feul eccléfiaftique, l'évêque comte de Beauvais.

S. M. leur répondit : « Qu'elle leur conferveroit tous leurs droits, & que fi elle les avoit fufpendus dans les circonftances actuelles, c'étoit pour leur avantage, & feulement dans la vue qu'ils ne fe trouvaffent pas entraînés dans la chaleur des débats parlementaires. » Du refte, comme l'on voit, par le mot dans cette réponfe

K 6

fur le fecond chef , objet du mémoire , l'exil
du duc d'Orléans & la détention des deux magiftrats.

Depuis le Roi ayant pris en confidération ce
mémoire , a permis aux pairs , ainfi qu'on l'a
rapporté , de tenir leur féance au parlement le
7 décembre.

10 *Décembre*. La difgrace de M. du Creft fait
fans doute revenir fur la fcene fa fœur, madame de Genlis On a compofé une parodie
du *Songe d'Athalie* , par M. Grimaud de la Reyniere , avocat au parlement. Cette facétie , de
moins de 80 vers , eft enflée d'une *Epître dédi-
catoire à M. le marquis du Creft*, datée du 28
novembre 1787 , d'une préface, du texte , de
Racine , & de notes.

On voit par les lettres initiales que l'intention
de l'auteur ou des auteurs (car on nomme MM.
de Champcenets & de Rivarol) feroit de faire
préfumer que le pamphlet proviendroit de M. de
la Reyniere , comme ayant à venger ; fa mere de
l'ingratitude de madame de Genlis. Du refte ,
on ne fait pas trop à quoi tout cela revient.

Les acolytes de la comteffe font un abbé Gau-
chet & M. Gaillard. On attribue au premier
l'ouvrage de cette dame en faveur de la religion ,
& l'autre l'a prôné dans le journal des fa-
vants.

Les notes font très-virulentes ; outre différentes
autres perfonnes telles que MM. de la Harpe ,
Garat , Condorcet , &c. M. le comte de Buffon
y eft auffi fort mal-traité. Tout cela n'eft qu'une
vraie rapfodie , dont la méchanceté fait tout
le mérite ; & fi c'en eft un , l'ouvrage en a
beaucoup.

10 *Décembre.* Il s'imprime depuis quelques années à Nuremberg un ouvrage périodique sous le titre de *Journal pour l'histoire des arts & pour la littérature universelle.* On présume que ce sont encore des ex-jésuites qui dirigent ce journal, car la société y est perpétuellement exaltée.

10 *Décembre.* Il a paru dans le temps une *Lettre à un ami sur ce qui s'est passé à la derniere assemblée des notables,* dont l'auteur ne se laissant pas éblouir facilement par les beaux discours, par les préambules séduisants, par une liberté prétendue, critique sur-tout l'exportation des bleds permise de la façon la plus illimitée, comme désastreuse & mortelle pour les pauvres; & il motive ses craintes d'une façon assez spécieuse.

Cette lettre a donné lieu à un *supplément aux remontrances du parlement de Paris, en réponse à la lettre d'un ami, du 24 août 1787.* L'auteur de ce supplément en approuvant les craintes de son ami, critique aussi la prestation de la corvée convertie en une redevance pécuniaire, uniquement à la charge du peuple, puisque la noblesse & le clergé en seront exempts : puis il en vient aux nouveaux édits & principalement à celui du timbre. Il compte sur la résistance des parlements & prend occasion de-là pour disserter sur l'enrégistrement & répéter ce qui a été dit mille fois à ce sujet; il finit par désirer la liberté de la presse & l'assemblée générale de la nation.

10 *Décembre. Le bon Mariage, nouvelle, par Monsieur l'abbé d'Espagnac, pour servir à l'histoire des finances de 1787* : méchanceté niaise & plate.

10 *Décembre*. Le vœu de la nation s'étant ma‑
nifefté dans l'affemblée des notables pour la
liberté du commerce de l'Inde , les députés des
principales villes du commerce du royaume fe
font réunis à ce fujet & ont préfenté un court mé‑
moire au contrôleur général. Leur réclamation
fembloit d'autant mieux placée , que M. de Ca‑
lonne , le protecteur de la nouvelle compagnie,
n'étoit plus à la tête des finances.

Ils remirent ce mémoire le 10 juin à tous
les miniftres ; la réponfe de la compagnie ne
leur fut rendue que le 4 août , & comme l'épo‑
que des préparatifs des expéditions pour l'Inde
s'approchoit à grands pas , les défenfeurs de la
liberté fe hâterent de répliquer briévement. On
a recueilli toutes ces pieces fous le titre de
*Mémoires relatifs à la difcuffion du privilege de la
nouvelle compagnie des Indes*. Ce recueil con‑
tient :

1°. le mémoire des députés des principales
villes de commerce du royaume , en 15 para‑
graphes.

2°. Les obfervations des adminiftrateurs
de la compagnie des Indes , fur ces 15 paragra‑
phes.

3°. La réplique aux obfervations des adminif‑
trateurs de la compagnie des Indes. Cette réplique
fignée feulement des députés de Marfeille , Rouen,
Lyon , Montpellier , Dunkerque , Bordeaux ,
Touloufe , la Rochelle , Nantes , l'Orient , le
Havre , eft attribuée à l'abbé Moreller.

La grande affertion , l'affertion décifive & pé‑
remptoire en faveur de la liberté , fi elle étoit
vraie , jufte & bien établie , c'eft qu'en quinze
années depuis la deftruction de l'ancienne com‑

pagnie , le commerce libre , au milieu d'obftacles de toute efpece & de quatre ans de guerre ,
a fait plus d'expéditions pour l'Inde que n'en a
fait celle-là dans le temps de fa plus grande
profpérité ; c'eft qu'il a elevé fes importations
jufqu'à près de 33 millions , lorfqu'elle n'a
jamais pu élever les fiennes feulement jufqu'à 22.

Au foutien de cette affertion on préfente deux
tableaux , l'un d'un tôtal de trois cents quarante
navires armés durant cet intervalle par le commerce libre dans les ports de l'Orient , de Saint-
Malo , de Marfeille , de Bordeaux , de Nantes,
de la Rochelle , de Rochefort , du Havre , de
Honfleur , de Breft , de Vannes , & aux Indes ,
donnant année moyenne vingt-un navires &
neuf mille trois cents neuf tonneaux.

L'autre , des navires armés dans les quatre
dernieres années de paix , lorfque le commerce
libre commençoit à avoir pris fon affiette dans
l'Inde & à fleurir , portés au nombre de cent
dix-huit & par conféquent de vingt-neuf année
commune , & quatorze mille deux cents quatre-
vingt dix-fept tonneaux.

Les plaintes des habitants de Pondichéry ,
confignées récemment dans un mémoire préfenté au gouverneur général des établiffements
Français dans l'Inde , & remis aux miniftres du
Roi , font auffi d'une grande force & méritent
une puiffante confidération.

Enfin l'avocat de la liberté prétend que la
révocation du privilege exclufif de la nouvelle
campagnie des Indes ne bleffera pas plus la
juftice que l'intérêt des finances & de la politique.

10 *Décembre.* C'eft jeudi prochain 13 du mois,

que l'académie françoife, après avoir invité tous fes membres de fe rendre à l'affemblée, doit procéder à l'élection du fucceffeur de M. de Paulmy, & tous les concurrents s'étant retirés, il n'eft aucun doute que M. d'Agueffeau ne foit nommé.

10 *Décembre.* On fait aujourd'hui quel a été le traitement pécuniaire des magiftrats appellés à l'affemblée des notables.

Ceux de Paris ont eu 4000 livres.

Ceux de province jufqu'à cent lieues de diftance, ont touché 6000 livres.

Ceux au-delà 8000 liv.

Ces paiements ne fe font effectués que depuis peu à l'égard des plus éloignés, qui, ayant quelque délicateffe de devenir à charge à l'état fans lui avoir été utiles, vouloient voir comment fe comporteroient leurs confreres.

Aucun n'a pu héfiter, quand on a fu que M. d'Aligre, qui a 800000 liv. de rentes & peut-être plus, n'avoit pas eu de fcrupule de recevoir fes 4000 liv.

10 *Décembre. La fuite de la conférence du miniftre avec le confeiller* paroît. Elle embraffe fpécialement le mémoire de M. de Calonne & le réfute en gros dans fes différents chefs. Il y a peu de chofes nouvelles dans les raifonnements & les calculs ; quelques anecdotes feulement rendent cette brochure précieufe, fur-tout la prétendue lettre de M. de la Chalotais, écrit fuppofé dont il s'eft fervi pour perfuader à la Reine que ce magiftrat ne le regardoit point comme l'auteur de fes malheurs & étoit revenu fur fon compte. Ce qui détermina Sa Majefté à

ne plus s'oppofer à l'admiffion de Monfieur
de Calonne dans le miniftere & même à la fa-
vorifer.

10 *Décembre*. M. le comte de Mirabeau, qui
depuis long-temps nous annonce un journal,
vient enfin d'en entreprendre un fous le titre
d'*Analyfe des papiers Anglois*. Il en paroît déja trois
numéros : ceux-ci commencent à la mi-novembre.
Ces effais font engageants : quoique l'auteur ne
faffe que reflafer ce qu'on rencontre dans les
papiers publics, les rapprochemens qu'il fait
forment un enfemble plus lumineux & plus fatisfaifant, revêtu d'un ftyle mâle & énergique. D'ailleurs il les accompagne de réflexions politiques,
fouvent judicieufes ; il eft fâcheux qu'elles foient
toujours en faveur de la France ; on voit que fa
plume eft vendue au miniftere : auffi l'ouvrage
eft-il ouvertement publié à Paris, où le comte de
Mirabeau le compofe.

10 *Décembre*. Où trouver la vérité, fi un corps
comme le parlement, en parlant au Roi d'évé-
nemens récents, intéreffant un de fes membres,
à portée de prendre des renfeignements des auteurs mêmes & des témoins de la fcene, avance
des faits faux, ce dont on ne peut guere douter ?
cependant d'après la lettre fuivante, précieufe à
conferver par les détails qu'elle renferme fur les
préparatifs faits & les précautions prifes pour
l'enlevement de M. Fretteau, comme s'il eût
été queftion de s'affurer de quelqu'auteur d'un
grand complot, de quelque chef de bande. L'infpecteur Quidor, qui préfidoit à l'enlevement,
inculpé dans les premieres fupplications du parlement, a écrit à M. Fretteau & en a reçu la
réponfe fuivante, en date du 25 novembre.

« C'eſt au reçu de votre lettre , Monſieur ,
& ſans aucun délai , que je déclare , conformément à l'exacte vérité & dans les termes précis
des queſtions que vous m'adreſſez , comme *intéreſſant votre honneur & votre état* , que dans
l'exécution de l'ordre du Roi , ni vous , ni le
commiſſaire Chenon , ni les deux perſonnes qui
ſont montées avec vous ou après vous dans
mon appartement pour me garder , ni celle que
vous avez placée devant moi dans la voiture où
vous m'aviez enlevé , *n'avez point agi avec une
dureté barbare ni pouſſé l'atrocité juſqu'à porter la
main ſur moi.* Vous m'avez même tû en marchant que vous euſſiez établi une garde chez
mon portier , que vous euſſiez des armes ſur
vous , & que vous euſſiez diſpoſé de la garde au
bout de ma rue : vous étiez , par votre nombre
ſeul , maître de ma perſonne , avant que je ſuſſe
tous ces faits. Vous pouvez , Monſieur , montrer
ma réponſe & compter ſur ma perſévérance à
l'atteſter. »

11 *Décembre.* Hier , les chambres aſſemblées
pour entendre la réponſe du Roi , qui n'eſt autre
choſe que Sa Majeſté feroit ſavoir ſes intentions,
la ſéance a été remiſe au vendredi 14 , & cependant arrêté que le premier préſident continue-
roit à interpoſer ſes bons offices auprès du Roi
pour obtenir cette réponſe.

11 *Décembre.* Les partiſans de la muſique
Italienne dont le goût a été réveillé par les
bouffons appellés d'Angleterre pour amuſer la
Reine , voudroient bien voir le fixer à Paris une
pareille troupe : ils ont imaginé pluſieurs projets ;
le plus naturel ſeroit de les incorporer dans la
troupe des comédiens italiens qui n'en ont plus

que le titre, & de fubftituer les opéra bouffons aux
pieces françoifes qui femblent toujours tranf-
plantées à ce théatre. On affure que le miniftre
n'eft pas éloigné de cette idée.

11 *Décembre.* C'eft Mad. la maréchale de
Noailles qui envoie & colporte le précis du
difcours d'un miniftre dans le confeil contre les
proteftants ; ouvrage, à ce qu'on affure, de
l'abbé Beauregard, de l'abbé l'Enfant & de l'abbé
Bergier. Mais c'eft fur-tout à l'ex-jéfuite qu'on
l'attribue. Quoi qu'il en foit, la vieille maréchale
ayant fait remplir le carroffe du maréchal qui
alloit à Paris, d'une quantité d'exemplaires de
cet ouvrage, les gens du maître ne purent s'empêcher de lui en rendre compte. Il dit que c'étoit
bon, qu'il falloit obéir à fa femme. Mais quand
il fut aux barrieres, il arrêta, & ayant fait donner l'éveil au commis, il fut faifi & vifité. Il
a jugé que cette petite efpiéglerie feroit le meilleur moyen de prévenir déformais pareille fuper-
cherie.

11 *Décembre.* Les fecondes fupplications du parlement font imprimées ; les magiftrats s'y dif-
culpent des reproches contenus dans la réponfe
du Roi aux premieres, & réfutent les principes
erronnés qu'elle manifefte : ils y réclament ou le
jugement ou la liberté de M. le duc d'Orléans
& des deux magiftrats emprifonnés. On fe rappelle
à cette occafion des repréfentations de la commiffion intermédiaire de Bretagne, au fujet de
M. de la Chalotais, & il faut avouer que ces
fupplications n'en approchent pas.

Du refte, on y trouve la confirmation de ce
qu'on a dit en rapportant la lettre de M. Fretteau,

& le parlement convient d'*une exagération pardonnable dans le premier moment de la douleur
& de l'effroi.*

12 *Décembre.* Il court un arrêté fictif du parlement de Bordeaux en date du 14 novembre,
suivant lequel il auroit pris le parti de retourner
à son siege véritable, pour y administrer la justice. Cet arrêté, qui est une espece de brûlot où,
en supposant certaines démarches & assertions du
parlement de Guienne, on semble vouloir augmenter son zele & l'enhardir à faire des actes de
résistance encore plus vigoureux, est imprimé &
en a imposé un moment aux gens crédules.
Mais, indépendamment du fond, quoiqu'il soit
assez bien calqué sur les précédents arrêtés de
cette cour, on y reconnoît des vices de forme
qui trahissent la fausseté pour ceux qui discutent
& comparent. Quoi qu'il en soit, il est prohibé
sévérement & l'on fait des recherches de l'auteur
qu'on dit même arrêté.

12 *Décembre.* On s'est hâté d'envoyer aux membres du parlement *Réponse à la lettre d'un magistrat* ; elle n'est pas aussi bonne quant au style,
mais meilleure en raisonnement. On y fait voir
sur-tout la nécessité de donner une existence à
tant de François au milieu de nous, de renverser un mur de séparation qui a divisé si long-
temps les mêmes familles ; enfin de faire cesser
ces procès scandaleux, où la loi se trouve toujours en contradiction avec la nature & dont
la décision toujours arbitraire, dépendoit uniquement de la tolérance plus ou moins grande
des juges.

12 *Décembre.* Ce n'est que depuis peu qu'on
s'est procuré la *Lettre du comte de Buffon à Ma-*

dame la marquife de Sillery (ci-devant comteffe de
Genlis) relativement à fon ouvrage intitulé :
*la Religion confidérée comme l'unique bafe du bon-
heur & de la véritable philofophie.* Elle eft datée
du jardin du Roi , le 21 mars 1787.

« Ma noble fille , je viens de lire votre nouvel
ouvrage avec tout l'empreffement de l'amitié &
cette curiofité qui fe renouvelle à chaque article
d'un livre fait de main de maître : prédicateur
auffi perfuafif qu'éloquent , lorfque vous préfentez
la religion & toutes les vertus avec le ftyle de
Fénelon & la majefté des livres infpirés par
Dieu même , vous êtes un ange de lumiere ; &
lorfque vous defcendez aux chofes du monde ,
vous êtes la premiere des femmes & la plus aimable des philofophes. J'ai lu avec attendriffe-
ment les éloges dont vous me comblez , & j'ac-
cepte avec bien de la reconnoiffance cette place
que vous avez créée pour moi feul. Mais j'en
rends l'hommage tout entier à cette amitié
qui fait ma gloire & le défefpoir de mes rivaux.

» Lorfque vous avez peint certains prétendus
philofophes , vous n'avez pas échappé un feul
des traits qui les caractérifent ; vous avez joint
la fineffe des couleurs à la vigueur du pinceau ,
& vous avez mis dans l'ombre tout ce qui devoit y être.

» Voilà , mon adorable & noble fille , ce que
je penfe de votre ouvrage. Je vous en félicite
avec cette fincérité & cette tendre & refpec-
tueufe affection que je vous ai vouées pour la
vie. »

On voit par la lecture de cette lettre , quel

ridicule la publicité verfoit fur l'un & l'autre,
& pourquoi tous deux ont concouru à s'y oppofer, mais fur-tout M. de Buffon.

13 *Décembre.* On ne peut mieux juftifier ce
qu'on a dit de la lettre du parlement d'Aix
à l'archevêque de Touloufe, qu'en la rapportant dans fon texte même ; elle eft datée du
6 octobre.

« MONSEIGNEUR,

» Le fentiment que nous devons au bien de
l'état, & à la gloire du Roi le plus digne de
nos refpects & de notre amour, nous porte dès
le premier inftant qui nous rappelle à nos fonctions & par un mouvement unanime, à vous
féliciter du choix qui vous éleve au principal
miniftere, où votre grande réputation vous appelloit ; choix prefque en même temps applaudi
& juftifié par le fervice immortel que vous venez
de rendre au Roi & à la nation.

» *Ce début de votre miniftere eût honoré la
fin de ceux des d'Amboife & des Sully.* Il annonce que votre ame préférera toujours leur gloire
pure & folide, toute fondée fur le bonheur des
peuples, à celle d'autres miniftres, plus brillante
en apparence, mais inhumaine & achetée par de
trop grands malheurs.

» L'hommage que nous vous offrons comme
magiftrats du royaume, nous le renouvellons
encore au nom de la nation Provençale, à qui
vous avez fait rendre fon exiftence, en procurant
le retour de fes états, objet de notre vœu perpétuel & de nos remontrances perféyérantes,

» Si nous les avions interrompus dans ces derniers temps , c'est l'effet de notre confiance intime aux soins que vous donnez au même objet , & dont les plus grandes affaires de l'état n'ont pu vous distraire ; c'est pour laisser à votre justice & à votre bienfaisance le mérite de prévenir nos démarches.

» Il nous reste à desirer que vos forces égalent toujours vos lumieres & le courage qui vous immole au salut de l'état.

» Vous avez saisi les grands moyens de l'assurer , le respect pour les droits de la nation , & la fidélité aux préceptes de l'antique économie, qui du temps de nos peres fut le tréfor des Rois.

» Soyez long-temps le coopérateur des grands desseins que le monarque a conçu de renouveller la face de l'empire François.

» Nous consignons cette lettre dans le registre dépositaire de nos sentiments & de nos démarches, pour être un monument durable de notre empressement à acquitter notre part de la dette publique , qu'imposent à notre patrie & au royaume entier les bienfaits dont l'un & l'autre font redevables à la sagesse de vos conseils.

» Nous sommes avec respect ,

» Monseigneur ,

» Vos très-humbles & très-obéissants serviteur les gens tenant la cour de parlement de Provence , &c. »

La réponse du principal ministre n'est qu'un pur compliment, dont le protocole est qu'il appelle le parlement, *Messieurs*, sans vedette, & finit par des sentiments sinceres & respectueux avec lesquels il a l'honneur d'être, &c.

13 *Décembre.* L'auteur de la lettre à un magistrat, profitant du délai que le parlement a pris pour l'enrégistrement de la nouvelle loi concernant les protestants, s'est hâté d'en écrire une seconde, où il ne fait que répéter ce qu'il a dit : il voudroit qu'on laissât les religionnaires dans l'état d'incertitude où ils sont ; il prétend qu'il n'en résulte aucun mal pour eux, sinon que peu-à-peu ils prennent le parti de rentrer au bercail.

Toute cette lettre est une pure déclamation de rhéteur, assez bien écrite, mais sans discussion, sans solidité, sans raisonnement réel.

13 *Décembre. Le coup manqué*, ou *le retour de Troyes*, est certainement une des meilleures brochures qui aient encore paru sur les affaires présentes. Quoiqu'ancienne, puisqu'elle est datée du 20 septembre dernier, elle a eu peine à percer, parce que les deux partis qu'elle fronde tour-à-tour, avoient un égal intérêt de l'empêcher de paroître & de l'étouffer.

Ce pamphlet contient des réflexions sommaires sur le dernier arrêté du parlement de Paris, en date du 19 septembre ; elles sont précédées d'un récit historique de ce qui s'est passé depuis l'assemblée des notables. Du résumé des faits, l'auteur fait ensuite sortir les systêmes opposés de la cour & du parlement. Enfin, après avoir comparé les derniers résultats de leur conduite respective, & les sacrifices faits en définitif, de part & d'autre, d'autre, il en tire les conséquences naturelles & nécessaires d'où dérive sa conclusion, que, dans cette espece de traité de paix, tout le désavantage est pour le parlement, & par conséquent pour la nation. Il triomphe sur-tout en pulvérisant les six motifs énoncés dans l'arrêté qui ont déterminé la cour des pairs à se contredire aussi formellement. De-là la justesse de son épigraphe : *Parturient montes, nascetur ridiculus mus.*

14 *Décembre.* Dans *un petit mot de réponse à M. de Calonne sur sa requête au Roi, par M. Carra,* on trouve une anecdote précieuse ; c'est que cet écrivain s'avoue pour l'auteur du mémoire qualifié d'*infernal,* & attribué par M. de Calonne à l'archevêque de Toulouse, & pour preuve ce mémoire est imprimé à la suite. Il est foudroyant pour le contrôleur général ; il contient des détails sur la manutention de ce ministere, & sur le gaspillage des finances, avec noms, surnoms, qualités, circonstances & dépendances qui le rendent extrêmement curieux, mais réfutent invinciblement l'aveu simulé de M. Carra : il peut avoir été sa main qui a rédigé, colporté ce mémoire, mais il n'a pu être composé que d'après des renseignements donnés par quelqu'un à portée de fouiller dans les archives les plus intimes du ministere. Aujourd'hui donc que M. Carra est connu pour l'écrivain de M. de Brienne, il est encore mieux confirmé que ce n'est pas sans raison que M. de Calonne attribue au prélat ce mémoire, ce coup de jarnac, s'il en fût jamais un.

14 *Décembre.* Le principal ministre pour s'assurer une augmentation de fonds plus prompte & plus légale, moins contestée du moins, puis-

qu'elle feroit volontaire , a imaginé de propofer par accroiffement un abonnement pour les vingtiemes , aux différentes affemblées provinciales ; quelques - unes ont accordé , mais plufieurs ont refufé , entr'autres celle de Tours , à qui l'on demandoit 1600000 liv. de plus, & celle de l'Ifle-de-France , pour 500000 liv.

On parle auffi d'un enrégiftrement du parlement de Metz , qui contrarie beaucoup les vues de M. de Brienne.

14 *Décembre.* M. le marquis de Chatellux vient d'époufer une Irlandoife , fille de condition , fans fortune , dont le pere eft au fervice de l'Empereur , & l'anecdote de ce mariage eft bonne à favoir pour les demoifelles de cette efpece , qui auroient pareil coup de main à faire.

Mlle. Plunquet (c'eft fon nom ,) jeune & jolie , étoit cet été aux eaux de Spa , lorfque madame la ducheffe d'Orléans y eft allée. Cette princeffe , toute bonne , la diftingua parmi les autres femmes , & fon état de détreffe fut un motif de plus pour qu'elle fe l'attachât & la comblât de fes bontés. Le marquis de Chatellux venu aux eaux à la même époque , fut admis à faire fa cour à Mad. la ducheffe d'Orléans ; il vit Mlle. Plunquet , en fut enchanté & affecta de lui dire des chofes obligeantes , d'autant mieux que c'étoit le moyen de fe rendre plus agréable à fon alteffe. Mais la faifon des eaux s'avançoit , Mlle. Plunquet fentoit que fi elle laiffoit paffer cette occafion de frapper au cœur de M. de Chatellux , elle ne la retrouveroit pas : ayant bien étudié le caractere du marquis & reconnu fon amour-propre exceffif du côté de fes talents littéraires , elle mit en œuvre un ftratagême qu'elle jugea le plus propre à réuffir

Un matin que tout le monde en prenant les eaux fe raffemble , fe promene & caufe, Mlle. Plunquet s'écarta & feule au pied d'un arbre fe mit à lire : le marquis de Chatellux l'apperçoit dans cette attitude & profondément occupée : il eft curieux de favoir ce qu'elle lit; il approche à pas de loup , & quelle furprife flatteufe pour lui ! la belle lifoit fon voyage de l'Amérique feptentrionale. Dès-lors la paffion du marquis a été portée à fon comble ; il a demandé la main de la demoifelle & l'hymen s'eft contracté fous les aufpices de Mad. la ducheffe d'Orléans, qui vient de préfenter à la cour la nouvelle marquife de Chatellux & de l'attacher à fon fervice.

14 *Décembre.* Il paroît que la *feconde fuite de la conférence du miniftre avec le confeiller,* a été compofée avant l'édit d'emprunt porté au parlement le 19 novembre. En effet elle eft datée du 14 octobre. Son objet eft de difpofer les magiftrats & le public en général à cet emprunt. Mais il juftifie en même temps ce qu'on a dit que M. d'Eprémefnil avoit été trompé non-feulement fur la quotité de l'emprunt , mais fur la condition de l'affemblée des états-généraux. Suivant l'auteur de la brochure qu'on croit avoir écrit fous l'influence de ce magiftrat, puifqu'on y retrouve les différents principes & fyftêmes qu'il a établis dans fes difcours au parlement, les états-généraux doivent être convoqués dès le mois d'octobre 1788 , ou dans le courant de 1789 , parce que cette convocation eft le feul

moyen de suppléer aux motifs de défiance des étrangers.

Du reste, l'auteur s'appuie beaucoup sur une brochure qui a précédé la sienne dans le commencement & dont le titre seul caractérise parfaitement le contenu : c'est le *jurisconsulte national, ou principes sur la nécessité du consentement de la nation, pour accorder ou proroger l'impôt.*

14 *Décembre*. L'infatigable abbé Boudeau, après avoir poursuivi à outrance MM. Necker & de Calonne, vient de terminer ses pamphlets en ce genre par sa *sixieme & derniere partie des Idées d'un citoyen*. Mais il va rentrer dans la carriere sous une nouvelle forme : à force de remuer il a obtenu de l'archevêque de Toulouse la liberté de régénérer ce qu'il appelle un recueil patriotique, ses *Ephémérides du citoyen*, commencées au mois de novembre 1765. Il leur donne maintenant le titre de *Nouvelles Ephémérides Economiques.*

14 *Décembre*. *Fragment d'une correspondance.* C'est encore un excellent ouvrage, mais qui n'est que sommaire. Il est divisé en trois lettres. Dans la premiere, l'auteur peint fidellement l'état actuel de la France, il fait le récit déplorable de nos maux ; dans la seconde il en indique les causes, & dans la troisieme il propose les remedes. Une singularité qui ne plaira pas à tout le monde, c'est qu'il regarde l'espece d'explosion subite que la philosophie a faite en Europe dans l'espace de trente ans, comme une des sources des maux de la France, & il veut obvier par de bonnes loix & une surveillance attentive fur

les mœurs, aux inconvénients de la nouvelle philofophie.

15 *Décembre*. M. Briffot de Varville continue fon ouvrage intitulé *Point de banqueroute* : dans une feconde lettre à un créancier de l'état, il traite des conféquences de la révocation des deux impôts relativement à la dette nationale. Il penfe différemment de l'auteur du *Coup manqué* ; il regarde la derniere révolution comme ayant fanctionné les droits de la nation, comme ayant déterminé les bafes de l'impôt ; il trouve que les principes défendus par les parlements, tacitement reconnus par l'adminiftration, éloignent à jamais toute idée de banqueroute nationale ; il prétend qu'il n'y aura plus d'impôt mis, ni même d'emprunt fait, qui eft un impôt indirect, fans le confentement de la nation, fans l'affemblée des états-généraux. Il a la meilleure idée du miniftere actuel, fur-tout d'après l'arrêt du confeil qui fufpend la continuation des magnifiques travaux de la muraille élevée autour de Paris ; d'après le renvoi de ce fameux Cabarrus dont il trace un portrait effroyable, & qu'à l'exemple du comte de Mirabeau, il qualifie des épithetes les plus odieufes, dans lequel il voyoit un fecond Law, plus funefte encore au royaume que le premier : il ne conçoit pas par quel vertige on avoit pu l'appeller pendant quelque temps à la direction du tréfor royal.

Dans une troifieme lettre, M. de Varville imagine les moyens de maintenir le crédit de la nation au milieu des troubles actuels de l'Europe. Comme il n'eft plus foutenu ici par les grands principes du droit naturel & de la conftitution françoife, il n'eft pas auffi heureux dans

ses rêveries & avance des assertions que tous les
politiques n'avoueront pas : il veut aussi faire sa
cour au gouvernement, en l'excusant, après
avoir excité les patriotes Hollandois à s'élever
contre le pouvoir Stadhoudérien, à le restreindre,
à l'anéantir, d'avoir abandonné ces malheureux
dans la crise.

Dans la quatrieme lettre sur la dette nationale
considérée relativement à la guerre de la Turquie,
le politique s'égare encore plus, & pour se tirer
d'affaire il conseille la paix ; il ne voit d'autre
parti à prendre que la paix, mais il faut qu'on
y laisse la France.

Ici finissent les lettres : cette derniere est datée
du 22 octobre 1787.

Dans un *Post-scriptum* il est question du mémoire de M. de Calonne, & l'auteur se permet
sur cet objet quelques réflexions justes & pa-
triotiques rentrant dans tout ce qu'on en a
déja dit.

15 *Décembre.* Il passe pour éclairci que les
nouveaux murs élevés autour de Paris, quoique
non achevés, coûtent déja 25 millions. On veut
qu'il n'y ait jamais eu de devis en regle sur cet
objet, & que seulement ayant été accordé un sou
pour livre des dépenses au sieur le Doux, il ait
eu un intérêt de les accroître le plus possible ;
qu'en un mot toute cette imagination ait été
concertée uniquement entre M. Lavoisier fermier
général, qui d'abord n'avoit en vue qu'une
certaine portion de muraille ; M. de Colonia,
maître des requêtes ayant le département des
fermes ; & le sieur le Doux, leur architecte. On
ajoute que c'est ce le Doux seul qui, envisageant
dans cette opération un lucre immense, leur a

perſuadé qu'une muraille qui cerneroit tout Paris feroit un ſuperbe monument.

15 *Decembre.* Une éréſipelle à la tête ſurvenue au Roi mercredi & qui a augmenté depuis & cauſé la fievre, a obligé S. M. de garder le lit & de contremander le conſeil des dépêches qui devoit avoir lieu aujourd'hui : celui d'état n'aura pas lieu demain non plus ; les préſentations ſont encore mieux différées & toutes les autres cérémonies d'uſage.

Le principal miniſtre, au moyen de cet événement, n'eſt point parti pour Verſailles, ainſi qu'on l'avoit annoncé : il a profité de ce répit pour conſolider ſa convaleſcence encore très-foible : il lui reſte une extinction de voix, qui permet à peine de l'entendre.

Malgré cette longue abſence de la cour, il eſt tranquille ; il reçoit tous les jours une lettre de la Reine, ce qui le conſole de la froideur du Roi : on aſſure qu'il n'a pas envoyé une ſeule fois ſavoir de ſes nouvelles, depuis que ce prélat eſt à Paris.

15 *Décembre.* Les chambres aſſemblées hier pour entendre la réponſe du Roi, il n'y en a point eu. Le premier préſident a dit que Sa Majeſté avoit remis à donner ſa réponſe mardi. En conſéquence la ſéance eſt continuée au mercredi 18.

Comme Meſſieurs étoient de fort mauvaiſe humeur de tous ces délais, il y a vraiſemblablement eu des voix pour arrêter de ne s'occuper d'aucune affaire publique, juſqu'à ce qu'on eût eu ſatisfaction ſur le compte du prince exilé & des deux membres priſonniers.

Quelque brouillon a imaginé de convertir cet

avis isolé en un arrêté qu'il a fait imprimer & que plusieurs papiers étrangers mal instruits ne manqueront, sans doute, pas d'adopter ; mais il est aussi fictif que celui de Bordeaux, du 24 novembre. Au surplus, les gens disposés à voir favorablement les choses, augurent bien de ces délais ; ils esperent que le Roi ne differe sa réponse qu'afin de la donner satisfaisante ; que cela tient à l'absence du principal ministre dont le Roi attend le retour pour se concilier avec lui là-dessus ; ils le présument d'autant mieux que si S. M. étoit disposée à des procédés violents, elle n'auroit besoin que de suivre l'impulsion du garde des sceaux & du baron de Breteuil, qui trouvent tous deux M. de Brienne trop doux & lui reprochent par sa mollesse de maintenir la résistance & de fomenter la fermentation.

Une anecdote relative au duc d'Orléans vient à l'appui des gens qui comptent sur l'esprit doux & conciliant du principal ministre. Ce prince, bien loin d'avoir refusé de profiter des bontés du Roi, qui lui permettoit de s'approcher de sa personne, & d'avoir répondu, ainsi qu'on l'a débité entre toutes les fausses nouvelles dont nous sommes inondés, *qu'il attendoit avant d'être instruit des griefs que S. M. avoit à lui reprocher, pour éviter désormais de s'en rendre coupable* ; au contraire a écrit lui-même une lettre au Roi. Il marquoit dans cette lettre que la retraite de son chancelier, la maladie de son contrôleur général des finances, les travaux qu'il avoit entrepris dans son palais à Paris, & surtout la mauvaise santé de Mad. la duchesse d'Orléans qui s'obstinoit à partager son exil, la sienne qui n'étoit pas trop bonne, étoient des

motifs puiffants qui le déterminoient à fupplier
S. M. de lui permettre de revenir à Paris. Le
Roi lui a fait dire verbalement par l'entremife
du comte de Montmorin, que S. M. ne lui répondoit point, pour s'éviter à elle-même le cha-
grin de le refufer; mais qu'il patientât, & que
dès que les circonftances le permettroient, elle
lui feroit une réponfe plus fatisfaifante.

15 *Décembre*. Une piece nouvelle jouée hier aux
Italiens les a un peu dédommagés de tant d'autres baffouées depuis quelque temps : elle a eu
beaucoup de fuccès & les mérite par une intrigue
piquante & gaie ; elle a pour titre *les Etourdis*
ou *le Mort fuppofé*. Cette comédie eft en trois
actes & en vers. Elle eft écrite avec efprit & facilité. Il y a fans doute des défauts, des invrai-
femblances, des fcenes inutiles & languiffantes ;
mais, en général, elle annonce un joli talent &
confirme la bonne opinion que l'auteur avoit
déja fait concevoir de lui à ce théâtre : malgré
fon triomphe, il n'a point voulu être nommé ;
c'eft un jeune avocat, nommé *Andrieux*, qui
craint que trop de publicité ne lui faffe tort &
ne l'empêche d'être mis fur le tableau, ou d'y
refter.

16 *Décembre*. On veut que M. de Bievre fe
foit réveillé au fujet de M. le duc d'Orléans qui
a penfé fe noyer, & ait enfanté un nouveau ca-
lambour : *je l'avois toujours prédit*, s'eft-il écrié,
que ce prince reviendroit fur l'eau. Mot affez heureux en ce qu'il a rapport auffi à la réhabilita-
tion de ce prince dans l'opinion publique.

16 *Décembre*. Pour contrebalancer dans le public l'impreffion qu'auroient pu faire les différents
écrits répandus contre la tolérance en faveur des

L 5

proteſtants & leur rentrée dans le royaume, on
vient d'imprimer le mémoire de M. de Malsherbes à leur ſujet, mémoire lu au conſeil &
qui n'a pas peu contribué à la déciſion priſe à
ce ſujet.

17 *Décembre.* M. Carra, ſpécialement employé
par l'archevêque de Touloufe pour répondre au
mémoire de M. de Calonne, & qui n'a fait
encore qu'eſcarmoucher contre cet ex-miniſtre
dans ſon *petit mot à l'oreille*, a formé un plan
plus vaſte; on lui a fourni beaucoup de matériaux, &, fous l'influence du prélat, il va les
mettre en œuvre. Il paroît que c'eſt la ſeule maniere dont on veut punir M. de Calonne. Le
chef de la juſtice actuel eſt intéreſſé à ne pas le
pouſſer à bout en permettant qu'on lui faſſe ſon
procès. Comme il s'eſt paſſé beaucoup de choſes
entr'eux à l'occaſion du procès de meſſieurs le
Maître & Augeard ; qu'il a été le principe de
la coalition entre ces deux perſonnages & de
l'élévation de M. de Lamoignon aux ſceaux,
par l'entremife de M. de Calonne ; il craindroit que celui-ci, en lui reprochant ſon ingratitude, ne révélât beaucoup d'anecdotes
que tous deux ſont intéreſſés à laiſſer dans le
ſecret.

Mais M. de Lamoignon eſt trop adroit pour
laiſſer le gros du public ſe douter de ſon motif;
il prétend qu'il a les bras liés par les gens en
crédit à la cour, par des puiſſances même qui
craindroient à leur tour les révélations de M. de
Calonne, & tel eſt le génie du courtiſan que
celui-ci, en paroiſſant ſervir les autres, ne ſe
ſert que lui-même.

17 *Décembre.* On préſume, & l'on a raiſon de

étoire, que le projet de joindre la Sambre à l'Escaut, cette derniere riviere à la Deule & celle-ci à la Lys, aura lieu : de maniere que tous les pays-bas François pourront communiquer par des canaux jusqu'au pays de Liege, en traversant les pays-bas Autrichiens & ceux d'entre la Sambre & la Meuse, & former en même temps une liaison de commerce entre ces trois puissances, qui concourra au bien-être de chacun de leurs sujets.

17 *Décembre.* On confirme tout ce qu'on a dit sur le montant des dépenses que coûtent les nouveaux murs de cette capitale & sur la maniere dont ils ont été commencés; on ne pourroit le croire si ce n'étoit attesté par des gens intéressés à approfondir l'anecdote & dignes de foi.

Il paroît un nouvel arrêt du conseil du 25 novembre, qui ordonne momentanément la suspension des travaux de la clôture de Paris ; prescrit les opérations à faire avant qu'ils soient continués; & commet les sieurs Hazon, intendant général des bâtiments du Roi, & Brebion, contrôleur général desdits bâtiments, pour partager avec les sieurs Antoine & Raimond la direction desdits travaux, & la suite de toutes les opérations relatives à la clôture de Paris.

18 *Décembre.* L'enrégistrement du parlement de Metz, qui déplaît fort à la cour, mérite d'être rapporté dans tout son contenu. Il porte prorogation des deux vingtiemes, à charge :

1°. Que, conformément aux termes dudit édit qui embrasse l'universalité des biens du

royaume, même les domaines étant entre ses
mains du Roi, les deux vingtiemes & 4 sous
pour livre du premier, seront perçus sur tous
les biens appartenants, soit aux laïcs, soit aux
ecclésiastiques, sans que le clergé, sous quelque prétexte que ce soit de privilege, lequel ne
seroit pas nommément désigné dans ledit édit,
puisse à l'avenir se prétendre exempt de ladite
imposition : qu'en conséquence tous les bénéfi-
ciers & autres possesseurs de biens ecclésiastiques
ou réputés tels, seront tenus de faire des déclarations séparées des biens qu'ils possedent dans
les différents dioceses du ressort de la cour : sur
lesquelles déclarations duement justifiées ils seront imposés chacun séparément dans les rôles
des vingtiemes, sans préjudice néanmoins des
formes anciennes du clergé, en ce qui concerne seulement la répartition à faire entre les
différents membres : auquel cas le préposé à la
recette de chaque bureau diocésain pourra recevoir les quotes particulieres des contribuables,
à la charge d'en verser le montant en deniers
comptants, entre les mains du préposé à la
recette des vingtiemes.

2°. Que s'il entroit dans les vues de S. M.
d'abonner les vingtiemes de la province, la
proposition ne pourra être faite ou acceptée directement que par le parlement, qui, à défaut
d'états généraux, a seul caractere pour consa-
crer un abonnement au nom de la province,
& que l'abonnement n'aura lieu néanmoins qu'en
vertu des lettres-patentes duement vérifiées en
la forme ordinaire : lesquelles modifications seront publiées à la suite dudit édit ; & dans le
cas où elles n'auroient pas leur pleine & en-

tiere exécution, la cour révoque dès à préfent ladite vérification, qui fera pour lors cenfée comme non avenue, &c.

18 *Décembre*. La cour a fait publier aujourd'hui & même hier avec affectation dans les rues, la réponfe aux remontrances du parlement de Bordeaux.

Elle eft datée du 29 novembre; elle eft fort longue : on y divife les remontrances en trois parties.

On regarde la premiere comme un tableau de la fituation des finances du royaume, une difcuffion des caufes & des moyens qui ont amené l'affemblée des notables.

La feconde concerne les affemblées provinciales, leur origine, leur convocation, leur objet, leur infuffifance pour fuppléer aux états généraux.

Enfin la derniere eft une réclamation de cette cour contre fa tranflation à Libourne.

Quant au premier point, le Roi regarde le parlement comme ne pouvant parler de femblable matiere, fans faire de grands écarts, faute de bafe certaine : en conféquence il lui prefcrit de ne plus s'en occuper.

Quant à l'autre, on ne fe donne point la peine de rien dire de nouveau, ni au fond, ni dans la forme; on répete tout uniment les différens paragraphes concernant les affemblées provinciales, qui font déja un grand épifode du difcours du garde des fceaux à la féance du 19 novembre.

Enfin l'on prétend que la tranflation eft très-réguliere; qu'il y en a eu plufieurs de cette efpece, fur lefquelles le parlement n'a point chicané ; que si les peuples souffrent de l'interruption de la justice, c'est aux magistrats qu'ils doivent s'en prendre, attendu qu'ils ont tout ce qu'il faut pour exercer leurs fonctions. On fait ici une distinction au sujet des lettres closes qui n'ont été employées que contre les individus ; quant au corps entier, il a été transféré par des lettres-patentes bien en regle.

Au reste, c'est par sa soumission seule que le parlement peut espérer son rappel.

18 *Décembre*. Depuis près d'un an que M. le comte de Montmorin est au ministere des affaires étrangeres, on commence à s'appercevoir que cet emploi est au dessus de ses forces. Dans cet espace de temps, il nous a aliéné le roi de Prusse, dont son prédécesseur avoit eu bien de la peine à se rapprocher ; il nous a fait perdre tout le fruit de dix ans de ménagements & de navigations avec la Hollande, faute d'avoir montré la vigueur nécessaire en pareille circonstance ; en sorte que notre traité avec cette république est à la veille d'être anéanti : enfin il a laissé prendre au ministere Anglois près du Divan la prépondérance dont la France jouissoit depuis si long-temps. Toutes ces fautes sont d'autant plus grandes dans le moment actuel, qu'elles nous privent aussi de nos alliés naturels, & font prendre à notre politique un cours bizarre, dont les plus habiles ne sauroient démêler le résultat.

19 *Décembre*. Il a paru depuis quelque temps ici, *Lettres sur l'invasion des Provinces-Unies, à M. le comte de Mirabeau*, & *sa réponse* : on les a données comme publiées par la commission que les patriotes Hollandois ont établie à Bruxelles.

La premiere eft datée du 28 octobre & la
feconde du 1 novembre. On voit que l'une
n'a pas attendu l'autre, & bien de gens penfent
qu'elles ont été compofées enfemble & peut-être
par la même main. Quoi qu'il en foit, le roi
de Pruffe régnant y eft extrêmement maltraité,
& plus encore dans la réponfe du comte de
Mirabeau, que dans la lettre du patriote. Ces
jours derniers le comte de Mirabeau fe trouvant dans une maifon où étoit un feigneur
Pruffien, fut à lui & lui dit : *j'efpere que vous
ne me faites point l'injure de m'attribuer la lettre
qu'on m'impute contre votre monarque.* —*Certes,
Monfieur, lui répondit l'étranger, je ne puis croire
qu'ayant été accueilli comme vous l'avez été à la
cour de Berlin, vous vous fuffiez permis non feulement ae juger avec autant de témerité la conduite d'un prince qui vous a comblé de faveurs
& ouvert fon intimité; mais encore de vous permettre des déclamations perfonnelles, qui feroient
le comble de l'ingratitude & feroient moins de vous
l'apôtre de la liberté, que le plus execrable des
hommes.* Le comte rougit beaucoup & l'on chan-
gea de converfation. Au furplus, l'objet de la
lettre du patriote eft d'inviter M. de Mirabeau
à compofer l'hiftoire de la révolution actuelle
de Hollande, & de prouver ainfi qu'il n'eft
point dévoué au roi de Pruffe & au duc
de Brunfwick, comme le publient les ennemis.

Dans fa réponfe, M. de Mirabeau abjure cet
attachement prétendu au roi de Pruffe & au
duc de Brunfwick : rien ne pourroit l'empêcher de compofer un ouvrage qui marquât
fous le titre de *Révolution de la Hollande,*

su *du Stadhouder*, & de l'influence probable de l'invasion des *Provinces-Unies* sur le système politique de l'Europe. Mais il croit qu'il n'est pas, ou qu'il n'est plus temps.

19 *Décembre*. Hier les comédiens françois ont essayé de jouer *les Rivaux*, comédie nouvelle en cinq actes & en vers, imitée de l'Anglois : mais le tumulte a été si grand dès le premier acte & s'est tellement accru au second, qu'il a fallu baisser la toile au commencement du troisieme. Il est peu d'exemples d'une chûte aussi rapide.

19 *Décembre*. Quoique l'archevêque de Toulouse soit retourné à Versailles le mardi & que S. M. aille mieux ; comme elle ne peut recevoir le premier président, auquel il est d'étiquette qu'elle donne elle-même sa réponse, il n'y en a point encore eu.

20 *Décembre*. Hier les chambres assemblées, les princes & les pairs y séant pour entendre la réponse du Roi, comme on le savoit d'avance, le premier président a annoncé qu'il n'en avoit point encore à donner. Sur quoi il a été chargé de continuer ses bons offices pour en obtenir une & la séance renvoyée au 28.

On devoit s'occuper le vendredi 21, qui est demain, de l'édit des protestants ; mais, sous prétexte que le travail des commissaires n'est pas fini, on alonge aussi jusqu'à ce que la cour ait parlé.

20 *Décembre*. Suivant ce qu'on écrit de Rennes, le parlement a fait un arrêté & adressé des remontrances au Roi concernant l'exil de M. le duc d'Orléans & la détention des deux magistrats ; le ministere en a été mécontent

& il a été demandé une députation du premier
préfident & de deux préfidents à mortier : le
parlement a arrêté que vu la forme infolite
dont la demande avoit été faite, il n'y avoit
lieu d'obtempérer à l'ordre du Roi, fauf au
premier préfident, comme commiffaire de S. M,
à fe retirer pardevers elle , fi bon lui fembloit ; & en effet fuivant les lettres de Rennes
ce chef de la compagnie eft parti le 16.
Comme il eft fort lié avec l'évêque de Rennes
& que celui ci eft ami de l'archevêque de
Touloufe, on ne doute pas qu'il n'y ait une
coalition entr'eux pour faire fauter le garde
des fceaux , qui ne peut tenir en place & fait
fottifes fur fottifes : on fait d'ailleurs qu'il déplaît fort à M. de Brienne.

Au furplus , l'arrêté & les remontrances ont
été envoyés ici & ils font fous preffe.

21 *Décembre.* Les vers contre le Roi acquierent un peu plus de publicité ; ils font plus
violents que tout ce qu'on a encore lu en ce
genre : on prétend qu'ils ont été compofés à
Gennevilliers , château de plaifance de M. le
duc d'Orléans , & que c'eft là le principe de fa
difgrace : mais il ne feroit pas affez puni, s'il
pouvoit être complice ou témoin feulement
d'une pareille horreur.

21 *Décembre.* Extrait d'une lettre de Bordeaux ,
du 15 décembre... La réponfe du Roi à notre
parlement eft auffi bizarre dans le fond que dans
la forme, & la compagnie eft actuellement occupée à en réfuter les raifonnements. Du refte ,
elle eft intitulée *Réponfe du Roi* : c'eft enfuite un
tiers qui parle ; on croit que c'eft le garde des

fceaux, & quand on eft à la fin, on ne trouve
perfonne.

M. le vicomte de Fumel, qui commande en
l'abfence de M. de Brienne, a été envoyé par
la cour pour tâter le parlement & l'engager à
un acte de foumiffion, mais inutilement.

Il paroît que, malgré cette réponfe, la cour
eft fort embarraffée : on le juge par un acte de
vigueur que s'eft permis le parlement, fans
qu'elle s'y foit oppofée. Les magiftrats, malgré
l'injuftice de leur tranflation & le dérangement
qu'elle caufe dans leur fortune, fervant par
honneur, n'ont pas cru devoir rien répéter ;
mais ils n'ont pas penfé qu'il en dût être de
même des fubalternes & des fuppôts de la cour.
En conféquence, calcul fait, elle a rendu arrêt
qui ordonne qu'une fomme de douze mille &
quelques cents livres feroit prife dans les recettes du Roi pour leur fervir d'indemnité.
Le receveur ayant fait des difficultés, eft intervenu arrêt exécutoire, & il a fallu obéir.

21 *Décembre.* Une nouvelle piece formidable
contre M. de Calonne, c'eft le *Mémoire juf-
tificatif pour le fieur Michel Rivage, effayeur
de la monnoie de Strasbourg*, en réponfe aux
affertions & imputations de cet ex-miniftre,
relativement au travail de la refonte de l'or.

Ce mémoire, figné de Me. Fournel, avocat,
eft dirigé contre les accufateurs en titre du
fieur Rivage, M. Louis Beyerlé, confeiller au
parlement de Nanci, & Gabriel de Beyerlé, officier au fervice des états-unis de l'Amérique feptentrionale, tous deux fils & héritiers, fous bénéfice d'inventaire, du fieur Beyerlé, directeur
de la monnoie de Strasbourg.

Il feroit faſtidieux de ſuivre l'avocat dans tout ce qu'il dit en faveur de ſon client, dans le récit des faits & dans les détails inſtructifs concernant une matiere obſcure & connue de peu de perſonnes. Voici ſeulement quelques anecdotes précieuſes à en extraire.

Une apparence de dix-huit millions de bénéfice fut ce qui détermina M. de Calonne à une refonte que MM. Necker & de Fleuri, ſes prédéceſſeurs, avoient rejetée.

Sous prétexte qu'en 1771, l'abbé Terray avoit ordonné aux directeurs de *chatouiller le remede*, c'eſt-à-dire d'écorner légérement les louis, ce qui en altéroit le titre ou la valeur, M. de Calonne autoriſe les directeurs à ne prendre tous les louis depuis la fabrication de 1726 qu'au même taux que ceux fabriqués ou plutôt altérés par les ordres de l'abbé Terray ; ce qui occaſionne au Roi une perte de ſept millions tournant au profit de qui il a appartenu : juſques-là c'eſt en apparence totalement à celui des directeurs.

Ce bénéfice ſe calcule ſur 1300 millions d'eſpeces d'or fabriquées dans le royaume depuis 1726.

M. de Calonne eſt véhémentement ſuſpecté d'avoir coopéré ſciemment à cette iniquité, par le peu de formalités qu'il a obſervées pour l'autoriſer, par ſon attention de la ſouſtraire à l'inſpection des juges légitimes qui ſont les membres de la cour des monnoies, par les efforts qu'il a faits pour étouffer le procès mu contre le directeur de la monnoie de Strasbourg & les ayants cauſe, & pour la faire retomber ſur le

fieur Rivage ; qui femble prouver parfaitement
fon innocence.

22 *Décembre*. Il nous eft arrivé de chez
l'étranger : *Mémoire à confulter de Pierre Don
de Courcelles & de Vaugondry, au fujet des excès
commis envers lui, par quelques membres de la
régence de l'illuftre état de Berne ; par la chambre fuprême des appellations du pays de Vaud ;
puis par le magnifique petit confeil de la république.*

Dans ce mémoire, après avoir raconté comment fa propriété a été attaquée, fon état enlevé & fon honneur impliqué injuftement, à
l'improvifte & fans forme de procès : fes repréfentations, puis fes plaintes ont été rejettées :
l'accès aux tribunaux & celui du trône lui
ont été refufés : comment, ayant voulu réclamer la juftice du Souverain, fa réclamation lui
a été fouftraite ; comment on a voulu l'attirer
en chartre privée, &, ne s'y étant pas rendu,
on a prononcé contre lui la peine du pilori, &
un banniffement perpétuel en le calomniant &
diffamant : l'auteur fupplie les jurifconfultes de
toutes les nations de répondre aux queftions
fuivantes :

1°. Les procédés dont il fe plaint, font-ils
conformes, ou contraires, à ces principes généraux de juftice, par lefquels tous les peuples
fe gouvernent ?

2°. Eft-il fondé à en pourfuivre le redref-
fement ?

3°. Etant fondé, quelles font les voies d'y
pourvoir ?

Du refte dans ce mémoire écrit fimplement
& fans aucune chaleur, on peut s'inftruire fur

la forme de procéder & de juger dans la république de Berne; mais ce qu'on y apprend encore mieux, c'est que l'injustice est de tous les lieux & que par-tout le foible est la proie du fort.

22 *Décembre*. L'église de Digne a été successivement gouvernée par MM. de Jarente & du Cayla, deux prélats dont la vie publiquement licentieuse a rempli ce diocese de scandales : ils sont aujourd'hui remplacés par un M. de Villedieu, qui enchérit encore sur eux & réunit tous les vices ; du moins si l'on en croit une *Lettre de M.* ✳✳✳ *Conseiller au parlement d'Aix*, datée du premier novembre de cette année. Il paroît que l'objet de cette espece de dénonciation seroit d'engager un pareil évêque à descendre d'une place qu'il souille par ses déréglemens; de faire rougir le ministre de la feuille de l'y avoir nommé & de forcer en quelque sorte son métropolitain, l'archevêque d'Embrun ; d'assembler un concile national pour le dégrader, s'il s'obstine à conserver un siege qu'il déshonore journellement.

22 *Décembre*. Les tomes 3 & 4 *du recueil des représentations, protestations & réclamations faites à S. M. Impériale par les représentants & états des provinces des pays-bas Autrichiens*, sont parvenus ici. Ils n'offrent rien de curieux plus que ce qu'on a vu. Ils roulent principalement sur des matieres religieuses. On sait aujourd'hui positivement que ce recueil se compose à Liege par des ex-jésuites, qui profitent de la disposition des esprits dans les provinces belgiques, de l'ignorance & du goût superstitieux qui y regnent, pour fomenter les trou-

bles qui les agitent : d'un autre côté, des politiques ambitieux qui se soucient peu du dieu de Baal ou du dieu d'Israël, semblent toutefois les adopter comme propres à seconder leurs vues & à faire corps contre le despotisme du souverain.

Les cinquieme & sixieme volumes doivent être imprimés depuis, & vraisemblablement ne seront pas plus intéressants.

22 *Décembre.* On tracasse encore M. de Juigné sur son rituel, & l'on distribue *Tradition de l'église opposée aux opinions du nouveau rituel de Paris, sur la conception immaculée de la Sainte Vierge & sur son assomption en corps & en ame.*

On reproche au prélat de donner comme une espece de dogme de foi ces deux opinions laissées arbitraires dans l'ancien rituel, conformément aux décisions de plusieurs papes & du concile de Trente.

22 *Décembre.* On commence à crier déja contre le nouveau conseil de la guerre ; l'on prétend qu'il penche pour la discipline allemande, adoptée par les ordonnances du comte de Saint-Germain, tombées depuis en désuétude, & que des majors qui prennent l'esprit de ce conseil remettent en vigueur.

On écrit de Toulon qu'un sergent ainsi maltraité par le major d'un régiment en garnison dans ce port, n'a pu survivre à son déshonneur & s'est brûlé la cervelle ; qu'un soldat non moins sensible en a fait autant.

On écrit de Metz qu'on y compte douze à treize soldats qui ont préféré la mort à l'ignominie.

On parle d'un autre régiment où le colonel a été obligé de fe rendre promptie-
ment avec un officier aimé des foldats, afin
d'arrêter la mutinerie excitée par la dureté du
major.

Tout cela n'eft propre qu'à augmenter la
défertion & à rendre les recrues plus difficiles ; ce qui eft encore plus mal-adroit dans
ce moment - ci, que dans tout autre, qu'on
fe plaint, qu'on avoue n'avoir point d'armée
& qu'on craint de voir éclore une guerre au
printemps.

Du refte, on attend l'ordonnance qui doit
fupprimer les colonels en fecond & leur faire
place en failant maréchaux de camp les colonels
en pied, mais avec l'expectative feulement, pour
ne pas trop augmenter le nombre de ces officiers
généraux qu'on a par centaines.

La difpofition la plus fage fera celle des
majors en fecond, grade deftiné aux jeunes gens
de qualité qui afpireront à des régiments, & qui,
avant d'en obtenir, feront obligés de faire leur
apprentiffage fous les majors en pied, cenfés en
état de les inftruire.

22 Décembre. M. de Bevi, l'un des préfidents
du parlement de Dijon, ayant eu des tracaffe-
ries aux états avec l'intendant & ayant parlé
très-vivement fur les droits de la province en
préfence du prince de Condé, n'eft point à la
Baftille, comme on l'avoit dit d'abord, mais
mandé à la fuite de la cour. On ne fait point
encore ce que le parlement de Bourgogne a fait
à ce fujet.

En général les états de cette province ont été
fort orageux cette année, & le prince de Condé

qui les gouverne ordinairement en despote, a trouvé une résistance à laquelle il ne s'attendoit pas. Il a été surpris qu'avant de statuer sur les demandes des commissaires du Roi, on votât pour exiger un compte de la situation des finances de la province, finances dont ce prince dispose arbitrairement; ce qui lui a fort déplu : il a été également contrarié dans la nomination des élus ou députés, qu'on choisit toujours à son gré & par son impulsion.

C'est vraisemblablement dans ces diverses contestations que le président de Bevi, magistrat ferme & patriote zélé, se sera exprimé de manière à déplaire à S. A. qui en en a porté plaintes au Roi.

Quant à l'intendant, c'est un personnage inepte, fat, sans aucune expérience, dont le gouverneur dicte toutes les démarches, & qui déplaît fort au parlement depuis qu'il s'est mis dans le cas d'être décrété par cette cour, il y a un an.

Enfin le gouvernement a craint tellement les suites de la fermentation élevée dans la province, que le prince de Condé a eu ordre d'y rester encore huit jours après la clôture des états.

Point de fête, point de repas; l'intendant en ayant donné un au prince de Condé, aucune femme des magistrats n'a voulu y assister.

23 Décembre. Quand on envoie chercher pour gouverner la marine un ministre à deux mille lieues, on est tenté de croire que c'est un homme rare, essentiel & tel qu'il ne s'en trouve point autour de soi. On se tromperoit fort en jugeant ainsi du comte de la Luzerne qui vient d'arriver. Il n'a jamais eu aucune connoissance en ce genre,

que

que celles qu'il peut avoir prises depuis deux ans
qu'il est gouverneur général des isles sous le
vent. Les anecdotes qu'on débite de sa jeunesse
n'annonçoient alors qu'un fat, un étourdi : depuis il a fait un ouvrage, & traduit la retraite
des dix mille de *Xenophon*, qu'on lui attribue
& dont bien des gens révoquent en doute
qu'il soit réellement l'auteur. Il a du moins le
goût des sciences & des lettres ; il s'est conduit
à la tête de la colonie en honnête homme &
a montré une sévérité louable. Malheureusement
il paroît qu'il se laissoit diriger par l'intendant M.
de Marbois, ci-devant attaché à son frere le
chevalier de la Luzerne, ministre plénipotentiaire près des Etats-Unis de l'Amérique septen-
trionale, & dont celui-ci s'étoit détaché pour
servir de mentor à ce nouveau gouverneur de
Saint-Domingue.

M. le comte de la Luzerne est neveu de M.
de Malsherbes ; il est frere de l'évêque de Langres, intime ami du principal ministre : voilà
les vrais titres à sa nomination. On l'a représenté au Roi comme un ministre souple dont
on feroit ce qu'on voudroit dans son département ; qui se prêteroit à toutes les réformes,
bonifications, changements qu'on desireroit faire,
& sur-tout au conseil de la marine, qu'on veut
créer à l'instar de celui de la guerre. On ne
doute pas qu'on ne s'en occupe en ce moment
& qu'il ne soit bientôt formé.

23 *Décembre.* On dit aujourd'hui que le garde
des sceaux s'appercevant de sa gaûcherie envers
le parlement de Bretagne, s'est hâté de lui faire
expédier des lettres-patentes en regle, par lesquelles S. M. demande la grande députation,

Quoi qu'il en foit, les *objets de très-humbles &
très-respectueuses rémontrances*, *ordonnées être
adreffées au feigneur Roi, par arrêt du parlement
de Bretagne, du 4 décembre 1787 & arrêtés le
6 aux chambres affemblées* ; paroiffent imprimés.
Ils font fuivis d'une *lettre au Roi*. Celle-ci n'eft
que de pur cérémonial, & comme le réfumé
des remontrances.

Il y a 14 objets ou paragraphes, dont quelques-uns très-forts. On en parlera plus au long.

23 *Décembre*. M. Collignon, commiffaire des
guerres ayant le département de Saint-Omer,
a déclaré ces jours-ci qu'il avoit ordre de partir
pour cette ville, grande, affez bien bâtie &
peu peuplée, afin d'y préparer les logements
pour les proteftants & patriotes Hollandois qui
voudront venir en France. D'une part, ils feront à portée de Bethune, où fe forme le régiment Royal Liégeois, régiment d'infanterie
étrangere de nouvelle création, dont plufieurs
compagnies deftinées aux Hollandois. De l'autre,
cette ville fera le centre des négociations & rapports avec la commiffion des patriotes de la
même nation établie à Bruxelles, qui n'eft pas
à une grande diftance.

On veut du refte que les prélats à Paris profitant des derniers inftants fe foient affemblés
chez M. l'archevêque, & l'aient chargé de fupplier le Roi de retirer l'édit concernant les proteftants, jufques après l'affemblée prochaine du
clergé, afin de lui laiffer le temps de porter fes
doléances au Roi.

D'un autre côté, il paroît conftant que le
projet d'édit ayant été communiqué à la Sor-
bonne, cette faculté a déclaré que, dès qu'il

n'intéressoit point le dogme, qu'il ne concernoit que l'état civil des protestants, elle n'avoit rien à examiner & ne pouvoit que s'en rapporter à la sagesse du Roi.

23 *Décembre.* M. Dupaty persistant dans sa défense des trois roués, a voulu plaider lui-même en leur faveur au parlement de Rouen, & cette cour les a déclarés parfaitement innocents; ils ont été élargis sur le champ & conduits en triomphe. On assure que le président dès le soir même a soupé avec eux & leur a donné pour convives plusieurs magistrats, gens de qualité & quelques petites-maîtresses de Rouen. Ils sont rendus à Paris dans ce moment & vont sans doute devenir l'objet de la curiosité & de l'attendrissement publics.

Les magistrats du parlement de Paris ne sont pas fort contents de cet événement : quelques-uns persistent à croire que ce sont des voleurs nocturnes contre lesquels il ne s'est pas trouvé assez de preuves.

24 *Décembre.* La nouvelle compagnie des Indes sentant la nécessité de répondre aux clameurs qui s'élevent de toutes parts contre elle, & en même temps connoissant la difficulté de le faire, pour gagner du temps répand toujours provisoirement : *idées préliminaires sur le privilege exclusif de la compagnie des Indes.*

Dans un avertissement qui précede, la compagnie motive son retard sur ce qu'elle n'a eu que le 6 décembre la communication que le gouvernement lui avoit promise des pieces & états sur lesquels on s'est appuyé pour attaquer son privilege exclusif. Ces papiers ont été remis à trois jurisconsultes célebres dont elle a fait choix,

non-feulement pour diriger fa défenfe, mais
pour éclaircir eux-mêmes tous les faits, & en
garantir en quelque forte l'exactitude : délicateffe
qu'elle reproche à l'abbé Morellet de n'avoir pas
eue, puifqu'il n'a pris pour bafe que des mémoires infideles ; en forte que fes calculs, fes
affertions & fes clameurs portent à faux ; c'eft
ce qu'il s'agit d'éclaircir.

En attendant ces idées préliminaires qui font
plutôt un hiftorique des faits qu'une réponfe,
n'offrent rien de bien fatisfaifant & de bien con-
cluant, non-feulement en faveur de la nouvelle
compagnie, mais en faveur même de toutes les
compagnies en général.

24 *Décembre.* M. Piccini, pour honorer la
mémoire du chevalier Gluck & conferver à
jamais fon efprit, ou plutôt fon génie, propofe
de fonder un concert annuel qui aura lieu le
jour de fa mort, & dans lequel on n'exécutera
que fa mufique. Il foumet du refte fon idée à
celle du public & à la décifion de la Reine,
protectrice du grand homme qui a recréé la
mufique en France. Si fon projet réuffit, M.
Piccini s'offre à célébrer fon illuftre rival par
les derniers efforts de fon talent qui s'éteint.

Il paroît que ce projet, on ne fait pourquoi,
n'a pas été agréé, malgré le grand nombre des
enthoufiaftes de Gluck, & l'on ne voit point
qu'il s'offre encore aucun foufcripteur. Seroit-ce
la jaloufie des rivaux du défunt qui s'y oppofe-
roit, ou riroit-on de la bizarrerie & de l'extravagance de la foufcription, ainfi que de fon
objet ? Enfin S. M. l'auroit-elle défapprouvé ?

24 *Décembre.* On écrit de Londres que l'opéra
s'étant rouvert le 8 de ce mois dans cette ville,

a fur-tout excellé par la danfe, aujourd'hui fous la direction de M. Noverre, dont le fieur Gallini, directeur de ce fpectacle, a très-utilement employé fes rares talents. Le fieur Veftris a continué de réunir tous les fuffrages. Les Dlles. Coulon & Hellisberg ont partagé l'opinion des amateurs: ils ont admiré fucceffivement la force de l'une, les graces de l'autre & la légéreté de toutes les deux. Mlle. Coulon, qui paroiffoit fur la fcene angloife pour la premiere fois, avoit été alarmée par les contes qu'elle avoit entendu fur la féverité & l'exigence des fpectateurs de cette nation ; mais cette féverité s'eft tournée en enthoufiafme & elle a été applaudie à tout rompre. Les fieurs Didelot & Chevalier n'ont pas été moins bien reçus.

25 Décembre. **Les** *remontrances du parlement de* *Rouen*, arrêtées le 8 août 1787, dont on a déja dit un mot, méritent qu'on y revienne. Elles portent fur les conceffions des terres prétendues vaines & vagues illégalement ordonnées, & exécutées en vertu d'arrêts du confeil, des 25 juin 1785, & 10 feptembre 1786, & de nouvean confirmées, avec évocation, par deux autres arrêts du confeil du 7 juin dernier.

On juge par ce feul énoncé que le fond de la conteftation eft à peu près le même que celui fur lequel le parlement de Bordeaux a obtenu, il y a deux ans, un triomphe fi complet. On ne peut concevoir par quel entêtement aveugle le miniftere s'obftine à compromettre ainfi l'autorité, à l'énerver, à l'avilir.

Par arrêt du 28 mars dernier, le parlement de Normandie, après avoir pofé les principes les plus inconteftables fur le fait des domaines, avoit ordonné l'exécution des loix fur cette matiere. Le miniftere a regardé cette démarche comme attentatoire à l'autorité & tendant à rendre illufoires les difpofitions des loix.

De-là les deux arrêts du confeil du 7 juin, que le parlement eft obligé de difcuter & de pulvérifer. Il prouve :

1°. Que le premier n'eft fondé que fur des principes diamétralement oppofés aux loix mêmes qu'il invoque, fur des motifs légers & incon-concluants, & fur des imputations dures & im-méritées.

2°. Que l'exécution qu'a reçue cet arrêt, tend à renverfer la fubordination qui lie les jurifdictions inférieures aux tribunaux fupérieurs.

3°. Que le fecond arrêt du confeil, du même jour, implique contradiction & choque ouvertement les privileges les plus avoués de la province de Normandie.

On conçoit qu'une critique ainfi détaillée des motifs, des difpofitions & des réfultats des deux arrêts du confeil, néceffaire pour l'intérêt des propres droits du Roi, pour la tranquillité des fujets & la juftification des principes du parlement, ne peut avoir lieu, fans rejaillir in-directement fur le légiflateur.

25 *Decembre.* Il y a des lettres-patentes en date du 10 décembre qui caffent les modifications de l'enrégiftrement de la prorogation du fecond vingtieme par le parlement de Metz en date du 19 novembre.

1°. En ce que les modifications font illufoires, puifqu'elles ne font que renouveller des difpofitions fur l'égalité & l'univerfalité des contributions déja compromifes dans l'édit; ce qui fem-bleroit affecter uniquement un efprit de réforme

& de critique, indécent envers un acte de législation.

2°. En ce qu'elles déclarent l'abonnement auquel consentiroient les assemblées provinciales, comme ne pouvant avoir lieu que par les états réels de la province ou par un enrégistrement légal au parlement destiné à les suppléer, quoiqu'imparfaitement ; tandis que les assemblées n'ont d'autre objet que la répartition & l'assiette de l'impôt, qui se faisoient auparavant par le commissaire départi au nom du monarque & sans aucune réclamation.

3°. En ce que le parlement, dans le cas contraire d'un abonnement par la province sans vérification en la cour, déclare le présent enrégistrement comme nul & non avenu, & s'arroge ainsi un pouvoir qu'il n'a & ne sauroit avoir.

En conséquence lesdites modifications sont déclarées empiétant sur les droits de la couronne, attentatoires à l'autorité & contraires au respect dû à S. M.

25 *Decembre.* Un plaisant vient de mettre en action la mort de Voltaire, sous le titre de *Voltaire triomphant*, ou *les Prêtres deçus*. Dans ce drame en un acte & en prose, les acteurs sont Voltaire ; le marquis de Villette ; la Harpe, la Fortune, secrétaire de Voltaire ; le curé de Saint-Sulpice ; l'abbé Gautier, supérieur de la maison des incurables ; la Pillule, garçon apothicaire. La scene est à Paris dans l'hôtel du marquis de Villette. Cette facétie est un résumé de ce qui s'est passé lors de cet événement, qui causa tant de scandale dans le temps, & parmi les dévots & parmi les philosophes. L'intrigue consiste dans la substitution du secrétaire qui s'alite & se con-

M 4

ſeſſ: à la place de ſon maître : de-là l'enchan-
tement de l'abbé Gauthier & du curé qui,
voulant compléter leur victoire par l'adminiſtration ſolemnelle du viatique, ſont reçus du vrai
Voltaire avec blaſphemes exécrables qu'on cer-
tifia être ſortis de ſa bouche en ſes derniers
inſtants ; ce qui déconcerte ces meſſieurs & les
couvre de honte & de ridicule.

Quoiqu'il n'y ait pas beaucoup d'invention
dans cette facétie, elle eſt amuſante & ſe lit
avec plaiſir. On ne doute pas que quelque club
philoſophique ne l'ait déja jouée, ou ne la joue
inceſſamment. Il y a des choſes fortes contre la
religion.

25 *Décembre.* On veut que M. Carra ſoit
l'auteur du pamphlet intitulé *l'an 1787 : Précis
de l'adminiſtration de la bibliotheque du Roi ſous
Monſieur le Noir.* Pluſieurs circonſtances favoriſent
cette révélation : 1°. Il eſt attaché à la bibʹio-
theque & les faits contenus dans cette diatribe
ſont trop particuliers pour ne pas caractériſer
un homme très-inſtruit de la manutention in-
térieure de la bibliotheque : 2°. Il eſt anti-Ca-
lonne & actuellement occupé à écrire contre
cet ex-miniſtre. Il ne ſeroit pas étonnant qu'il
eût voué la même haine à M. le Noir, l'ami &
le bras droit du contrôleur général : 3°. Le pamphlet eſt aſſez dans le ſtyle emphatique de M.
Carra, dans ſa maniere diffuſe & bavarde :
4°. Enfin il annonce devoir s'occuper inceſſamment d'un autre ouvrage relatif aux mêmes perſonnes, meſſieurs de Calonne & le Noir ; & il
a depuis mis ſon nom au bas de la brochure
intitulée, *le petit mot à l'oreille de M. de Calonne.*

Au surplus, de quelque main que vienne l'écrit, il est imprégné du fiel le plus dégoûtant. C'est une méchanceté atroce dont l'auteur détermine de faire des crimes de tout à M. le Noir, empoisonne les réglements les plus innocents. Un pareil libelle ne mérite aucune confiance, & ne peut qu'indigner les lecteurs honnêtes entre les mains desquels il tombera.

Ce qui prouve le noir dessein de l'auteur, c'est le ridicule qu'il cherche à jeter sur le plan de M. Boulé d'une nouvelle bibliothèque du Roi, modèle que les hommes de l'art, les connoisseurs, les amateurs ont admiré dans le temps.

25 *Décembre.* Hier le bruit de la mort de madame Louise aux carmélites de Saint-Denis, s'est répandu & confirmé avec rapidité. Cette princesse a été frappée presque subitement dans la nuit du samedi au dimanche : elle sera enterrée dans le couvent.

L'édit en faveur des calvinistes perd en madame Louise un grand adversaire. Son zèle ardent & actif ne lui avoit pas permis de rester neutre dans une pareille occasion, & elle excitoit vivement ses sœurs, les évêques & tout le parti des dévots à faire corps pour empêcher un retour aussi funeste à la religion.

25 *Décembre.* Le parlement de Bretagne dans ses remontrances dont l'objet capital est l'exil de M. le duc d'Orléans & l'enlèvement des deux magistrats du parlement de Paris, représente d'abord que ces actes du pouvoir arbitraire, réprouvés par la loi, ne peuvent produire d'autres effets que la terreur & l'effroi. Il fait ce dilemme : Peut-on les présumer coupables ? Ils ne sont point accusés ; ils n'ont point été entendus ; ils

M 5

n'ont point été jugés; peut-on les croire innocents? Ils sont punis au nom du Roi; & personne n'ignore combien il aime la justice, combien il desire d'être juste.

Remontant à la source de la querelle, le parlement reproche au ministere, après avoir promis de fixer l'opinion publique sur le déficit annoncé par la représentation des états exacts de recette & de dépense, & par ceux des économies, retranchements & bonifications arrêtés, afin de connoître l'étendue du besoin, avant de terminer celle du remede; il lui reproche d'avoir suivi une marche contraire: il fait un résumé de la conduite de la cour & de celle du parlement de Paris dont la résistance sage a fait retirer deux impôts désastreux & reconnus en peu de temps non nécessaires: il établit qu'un emprunt n'étant qu'un impôt déguisé, il falloit également, avant de faire l'emprunt, comme avant d'établir l'impôt, épuiser tous les moyens d'économie, le prouver à la nation & sur-tout empêcher le retour du mal par une punition éclatante des coupables.

Enfin le parlement établit en termes clairs & précis comme une loi fondamentale que le Roi ne peut pas changer, qui ne peut être abolie ni recevoir d'atteinte par le non usage, quelque long qu'il ait été, *que les François ne peuvent être assujettis à aucun impôt sans leur consentement.* C'est cette assertion crue jusqu'ici, déguisée, enveloppée, adoucie par les autres parlements, qui a singuliérement scandalisé Versailles: *durus est hic sermo.*

16 *Décembre.* M. l'archevêque de Paris, d'après l'assemblée des prélats tenue effectivement chez lui au nombre de quinze, est allé à

Versailles porter au Roi les supplications pro-
visoires du clergé : il a harangué S. M. en présence de l'archevêque de Toulouse ; il paroît
que le Roi est resté ferme : quant au principal
ministre, il a déclaré à ce prélat n'avoir aucune
part à cette besogne.

26 *Décembre*. Par un arrêt du parlement de
Grenoble du 15 décembre, il confirme ce que
la chambre des vacations avoit ordonné concernant les assemblées provinciales, & ne veut
les reconnoître que lorsque les réglemens auront
été duement enrégistrés.

27 *Décembre*. Le parlement de Rouen s'étant
assemblé le 17 pour procéder à la vérification de
l'édit concernant la prorogation du second
vingtieme, a nommé des commissaires pour
l'examiner : il en a été rendu compte le 20 &
l'on a arrêté des remontrances : suivant ce qu'on
écrit, il y a une coalition entre les trois nouvelles assemblées provinciales & le parlement,
pour empêcher cet enrégistrement, pour obtenir
du moins que l'impôt ne soit consenti que par
les états de la Normandie, qu'elle réclame depuis long-temps, ou pour que, si quelque abonnement a lieu, il soit fait par le parlement qui
tirera meilleur parti de la cour que ces assemblées
particulieres.

27 *Décembre*. On parle d'un président du
parlement de Metz à la suite de la cour, comme
celui du parlement de Dijon.

27 *Décembre*. Une piece nouvelle jouée hier
aux Italiens & qui est tombée tout de suite,
a donné lieu à un tumulte sans exemple encore
dans les fastes du théâtre en France. Le sujet
de cette piece qui a pour titre *le Prisonnier An-*

M 6

glois, est tiré, dit-on, des *Causes célebres*. L'auteur des paroles est un M. Desfontaines; le poëme est en trois actes & en prose mêlé d'ariettes, dont la musique est du sieur Gretry. Celle-ci n'a point paru indigne de son auteur & a soutenu même le poëme jusqu'à la fin du troisieme acte: il restoit peu de chose pour que la piece mourût tranquillement, lorsque les clameurs, les huées, les sifflets prenant une nouvelle force, les acteurs, sans demander l'agrément du public, se sont retirés: il n'étoit guere que sept heures & demie. Le parterre a crié qu'on lui donnât une autre piece: les comédiens accoutumés à ces clabauderies n'en tenoient pas grand compte; quelqu'un dans les foyers leur fit sentir qu'ils étoient dans leur tort de toute façon, en ce qu'au cas d'une chûte, ce qui étoit fréquent, suivant leurs réglements, ils devoient avoir toujours une piece prête pour lui être substituée, & d'ailleurs en ce que c'étoit manquer au public en le laissant s'égosiller sans se montrer & sans recevoir ses ordres. Au bout de vingt minutes le sieur Tomassin a donc paru & a dit au parterre que les comédiens ne demandoient pas mieux que de faire ce qu'il desiroit, mais qu'il n'y avoit plus d'orchestre: nouveau tort d'avoir laissé partir les musiciens en pareille circonstance; néanmoins on lui a crié que l'on vouloit bien se contenter d'une piece sans ariettes, d'une simple comédie & qu'ils jouassent *le Mort supposé*. Il s'est retiré avec soumission & semblant disposé à obéir. Cependant l'orchestre s'est retrouvé, a joué des symphonies: au bout d'une demi-heure le public se lassant, le tumulte recommençant, le même Tomassin est revenu dire, qu'on ne pourroit repréfenter *le Mort fuppofé*, parce qu'il manquoit deux acteurs : qu'on alloit y fuppléer par la *Servante maîtreffe*. On a répondu qu'on ne vouloit point de cette piece. Les comédiens fe font obftinés à la donner & les acteurs font entrés en fcene. Ils avoient choifi Mlle. Renaud, actrice agréable au public, jeune, intéreffante, honnête & dont la voix de firene auroit été bien propre à calmer le parterre : mais on s'eft obftiné à ne pas la laiffer chanter, ni parler, afin de ne pas céder aux comédiens ; on applaudiffoit feulement d'un côté pour faire voir à Mlle. Renaud que ce n'étoit point elle qui déplaifoit, tandis que le vacarme continuant de l'autre, indiquoit à fa troupe le mécontentement général. Mlle. Renaud très-fenfible, en vain a pleuré, s'eft trouvée mal : le public a été inflexible & les acteurs ont dû fe retirer, malgré 50 hommes de garde qu'on avoit fait entrer de plus dans le parterre & qui avoient arrêté deux ou trois perfonnes, donné des bourrades à quelques autres, &c.

Parmi les acteurs en fcene étoit un nommé Chenard, homme dur, groffier, infolent ; il a profité de la préfence de la foldatefque, pour, en s'en allant, narguer le parterre & lui faire les cornes. Cette infulte a révolté toute la falle, l'orcheftre, l'amphithéâtre, les loges s'en font mêlés : on appelloit Chenard à grands cris, & le baccanal recommençant, l'on a donné ordre aux foldats de faire fortir du parterre tous ceux qui y étoient. Cet acte de violence exécuté à l'inftant a révolté davantage : il ne reftoit plus que les foldats dans le parterre ; mais tout le refte de la falle avoit pris fait & caufe pour lui, & même le grand nombre du parterre étoit monté en haut & se reproduisoit au paradis , dans l'amphithéâtre , dans les loges. En ce moment , Mad. Gontier , comme une des doyennes des actrices , s'est lancée sur le théâtre , s'y est jetée à genoux , les mains jointes & sembloit demander grace pour ses camarades : comme elle étoit seule on lui a crié que cela ne la regardoit pas , que c'étoit Chenard que l'on vouloit. Chenard avoit disparu. Tout le monde restoit en place & le tumulte ne cessoit point : au bout de quelque temps le sieur Rosiere est intervenu ; on lui a crié à genoux. Il s'est redressé davantage, comme ce n'étoit qu'une voix isolée, on l'a laissé parler ; il a dit que la comédie étoit extrêmement affligée d'avoir déplu au public, qu'elle étoit disposée à faire tout ce qui lui seroit agréable : alors quelqu'un s'est écrié : « Nous » voulons bien vous faire grace personnellement ; » mais pour mémoire de votre offense envers le » public & pour expiation, on vous ordonne » de donner aux pauvres tout l'argent de cette re- » présentation. » A l'instant un applaudissement universel lui a confirmé que c'étoit le vœu unanime. Il s'est retiré pour aller porter cet arrêt à ses camarades. On a attendu , il tardoit à revenir ; le bruit a recommencé ; il a reparu & a témoigné la soumission de ses camarades ; mais a ajouté que n'étant pas les maîtres, il falloit qu'ils fussent autorisés par leurs supérieurs. On lui a répondu que le public étoit leur maître suprême & qu'il falloit se soumettre à cet arrêt. Il s'est retiré encore. On a laissé le temps au Sanhedrin comique de délibérer. L'heure s'écouloit toujours, il se faisoit tard ; on a crié , réponse. Après beaucoup de tapage , Rosiere a reparu &

a répété que fes camarades auffi foumis que lui
au public penfoient de même ; mais ne pouvoient
rien faire fans autorifation. On a répété ce qu'on
avoit déja dit, en ajoutant que c'étoit un arrêt
fans appel qui n'admettoit point de remife. Il eft
parti encore ; alors on a fait tomber la toile.
Nouveau vacarme ; on a crié qu'on relevât la
toile ; comme perfonne ne fe mettoit en devoir
de le faire, de jeunes gens de l'orcheftre ont
franchi celui des muficiens, ont efcaladé le
théâtre, & à coups d'épée ou de couteau ont
brifé la toile & les attaches & l'ont fait relever.
Tous ces incidents fe font prolongés jufqu'à
onze heures du foir. Alors le fieur Rofiere ne
paroiffant plus, & la négociation fe trouvant rom-
pue, on a annoncé que la guerre des fifflets re-
commenceroit le lendemain, & l'on eft forti
gaiement.

Dans l'intervalle on avoit redemandé les *Prifonniers François*, par allufion à la piece, intitulée *le Prifonnier Anglois*. Le fergent a répondu
qu'il n'y en avoit point ; fur ce qu'on a infifté,
il a certifié de nouveau la même chofe. On s'eft
contenté de ce défaveu.

M. le duc de Fronfac, gentilhomme de
la chambre & M. Defentelles, commiffaire du
Roi ayant le département des fpectacles, ont
été témoins de toute cette fcene & fe font
conduits indignement, ou plutôt n'ont point
joué leur rôle : ils ont laiffé les comédiens
agir à leur gré, fans leur donner aucune injonction & ont autorifé ainfi indirectement tout le
défordre.

28 *Décembre*. Depuis quelques jours le bruit
s'étoit fortement renouvellé de l'élévation de

M. Foulon au ministere des finances. Il paroît
que M. Lambert en a eu peur, & afin de se
consolider dans sa place, sur-tout relativement
à la partie du trésor royal qu'il n'entend pas,
il a déterminé le principal ministre à augmenter encore ce département d'un nouveau
comité, dont les membres ont été nommés
dimanche. Ce sont MM. Magon de la Balue,
le Normand & Gojard. Leurs fonctions doivent
être de former le bilan de l'état, de fixer au
juste la situation du trésor royal & de veiller
à la distribution des fonds, enfin de faire à
trois, ce que M. Necker faisoit seul dans le
principe, conjointement avec M. Tabourreau.
Mais comme celui-ci ne tarda pas à être sup-
planté, & M. Lambert craindroit le même sort,
il a préféré de répartir à plusieurs cette besogne.
Quant à lui, il conservera le contentieux,
partie qu'il est à portée de bien faire, comme
magistrat.

28 *Décembre.* Il s'est trouvé un chevalier assez
hardi pour prendre la défense de M. de Calonne,
toutefois anonymement & sans lever la visiere
de son casque. Sa diatribe a pour titre *ma pen-
sée à M. Carra sur son petit mot à M. de
Calonne* : au reste, il injurie mieux le premier,
qu'il ne justifie le second. C'est un torrent d'in-
vectives contre M. Carra, qu'il insinue être le
prête - nom de l'évêque de Verdun, & c'est
tout.

28 *Décembre.* On s'attend enfin aujourd'hui
à une réponse du Roi relativement au prince
exilé & aux magistrats détenus. On assure que
les princes du sang ont fait depuis peu de

nouvelles démarches au fujet du duc d'Orléans, & qu'elles ont été infructueufes.

29 *Décembre.* La *Lettre d'un jurifconfulte d'une petite ville, à M. de Calonne, ancien controleur général des finances,* eft un pamphlet où, tout en riant, l'auteur dit d'excellentes vérités au miniftre réfugié. Le fond n'eft point neuf, mais la tournure eft agréable. Le ton lefte de cette plaifanterie ne fent point du tout la province.

29 *Décembre.* Les clubs qui s'attendoient à être entiérement rétablis avant la fin de l'année, voyant l'obftination du miniftre au département de Paris de les tenir fermés, ont affecté de donner la plus grande publicité à une lettre intitulée *Remontrances très-humbles des Clubs du Palais-Royal à M. le baron de Breteuil.*

« Une petite lettre de M. de Crofne qui nous affure que vous affurez que l'intention du Roi eft qu'on ne life plus la gazette autour d'une table ronde, fuffit donc pour renverfer la table & difperfer les lecteurs. Cette petite lettre, mon cher Baron, eft une grande fottife, car elle nous avertit que dans les falons, comme dans les chaumieres, les barons, les payfans ne font plus rien, & qu'il n'y a de libre en France que le Roi & fon confeil. Comment vous (1) Rulhieres (car c'eft la même chofe)

_____

(1) M. de Rulhieres eft un homme de lettres, aujourd'hui membre de l'académie françoife, qui eft fort confulté par le baron de Breteuil fur certaines démarches.

n'avez-vous pas fenti que cette petite lettre étoit
une démonftration de la néceffité d'une conftitution qui nous affranchiffe du defpotifme
oriental ? Si vous ferviez bien le Roi & la
nation, mon cher Baron, ainfi que vos confreres, qu'auriez-vous à craindre de la réunion de quelques honnêtes gens qui aimeroient
mieux s'entretenir de vos talens & de vos
vertus, que de vos déplorables opérations ?
Mais fi vous prétendez toujours, monfieur le
Vifir, nous gouverner avec des phrafes de l'al-
coran, ce n'eft point affez d'interdire les clubs;
il faut, fans différer mettre à la baftille tous
les François qui favent lire, brûler les livres
& les imprimeries, & procéder entre vous à un
nouveau partage de terres. Vous en ferez les
propiétaires, & nous les laboureurs. Heureufement, mon cher Baron, la petite lettre de M.
de Crofne nous éclaire encore plus que tous les
arrêtés des parlements. En nous laiffant un
fimulacre de liberté, on auroit retardé les
efforts qui nous en prouveront la réalité : vous
les rendrez perfévérants & unanimes.

» Les déprédations, l'impudence de M. de
Calonne ont arraché à la nation un premier
cri d'indignation : devenez oppreffeur aujourd'hui
& nous ferons libres demain. »

29 *Décembre.* Hier le premier préfident a
rendu compte de l'entretien qu'il avoit eu avec
le Roi, à l'égard des fupplications. La réponfe
eft : « J'ai lu avec attention les repréfentations
de mon parlement ; je n'ai rien de plus à lui
dire que ce que vous avez déja entendu. Mon
parlement ne doit pas folliciter de ma juf-

tice ce qu'il ne doit attendre que de ma bonté. »

Il a dit que S. M. lui avoit enfuite demandé où en étoit fon édit des *non-catholiques*. Sur quoi il avoit répondu qu'il étoit entre les mains des commiffaires chargés de fon examen ; & qu'elle avoit répliqué : *je veux qu'il foit enrégiftré.* »

Sur la réponfe faugrenue qu'on a fait faire par le Roi, la fermentation a été grande dans l'affemblée : une voix s'eft élevée pour interrompre tout fervice jufqu'à ce qu'on eût eu fatisfaction.

Un de meffieurs qu'on croit être M. Duport de Prélaville, a fait une motion concernant les lettres de cachet, motion annoncée dès la tranflation à Troyes & différée jufqu'à préfent : fon objet eft de les déclarer nulles, illégales, contraires au droit public, au droit naturel. L'abbé le Coigneux l'a fortement fecondé. M. le prince de Condé a paru d'abord très-zélé parlementaire ; il s'eft élevé contre l'étrange réponfe du Roi ; il a dit qu'on ne fauroit réclamer avec trop de chaleur les accufés, mais pour mettre parfaitement la cour dans fon tort, il étoit d'avis de procéder à l'enrégiftiement de l'édit des *non-catholiques*. Cette conclufion a fait connoître que S. A. étoit foufflée par la cour & l'a rendue plus fufpecte que jamais.

Le préfident d'Ormeffon a été de l'avis de remettre la délibération à huitaine, afin de donner le temps aux miniftres de réfléchir & de fatisfaire la compagnie. Cet avis a été adopté.

25 Décembre. Avant-hier les gentilshommes
de la chambre ne voulant point que les acteurs
reçuffent la loi du public, ce qu'ils regardent
comme contraire à leur fuprématie ; d'accord
avec ceux-ci & la police, les ont autorifés à
ne diftribuer que 300 billets de parterre, dont
un tiers a été donné à des amis, à des fuppôts, à des gagiftes de la comédie italienne.
En outre la garde avoit été doublée, triplée,
duadruplée. Malgré toutes ces précautions, on
n'a pu empêcher le tumulte confidérable. Mais
le parterre, à l'inftigation vraifemblablement
du parti des comédiens, perdant de vue l'objet
principal qui étoit de les mulcter d'une amende,
en les forçant de donner aux pauvres la totalité du prix de la répréfentation de la veille,
a infifté effentiellement fur des excufes de la
part du fieur Chenard, qui les a faites, ou
plutôt a nié avoir voulu manquer en rien au
public : on lui crioit de fe mettre à genoux ;
mais il n'en a rien fait. Le réfultat a été d'arrêter un jeune homme, pour lequel on a en vain
réclamé

Du refte, on a laiffé le parterre s'amufer
entre les deux pieces, & comme on y étoit
à l'aife, les jeunes gens y ont joué à toutes
fortes de jeux : ainfi a dégénéré en farce puérile une affemblée qui auroit dû être très-fé-
rieufe, & le public a eu la lâcheté de laiffer
triompher les comédiens par la détention du
jeune homme,

Il eft vrai que le fieur Raymond a été mis
en prifon. Il étoit préfent lorfque le public demanda la veille *le Mort fuppofé* : il a un rôle
dans cette piece, & au lieu de refter pour le

remplir, il s'étoit en allé en difant hautement, qu'il ne vouloit pas lutter contre le taureau : c'est ainfi qu'il qualifioit le parterre, & voilà toute la fatisfaction donnée au public.

29 Décembre. On écrit de Cherbourg que M. le comte de la Luzerne, qui a débarqué dans ce port, y a paffé deux jours à en vifiter tous les détails ; qu'on y travaille à force aux cônes & qu'il y a des ordres pour accélérer cette befogne, dans le deffein d'éviter les contrariétés que l'on craint de la part des Anglois.

30 Décembre. Le premier préfident du parlement de Bretagne eft arrivé feul depuis quelques jours à Verfailles, où il a ordre de refter fans venir à Paris ; mais il écrit qu'en effet M. le garde des fceaux fentant l'irrégularité de fa lettre, avoit envoyé un ordre du Roi même, revêtu des formes légales néceffaires, par lequel S. M. mande auffi les deux plus anciens préfidents. Ce magiftrat écrit encore, qu'il ne voit pas d'autre motif de ce *Veniat*, que leur arrêté du 6 décembre au fujet du prince exilé & des prifonniers détenus ; que la cour femble vouloir les garder pour otages, tels que le préfident du parlement de Dijon, le préfident du parlement de Merz.

30 Décembre. M. le maréchal duc de Richelieu a donné des inquiétudes par des défaillances ; il en a rappellé encore & a dit au duc de Fronfac, qu'il fait bien attendre le moment de fa mort avec impatience : *ce ne fera pas encore pour cette fois, je compte aller jufqu'à cent ans ; ma foi, ce terme paffé, je n'ai plus de fecret, cela ira comme cela pourra.*

Plus récemment ce feigneur en a fait une à

la duchesse de Fronsac dans un autre genre : en le félicitant sur son bon état, elle lui dit : *je vous trouve un visage charmant.* —— *Ah ! Madame*, réplique-t-il, *vous me prenez pour un miroir.* Répartie qui prouve qu'il a encore des reminiscences très-heureuses, s'il paroît quelquefois en enfance, ainsi qu'on le prétend.

30 Décembre. On attend incessamment l'arrêté du parlement de Rouen dont on a parlé : il doit paroître imprimé demain, il est très-fort.

30 Décembre. Le sieur de Beaumarchais, pour entretenir un peu le public sur son compte, a fait répandre ces jours-ci par ses affidés la copie manuscrite d'une *Epitre au chevalier de Conti*, *capitaine des chasses de monseigneur le prince de Condé*, datée de la Thébaïde de la commanderie ce 27 septembre 1787. Cette piece qui n'est qu'une flagornerie pour le prince & pour ceux qui l'entourent, & par conséquent n'est guère dans le genre de l'auteur, est cependant marquée à son coin par la causticité qui y perce quelquefois, par le ton avantageux avec lequel il parle de lui-même & sur-tout par une versification lâche, dure, raboteuse, où il se trouve des choses heureuses, quelques vers agréables & bien tournés, en un mot, beaucoup d'esprit & point de goût.

31 Décembre. On écrit de Bordeaux que le comte de Fumel s'est transporté à Libourne avec de nouvelles lettres de jussion pour y faire enrégistrer l'édit concernant les assemblées provinciales ; mais que le parlement s'y est refusé malgré les menaces foudroyantes contenues dans le préambule ; qu'il s'attend à être difperfé ou transféré en corps de cour dans une autre ville.

31 *Décembre.* Ce qui a déterminé le parti de la temporifation dans l'affemblée du 28 , c'eft qu'on a fu que M. le duc d'Orléans avoit obtenu la liberté de revenir au Rinci qu'il follicitoit depuis long-temps & à laquelle il s'attendoit. Les partifans de la cour ont fait envifager ce rapprochement comme d'un augure favorable.

31 *Décembre.* Le comte de Mirabeau, outre fon ouvrage périodique en regle , *l'anayfe des papiers Anglois* dont il n'a fait que donner jufques ici des effais , promet de livrer inceffamment au public fon important ouvrage intitulé : *de la monarchie Pruffienne fous Frédéric le Grand, avec un Appendix , contenant des recherches fur les contrées les plus confidérables de l'Allemagne.*

31 *Décembre.* L'exécution du projet de l'Yvette eft abfolument décidée , & il vient de fortir à ce fujet un arrêt du confeil définitif , en date du 3 novembre.

31. *Décembre.* Le zele de Mad. la maréchale de Noailles pour empêcher l'édit des non-catholiques de paffer eft fi exceffif, que non-feulement elle a fait compofer le gros ouvrage qu'elle a colporté enfuite , & qu'on donne en dernier lieu à un abbé Pey, chanoine de l'églife de Paris ; mais qu'elle eft allée en offrir un exemplaire à chaque membre du parlement, & a écrit à ceux qu'elle favoit les plus décidés à l'enrégiftrement , tels que M. Robert de Saint-Vincent , de vouloir bien lui faire part de leurs objections & qu'elle fe chargeoit de les faire réfoudre,

Sans doute Mad. la marquise de Sillery,
(ci-devant Mad. de Genlis), déja fameuse par
son livre en faveur de la religion contre les
philosophes, a de son côté mis autant de fa-
natisme; car on vient d'accoupler ces deux dames
dans un quatrain très-piquant :

> *Noailles & Sillery*, ces mères de l'église,
> Voudroient gagner le parlement :
> Soit qu'on les voie ou qu'on les lise,
> Par malheur on devient aussi-tôt protestant.

Suite du Journal des séances du parlement sur les affaires pupliques, depuis son retour à Paris.

Le 1 Octobre, M. le premier président & le pré-
dent de Saint-Fargeau siegent & reçoivent différents compliments.

M. le président de Saint-Fargeau, installé,
reste seul le même jour & est complimenté.

Le 3, premiere audience. Compliments.

Le 12, compliments encore.

Le 17, le président de la chambre des vacations chargé de demander au premier président
ce qui a résulté de ses bons offices au sujet du
rappel du parlement de Bordeaux à son vrai siege.
Même jour dénonciation par un de messieurs de
l'agiotage relativement aux actions de la nouvelle compagnie des Indes. Arrêté que cette
dénonciation sera communiquée aux gens du
Roi.

Le 22, requête en plainte contre l'agiotage;

tage ; arrêt donnant acte de la plainte ; permis d'informer.

Information pardevant M. Chupin, conseiller de grand'chambre.

Le 22 octobre, réponse du Roi concernant le parlement de Bordeaux. Délibération continuée au premier jour.

Le 22, nommé des commissaires pour aviser à ce qu'on doit faire.

Le 25, députation arrêtée. Les gens du Roi envoyés près du Roi.

Le 30, réponse par les gens du Roi : S. M. recevra la députation dimanche 4 novembre à Versailles, à sept heures du soir, par M. le président seul.

Le 31, plainte par une femme contre ceux qui ont indûment, illégalement enlevé son mari & l'ont enfermé à bicêtre.

La requête communiquée aux gens du Roi, qui vérifieront les faits & en rendront compte.

M. de Mauperché, doyen des substituts, se transporte à bicêtre avec un huissier de la cour. Ils constatent que les faits de la plainte sont faux.

Le 4 novembre, réponse du Roi : *je ferai savoir mes intentions.*

Le 9, arrêt qui défend les attroupements, feux, pétards, &c.

Le 12, rentrée du parlement & la messe rouge par M. l'évêque de Nevers. Discours de remerciement par le premier président ; réponse du prélat.

M. le premier président annonce à Messieurs que par une lettre de l'arch. vêque de Toulouse il est instruit que l'édit pour un emprunt ne tar-

Tome XXXVI.　　　　　　　N

dera pas à être envoyé , & que le Roi desire qu'il y soit délibéré avant le 26.

13 *Novembre.* Les présidents de chaque chambre avertissent Messieurs par billet de ne point s'écarter , l'édit d'emprunt devant venir incessamment.

Le 15 , un billet du premier président mis par les buvetiers à toutes les portes, annonce à tous Messieurs qu'il y aura assemblée des chambres lundi 19 ou mardi 20.

Le 18 , M. le premier président mandé à Versailles apprend que le Roi viendra le lendemain tenir une séance royale.

Les buvetiers vont toute la nuit & Messieurs se trouvent avertis.

Le 19 , l'assemblée se forme sur les huit heures du matin ; le Roi arrive à neuf, avec les deux princes ses freres. Il y avoit à l'assemblée plusieurs princes du sang & beaucoup de ducs & pairs.

Les gens du Roi entrent & apportent un édit concernant un emprunt de 420 millions, en 26 articles ; ils apportent aussi un édit concernant l'état civil des protestants : ils donnent leurs conclusions sur l'un comme sur l'autre.

Le Roi ouvre la séance.

Le garde des sceaux prononce un long discours pour faire connoître l'objet des édits.

L'abbé Tandeau lit son rapport de l'édit d'emprunt ; rapport qui , à ce qu'on prétend , lui avoit été donné tout mâché : il conclut à l'enregistrement.

Les opinions commencent avant onze heures

& finiſſent à cinq heures & demie : il y avoit huit avis.

Le Roi , ſans compter les voix , prononce l'enrégiſtrement & ſe retire avec ſes deux freres ; après avoir également prononcé la continuation de l'aſſemblée ſur l'édit des proteſtants hors de ſa préſence.

S. M. eſt ſuivie par le garde des ſceaux & par M. Lambert , contrôleur général, qui avoit aſ-ſiſté à l'aſſemblée en robe de palais , comme con-ſeiller honoraire.

Les princes & pairs reſtent ; l'aſſemblée a con-tinué juſqu'à ſept heures & demie , après avoir fait l'arrêté.

Le 20 , aſſemblée des chambres : la délibéra-tion continuée au lendemain. A ſix heures du ſoir M. le duc d'Orléans a été exilé à Villers-Coterets. La lettre de cachet lui a été portée par M. le baron de Breteuil ; elle contenoit l'ordre d'aller coucher au Rinci , pour ſe rendre le lendemain à Villers-Coterets.

On rapporte que M. le duc d'Orléans étant monté en carroſſe pour aller à ſa deſtination , le baron de Breteuil lui avoit ajouté que le Roi lui avoit preſcrit de ſuivre S. A. & en conſé-quence ſembloit vouloir entrer dans le carroſſe : ſur quoi le prince lui avoit dit avec humeur : *Hé bien , montez derriere.*

Le baron de Breteuil alors eſt monté dans ſon propre carroſſe & a ſuivi le prince comme il a pu.

Dans la même ſoirée , le premier préſident ayant été inſtruit que le Roi demandoit pour le lendemain midi la grande députation de ſon parlement, les buvetiers ont couru toute la nuit pour avertir Messieurs.

Le 21, un exempt de police & un commissaire se sont transportés chez MM. Sabathier & Fretteau pour les arrêter & les conduire ; savoir, M. Fretteau au château de Dourlens. Il est parti sur le champ, accompagné de Quidor, exempt de police : —— M. Sabathier au mont Saint-Michel. Comme il avoit la fievre, il n'est parti que jeudi 22, à dix heures du soir.

A sept heures du matin assemblée des chambres ; députés nommés sur le récit fait par M. le premier président ; arrêté qui le charge de redemander les trois membres de la cour des pairs.

Députation reçue à Versailles ; réponse du Roi ; le premier président par suite de l'arrêté du matin a fait un discours au Roi. Réponse du Roi.

Lettre du Roi aux princes & pairs, qui leur défend de se trouver à l'assemblée.

Le 22, assemblée des chambres. Arrêté que pendant la séance le parlement enverroit un secrétaire de la cour (Ysabeau de Montval) complimenter la duchesse d'Orléans. Elle étoit partie pour Villers-Coterets.

Le 23, lecture de la rédaction des supplications. Les gens du Roi envoyés dans le jour à Versailles. Continuation de la dénonciation relative à la publication d'un imprimé intitulé, *Edit*, & portant enfin *enrégistrement en parlement*: remis au 28.

Le 24, assemblée des chambres à 10 heures. Les gens du Roi rendent compte que le Roi recevra les supplications à Versailles le lundi 26

à sept heures du soir, par le premier préfident
& deux de messieurs les préfidents.

Le 26, le Roi reçoit les fupplications & y
répond.

Le 17, à dix heures affemblée des chambres:
lecture de la réponfe du Roi.

Déclaration. Arrêté de nouvelles fupplications,
& cependant dans l'après-midi deux commiffaires de la cour fe tranfporteront chez madame
Fretteau, pour l'entendre elle & fa maifon fur
certains faits à l'égard defquels on étoit peu
d'accord.

Le 28, après les mercuriales, affemblée des
chambres. Sur tous les objets remis au vendredi
7 décembre, avec les princes & pairs.

Le greffier d'une cour s'eft préfenté pour complimenter le parlement, qui a fait une réponfe
de forme.

Le 30, les gens du Roi mandés aux chambres affemblées : on leur a dit de prendre communication au greffe du récit d'un de Meffieurs
& de l'imprimé (l'édit d'emprunt) dépofé
au greffe, pour en rendre compte au premier
jour.

Le 1 décembre, les gens du Roi mandés
ont été chargés de fe retirer pardevers le Roi,
à l'effet de favoir le lieu, le jour, & l'heure où il
lui plairoit recevoir les itératives fupplications
du parlement.

Le 7, le Roi leve les défenfes & les princes
& pairs viennent à l'affemblée ; favoir, M. le
prince de Condé & le duc de Bourbon, &
quinze à feize ducs.

Les gens du Roi entrés ont dit que le Roi
recevroit les itératives fupplications famedi 8

à Versailles : sur quoi arrêté que l'assemblée sera continuée au lundi 10 décembre , avec les princes & pairs , au nom desquels les supplications sont arrêtées. M. l'abbé Tandeau a rapporté l'édit concernant l'état civil des protestants. L'assemblée a fini à cinq heures du soir.

Le 10, assemblée des chambres avec les princes & pairs. Rapport de la réponse du Roi. Remis à délibérer au vendredi 14, & arrêté que cependant le premier président ne cessera d'employer ses bons offices auprès du Roi.

Le 14 , assemblée avec les princes & pairs.

Enrégistrement des lettres d'érection du duché de Coigny en duché pairie.

Le premier président a rendu compte du succès de ses bons offices. Le Roi fera réponse mardi 18.

L'assemblée continuée au mercredi 19 avec les princes & pairs.

Le 18 , le premier président a été informé que le Roi étant indisposé , il ne verroit pas Sa Majesté.

Le 19 , le premier président a dit qu'il n'y avoit pas de réponse , vu l'indisposition du Roi.

La délibération continuée au 28.

Le 27 , réponse du Roi.

Le 28 , assemblée avec princes & pairs. Lecture de la réponse du Roi, remise au vendredi 4 janvier 1788.

Le 28 , assemblée avec princes & pairs. Lecture de la réponse du Roi remise au vendredi 4 janvier 1788.

PREMIERE LETTRE

Sur les peintures , sculptures & gravures expofées au falon du Louvre.

25 Août 1787.

Vous ne vous feriez jamais imaginé , Monfieur , que la fermentation qui regne depuis quelque temps en France & fur-tout dans la capitale ; fermentation que le gouvernement s'efforce de calmer , de réprimer du moins par toutes fortes de moyens , pût influer en rien fur le falon : je commencerai par vous rendre compte à cet égard de deux anecdotes qui vous convaincront du contraire : elles vous intérefferont plus que la difcuffion froide d'un tableau , & fourniront autant à vos réflexions qu'aucune des fcenes que j'aurai bientôt à vous décrire.

Avant d'aller au falon j'avois , fuivant mon ufage , noté fur le livret les articles que je jugeois les plus dignes d'examen : de ce nombre étoit le portrait de M. le comte de Lally-Tollendal , par M. Robin. J'étois empreffé de connoître la phyfionomie de ce héros de piété filiale : on avoit encore irrité ma curiofité en m'apprenant que c'étoit un tableau hiftorique , dont lui-même avoit fourni le fujet au peintre.

N 4

Il y étoit représenté en déshabillé du matin, debout, frémissant de tout son corps, l'indignation sur le visage, la fureur dans les yeux : d'une main il déchiroit un crêpe dont étoit enveloppé un buste où l'on reconnoissoit parfaitement le feu comte de Lally ; de l'autre il tenoit une plume avec ces éloquents mémoires dignes de la tribune d'Athenes, ou de celle de Rome, & l'on y lisoit ces mots que sa bouche entr'ouverte sembloit articuler avec l'énergie qu'inspire la conviction de la vérité : *je défends mon pere innocent, assassiné par le glaive des Loix.*

Quelle fut ma surprise en entrant au salon d'apprendre que ce tableau n'y étoit plus ; qu'il y avoit eu ordre de le retirer pour ne point déplaire au parlement, dont on avoit cassé l'arrêt, dont on en cassoit tous les jours, & dont tout récemment on venoit d'en casser un de ce genre d'une maniere encore plus humiliante (1). On avoit craint, par le souvenir d'une telle catastrophe, d'affoiblir le respect dû aux oracles de cette cour, de la dégrader, de l'avilir aux yeux du peuple ; & dans ce moment même on proscrivoit ses membres, on les envoyoit en exil, on suspendoit leurs fonctions, on les traitoit comme des rebelles. Pour me dédommager du plaisir dont j'étois frustré, je cherchois le tableau de la Reine que beau-

(1) Celui qui condamnoit Bradier, Lardoise & Simarre à être roués, dont le parlement avoit fait brûler le mémoire qui défendoit ces innocents, & décrété les auteurs.

coup d'amateurs avoient vu chez Mad. le Brun,
& qu'ils prônoient singuliérement.... Je ne
trouvai que la place : j'en demandai la raison
à M. Amédée Vanloo, l'ordonnateur du salon.
Il me dit que le tableau n'étoit pas achevé :
d'autres peintres, plus véridiques m'assurerent
qu'il étoit très-fini, mais qu'on n'avoit osé l'exposer des premiers jours, de peur des outrages
d'une populace effrénée (1). Quoi ! m'écriai-
je, la Reine, cette souveraine enchanteresse,
naguéres l'idole des François, qui ne se mon-
troit point au spectacle, dans les rues, dans
son palais, sans ces applaudissements tumul-
tueux, indices de la satisfaction générale !
quoi ! la Reine se seroit aliéné les cœurs à ce
point ?... Au point, me répond-on, que son
auguste époux lui a conseillé de ne point venir
à Paris, où sa propre personne ne seroit peut-
être pas respectée. Je ne poussai pas plus loin
mes exclamations, parce que ce n'étoit pas le
lieu d'en faire de pareilles ; mais je reconnus

---

(1). C'est ici le lieu de placer une anecdote
relative au sujet. Il est d'usage de donner un concert dans le jardin des Tuileries la veille de la
Saint-Louis en l'honneur de la fête du Roi. C'étoit
précisément à l'époque de la plus grande fermentation de cette capitale. Les clercs & autres suppôts
du palais avoient comploté d'attendre en force les
musiciens à mesure qu'ils arriveroient, & de les
obliger de se transporter sur le Pont-neuf devant la
statue de Henri IV pour y exécuter le concert. On
avoit été instruit du complot, & afin d'y remédier,
on avoit garni de patrouilles le jardin & posé un
corps-de-garde considérable à la statue.

dans ces inconféquences le vrai caractère du defpotifme, qui d'une part frappoit les coups d'autorité les plus violents fur les magiftrats, défenfeurs de la nation, bravoit la nation même & fouloit aux pieds fes droits les plus facrés; & de l'autre manifeftoit une foibleffe miférable, une pufillanimité puérile.

Abymé dans mes réflexions, je ne m'étois nullement apperçu d'un mouvement extraordinaire qui s'étoit paffé dans le falon, &, tout-à-coup fe préfenta comme par un coup de baguette, devant moi le portrait de la Reine que je cherchois. On s'étoit déterminé à l'expofer enfin pour faire ceffer des foupçons vraiment offenfants, des bruits plus dangereux que les injures imaginaires qu'on redoutoit. A l'inftant il fut entouré de la foule. Mais ce tableau étant d'une grandeur qui exige un certain point de vue éloigné, je ne fus que mieux en état de le confidérer à l'aife.

La Reine y eft repréfentée en pied, de grandeur naturelle, mais affife; elle tient fur fes genoux le duc de Normandie: à fa droite eft madame royale penchée légérement fur elle & la careffant; à fa gauche & à une certaine diftance fe voit le Dauphin: d'une main il entr'ouvre les rideaux d'une barcelonette vuide, qu'on fuppofe d'abord être celle du plus jeune prince. Cette compofition eft fimple, facile, bien grouppée; mais il en réfulte une critique très-jufte & qui n'échappe à aucun obfervateur un peu réfléchiffant; c'eft que les airs de tête ne répondent en rien à la fituation: la Reine, foucieufe, diftraite, femble plutôt éprouver de l'affliction, que la joie expanfive d'une mere

qui fe complaît au milieu de fes enfants. L'air
férieux de fa fille fait fuppofer que déja dans
un âge fufceptible de participer aux chagrins
de fa mere, elle cherche à la confoler par fa
tendreffe affectueufe. Le duc de Normandie,
loin d'avoir l'expreffion d'un enfant, en pareille pofition qu'exprime Virgile par ce vers fi
ingénu :

Incipe , parve puer , rifu cognofcere matrem !

ne montre aucune gaieté ; on le juge trifte,
finon par réflexion, au moins par fympathie.
Enfin le gefte du Dauphin eft un hors d'œuvre, qui l'ifole de cette fcene intéreffante. Elle
le devient bien davantage & tout s'explique
au contraire par une fuppofition peut-être plus
ingénieufe que vraie, c'eft que le tableau a
été commandé au moment où la Reine venoit
de perdre la princeffe nouvellement née (1),
dont il s'agiffoit de perpétuer le fouvenir. Son
abfence ou plutôt fa mort eft caractérifée par le
vuide du berceau que montre à regret le Dauphin, lié par-là naturellement à l'action : l'atteinte de la douleur généralement répandue fur
toutes ces phyfionomies n'eft plus un contre-fens
& elle fe gradue convenablement fuivant les
perfonnages.

D'autres amateurs d'anecdotes plus inftruits
affurent que le tableau imaginé du vivant de la
jeune princeffe, elle étoit repréfentée endormie

---

(1) Mad. Sophie-Helene-Béatrix de France, née
le 9 juiller 1786, & morte cette année.

dans le berceau , & le Dauphin , le doigt fur
la bouche , fembloit craindre qu'on ne troublât
fon fommeil ; mais que le motif de cet épifode n'exiftant plus , l'artifte , en fupprimant
l'enfant , avoit confervé la couchette & changé
feulement l'action du bras gauche dans M. le
Dauphin.

Cette troifieme explication ne fert qu'à rendre
plus fenfible le défaut reproché ci-deffus , fur-
tout de la part de la Reine , qui auroit dû
non-feulement faire briller la joie dans fes regards , mais les porter vers la jeune princeffe ,
par fa foibleffe attirant plus particuliérement
fes foins maternels. Malheureufement pour madame le Brun , il s'enfuit que la feule bonne
idée eft purement romanefque : en effet , fi fon
intention eût été telle , elle n'auroit pas manqué
de la développer dans le livret : au furplus ,
il reftera toujours une équivoque fâcheufe fur
cette couchette qui lui donnera l'air d'une
énigme , & la clarté effentielle dans tout
l'ouvrage l'eft fur-tout dans une compofition
pittorefque.

Un autre reproche que j'entends faire à madame le Brun , qui n'eft pas fi généralement
fenti , mais non moins fondé , c'eft d'avoir
donné à la Reine un éclat , une fraîcheur , une
pureté , que ne peuvent conferver les chairs
d'une femme de trente ans. Sa carnation éclipfe
celle de Madame , un peu dans l'ombre , il eft
vrai ; celle du Dauphin fuppofé éloigné , mais
celle même du duc de Normandie , perfonnage
faillant avec elle , & qui ne devroit être qu'un
affemblage de lys & de rofes.

Au furplus , Monfieur , ce défaut eft un

beau défaut & vous indique fur quel haut ton
de couleur eſt monté le tableau : il eſt dans les
vêtements , dans les meubles , dans l'architecture d'une magnificence rare , proportionnée au
ſujet.

Dans le cas où madame le Brun n'auroit
pas eu , en compoſant cette grande ſcene de
famille , l'intention détournée qu'on lui prête
pour la juſtifier , ce qui la rendroit vraiment
coupable c'eſt qu'elle connoît parfaitement toute
l'expreſſion de la tendreſſe maternelle en ſem-
blable circonſtance & qu'elle en offre une preuve
dans ſon propre tableau , où elle s'eſt peinte
tenant ſa fille dans ſes bras. La ſérénité repoſe
ſur ſon front , la joie brille en ſes yeux : elle
triomphe de porter un ſi précieux fardeau &
rend à ſon enfant tous les ſourites qu'elle en
reçoit. Une mignardiſe que réprouvent également
& les artiſtes, & les amateurs , & les gens de goût,
dont il n'y a point d'exemple chez les anciens,
c'eſt qu'en riant elle montre les dents ; cette
affectation eſt ſur-tout déplacée dans une mere :
elle ne compaſſe point de la ſorte ſes mouvements & ſe livre ſans meſure à tout l'excès de
ſon tendre enthouſiaſme.

On en peut dire autant du portrait hiſtorié
de madame du Gazon , dans le rôle de *Nina* ,
au moment où elle croit entendre *Germeuil* ,
ſon amant : devenue folle par amour & ſe flat-
tant de revoir l'objet de ſa tendreſſe , certes ,
tout doit ſe reſſentir en elle de la révolution
qui s'y opere , du déſordre de ſes ſens ; & autant ſa douleur étoit profonde & concentrée ,
autant ſa joie doit être vive & bruyante ; on ne
peut s'imaginer qu'elle ſe ſoit occupée du ſoin

dé n'entr'ouvrir que ses levres, pour faire admirer un beau ratelier. Cette coquetterie seroit plus passable de la part de madame Raymond, actrice aussi de la comédie italienne, qui n'est dans aucun costume théâtral : habillée en bourgeoise, les mains dans son manchon, négligemment penchée dessus ; on juge qu'elle ne joue d'autre rôle en ce moment que celui d'une coquine aimable, agaçant les passants, les lutinant, cherchant à les séduire & à les ramener avec elle.

Mais que penser du sieur Caillot, acteur émérite du même théâtre, déja sur le retour, chasseur intrépide, qui s'étant fait peindre avec les divers attributs de sa passion favorite, le fusil entre les bras, la gibeciere au côté, dans toute la rudesse du vêtement qu'exige cet exercice, s'amuse à sourire aux spectateurs & à déployer avec graces les trente-deux perles dont sa bouche est ornée ?

Il faut espérer que madame le Brun avertie du mauvais succès de cette innovation, ne sera pas tentée d'y revenir, ne se laissera pas aveugler par les éloges de quelques observateurs complaisants ou de mauvais goût. Du reste, on ne peut que louer l'esprit qu'elle met dans ses têtes ; la variété des attitudes, des mouvements, des fonctions qu'elle donne à ses personnages ; la sagacité dont elle saisit les convenances de leur sexe, leur âge, leur rang, leur caractere connu : on admire la magie de son coloris dont l'harmonie tempere l'éclat, la vérité du rendu de ses étoffes, l'art avec lequel elle soigne les plus petits détails ; on ne croit pas qu'elle puisse rien acquérir en ce genre pendant le voyage qu'élle va faire à Rome & qui ne fert qu'à réveiller les bruits injurieux de la malignité & de l'envie (1).

On ne peut point parler de madame le Brun fans mettre à côté madame Guyard, fa digne rivale & nommée premier peintre de Mefdames : cette qualité lui étoit bien due pour le portrait de madame Adelaïde. La princeffe eft en pied, de grandeur naturelle & fon tableau éclipfé au premier coup d'œil par celui de la Reine, gagnant à l'examen, eft jugé n'être point inférieur, quoiqu'il n'y ait qu'une figure. Sa compofition, moins difficile pour le grouppe, n'eft pas d'une conception moins favante & le rapproche encore plus de l'hiftoire. Voici le fujet annoncé par l'artifte.

« Au bas des portraits en médaillons du feu Roi, de la feue Reine & du feu Dauphin, réunis en un bas-relief imitant le bronze, la Princeffe, qui eft fuppofée les avoir peints elle-même, vient d'écrire ces mots : *leur image eft encore le charme de ma vie.*

» Sur un ployant eft un rouleau de papier, fur lequel eft tracé le plan du couvent fondé à Verfailles par la feue Reine & dont Mad. Adelaïde eft directrice.

» Le lieu de la fcene eft une galerie ornée

---

(1) M. Menageot eft nommé directeur de l'aca-démie de France à Rome, où il va remplacer M. la Grenée l'aîné, & Mad. le Brun part avec lui pour l'Italie. Voyez ce qui en a été dit dans ma lettre du 13 feptembre 1783 fur le falon d'alors. On prétend qu'elle fuit fon faifeur.

de bas-reliefs , repréſentant différents traits de
la vie de Louis XV ; le plus apparent en rappelle les derniers moments , où , ayant fait
retirer les princes , à cauſe du danger de ſa maladie , Meſdames entrent malgré toutes les op-
poſitions , en diſant : *nous ne ſommes heureuſement
que des princeſſes.* On y apperçoit un autre bas-
relief , où Louis XV montre au Dauphin , ſon
fils , le champ de bataille de Fontenoy , & s'écrie :
Voyez ce que coûte une victoire !

On conçoit qu'un tel ſujet exigeoit un ſtyle
auſtere : il y regne une mélancolie douce qui ,
loin de repouſſer le ſpectateur , l'attire & l'inté-
reſſe. La douleur de la princeſſe eſt parfaitement
bien ſentie ; elle eſt debout devant ſon ouvrage ;
elle tient ſon mouchoir de la main gauche dont
elle va eſſuyer les larmes que lui arrache la réflexion & qu'elle a retenues durant ſon travail ;
elle a dans ſa droite encore le crayon dont elle
s'eſt ſervi.

Les médaillons réunis ſe détachent bien , de
maniere à diſtinguer les trois figures très-reſ-
ſemblantes : les étoffes du vêtement de madame
Adelaïde ſont ſagement conçues , & quoique
d'une grande vérité , choiſies parmi les couleurs
les plus tendres & les plus modeſtes : tout l'intérieur de l'appartement eſt fort riche , mais
d'une décoration noble , ſage & grave. On regrette de ne pouvoir détailler les deux bas-reliefs
décrits ci-deſſus. Ceux qui les ont vus de près ,
aſſurent qu'ils ne laiſſent rien à deſirer dans leur
genre , qu'on y diſtingue clairement le ſujet , &
qu'ils ſont finis autant que le comporte une eſquiſſe tracée d'un ſeul trait.

Ce tableau n'attire pas la multitude , comme

celui de la Reine , mais plaît davantage aux
connoisseurs. Au surplus , madame Guyard prouve
dans son tableau de madame Elisabeth , peinte
jusqu'aux genoux , appuyée sur une table garnie
de plusieurs attributs des sciences , qu'elle sait ,
quand elle veut , donner de l'éclat & du brillant à son pinceau. La fraîcheur de la jeunesse
y regne dans toute sa pureté , & si l'on n'y
retrouve pas la gaieté , la vivacité qui la ca-
ractérisoient aussi , l'artiste adroite a motivé ce
ton sévere en mettant à la main de la princesse un livre qui nécessite en ce moment un
air sérieux , un air de réflexion. Ce portrait ,
pour la beauté des chairs peut figurer à côté de
tous ceux de madame le Brun , & même ,
comme la touche de madame Guyard est plus
ferme , elle leur donne plus de vie & marque
mieux l'élasticité de celles du jeune âge. Du reste,
aussi féconde , elle ne sait pas autant varier ses
figures.

Mais je m'apperçois , Monsieur , qu'entraîné
par mon début j'ai anticipé sur ma marche ordinaire , & ne vous ai point encore parlé du
premier genre de l'histoire ; si toutefois c'est déroger à sa dignité que de vous entretenir de
personnages augustes faits pour y figurer , de
scenes nobles & touchantes qui ne la dépare-
roient point , enfin d'artistes distingués qui ne
seroient , à coup sûr , pas incapables de la traiter.
Quoi qu'il en soit , je répare mon tort & je
reviens sur mes pas.

Je ne compte dans le salon que dix tableaux de cette espece commandés pour le Roi,
& j'y cherche en vain plusieurs héros de connoissance , des François ; je n'y en trouve qu'un ,

c'eſt Coligny. M. Suvée a choiſi le moment
où l'amiral en impoſe à ſes aſſaſſins, & il nous
reproduit ſur la toile le bel épiſode de la *Henriade* dont il rapporte les vers ; c'eſt Coligny
qui parle :

Frappez , ne craignez rien , Coligny vous l'ordonne ;
Ma vie eſt peu de choſe & je vous l'abandonne.
J'euſſe aimé mieux la perdre en combattant pour vous.
Ces tigres à ces mots tombent à ſes genoux :
L'un , ſaiſi d'épouvante , abandonne ſes armes ;
L'autre embraſſe ſes pieds qu'il trempe de ſes larmes ;
Et de ſes aſſaſſins ce grand homme entouré,
Sembloit un Roi puiſſant par ſon peuple adoré.

Voilà ſans doute le ſujet d'une belle ſcene,
il porte avec lui un grand intérêt , il eſt très-
pittoreſque & ſuſceptible de ces contraſtes qui
font le charme des arts & ſur-tout de la peinture.
Comment M. Suvée l'a-t-il traité ? étoit-il capable
de le bien rendre ?

Coligny ſe préſente ſur le ſeuil de ſon appartement : il eſt en camiſole , la main droite
ſur la poitrine , le bras gauche pendant & la
main ouverte : ce premier perſonnage offre
beaucoup de contre-ſens : ſon coſtume n'eſt point
noble , & cependant pas aſſez en déſordre pour
faire préſumer qu'il n'ait pas eu le temps de ſe
vêtir plus décemment : en outre ce déshabillé
ne diſſimule en rien toute la longueur du corps,
d'où réſulte une figure droite & roide , toujours
déſagréable en peinture. Si par cette roideur ,
l'artiſte a cru mieux caractériſer la fermeté de
l'ame de ſon héros, ſes premiers mots annon-

cent fans doute fon intrépidité ; mais il mêle beaucoup d'onction & c'eft par cette derniere, abfolument oubliée fur fa phyfionnomie, qu'il triomphe de fes affaffins. Le gefte de la main fur la poitrine n'eft pas celui qu'il falloit non plus ; il indique plutôt le defir d'être cru, le ferment, la foi donnée, la proteftation, le dévouement ; c'eft en découvrant fa poitrine que Coligny devoit fe préfenter, en y montrant fes cicatrices ; & la majefté de cette attitude, avec une figure touchante, plus que dure, au-roit infiniment mieux exprimé le difcours que le poëte lui met dans la bouche. Le refte de l'action eft deffiné affez naturellement. Quant aux affaf-fins, le grouppe en eft exécuté avec vérité & bien faifi d'après les images du poëte ; le peintre a même enchéri fur celui-ci. On voit un de ces barbares qui tient un flambeau & l'avance. M. Suvée s'eft applaudi vraifemblablement d'une telle idée ; il l'a regardée comme une adreffe ingénieufe, en ce que par ce moyen il éclairoit & faifoit reffortir davantage le principal per-fonnage : mais d'un autre côté cette hardieffe donne lieu à une équivoque : le repentir n'eft rien moins qu'empreint fur la figure du ruftre, & bien des gens le voyant par un gefte peu ref-pectueux porter en quelque forte ce flambeau fous le nez de l'amiral, craignent qu'il ne cherche à lui brûler le vifage. En général, je crois que ce fujet n'étoit guere propre pour M. Suvée ; il exigeoit une fierté de pinceau qui n'eft pas la qualité dominante du fien. Les con-noiffeurs, en difcutant les parties de l'art, lui reprochent de n'avoir pas affez obfervé la regle de la perfpective, de n'avoir pas étudié & rendu

les effets des clairs & des ombres que le flambeau devoit répandre , au point qu'on doute
d'où la lumiere vient fur certains objets , qu'on
ne fait fi la fcene fe paffe ou de nuit ou de
jour.

M. Vien , toujours rempli de fon Homere,
inépuifable en fujets pittorefques, nous offre aujourd'hui *les Adieux d'Hector & d'Andromaque*:
le moment eft celui où *Hector* fortant de la
porte de Cée , pour monter fur fon char, eft
arrêté par fon époufe qui lui fait préfenter par
fa nourrice le jeune *Aftyanax* , lequel s'effraie
du panache dont le cafque de fon pere eft
ombragé.

Cette action purement mécanique , en général , qui n'exige du moins qu'un fentiment
doux & dont tout le mouvement confifte dans
une puérilité , étoit très-affortie au talent & à
l'âge de l'artifte. Auffi eft-ce une de fes compofitions où la critique ait moins à mordre : plan
bien conçu , fagement exécuté , groupes très-
diftincts , rien de ce qui concerne l'art n'y eft
oublié ; on a prétendu que la figure d'*Hector*
n'étoit pas affez pofée ; mais c'eft précifément
ce qui caractérife le moment du départ : fon
char eft attelé , fon automédon en tient les
rênes , fon écuyer lui préfente les armes , il
montoit lorfqu'*Andromaque* paroît ; on ne fait
ce qu'elle lui défigne en tendant la main vers
la ville : il femble que c'eft fur *Aftyanax*
que devroit porter fon attention & que l'amour
de la patrie devroit céder ici à l'amour ma-
ternel.

Le reproche le plus fondé , c'eft que la tête
d'*Hector* n'a point l'air affez mâle , qu'elle ne

respire en rien le héros. C'est une figure dolente qui ressemble trop à celle d'*andromaque* & même des personnages subalternes. Pour éviter cette uniformité & mieux marquer l'action principale, l'artiste auroit pu faire sourire *Hector* de la crainte enfantine de son fils.

Je vois, Monsieur, que malgré la beauté de ce tableau, on préfère généralement trois petits sujets du même auteur remplis de graces & de naturel, une *femme Grecque ornant d'une couronne de fleurs la tête de sa fille, avant de l'envoyer au temple*; *Glicere cueillant des fleurs pour faire des couronnes*; enfin *Sapho chantant ses vers en s'accompagnant de la lyre*. Les figures en sont singuliérement sveltes & ne sentent nullement une main appesantie par la vieillesse.

On n'est pas aussi content d'un petit sujet de M. de la Grenée l'aîné, qui, sans être de l'âge de M. Vien, a déja singuliérement déchu dans le genre gracieux. C'est *l'amitié consolant la vieillesse de la perte de la beauté & du départ des plaisirs*. L'allégorie en est froide, confuse, énigmatique: quoique les artistes en trouvent plusieurs parties d'exécution estimables, on y desire cette grace qui caractérisoit autrefois ce maître & l'avoit fait appeller l'*Albane* françois. Eut! Il se retourne du côté des grandes compositions; & si M. Vien n'abandonne point la guerre de Troyes, M. de la Grenée semble vouloir épuiser la vie d'Alexandre.

Il nous en avoit retracé, il y a deux ans, la générosité compatissante; il nous en reproduit la cruauté féroce. « Alexandre irrité de la » fermeté de Betis, un des capitaines de Darius » & gouverneur de la province de Gaza, qu'il

» n'avoit réduite qu'avec peine fous fon obéif-
» fance, dans fon paffage en Egypte, devint
» cruel envers ce généreux Satrape. Ce Roi,
» qui ne pouvoit fouffrir de réfiftance à fes
» volontés, outré de ce que Betis paroiffoit de-
» vant lui fans fléchir le genou pour lui rendre
» les mêmes honneurs qu'à Darius, & de ce
» qu'il reftoit muet à fes menaces : je vaincrai
» ce filence obftiné, dit-il, & fi je n'en puis
» tirer aucune parole, j'en tirerai du moins
» des gémiffements. Enfin fa colere fe tournant
» en rage, il le fit attacher à un char & traîner
» ainfi autour de la ville. Betis en filence, re-
» gardant Alexandre avec dédain, triomphant
» en lui-même de voir l'orgueil infatiable de
» fon ennemi humilié par fon courage & fa
» fidélité pour fon Roi, mourut fans laiffer
» échapper un foupir. »

Voilà, fans doute, Monfieur, un fujet bien
vafte qui exigeoit un champ proportionné :
auffi l'artifte a-t-il pris une toile de 16 pieds
de long. Il l'a divifée en trois grouppes : dans
celui du milieu fe préfente d'abord Alexandre
ordonnant les apprêts du fupplice : le char eft
développé dans toute fon étendue, il eft attelé
& le conducteur a peine à retenir la fougue de
fes chevaux. Leur ardeur annonce qu'on a choifi
les plus propres à cette horrible expédition. Les
bourreaux ont garrotté Betis : celui-ci par fon
regard fier & dédaigneux confond le Roi de
Macédoine, dont la rage ne fait que s'accroître
par la férénité de fon ame. Au milieu de fes
douleurs, il fe montre bien fupérieur au tyran.
A la droite & dans un plan plus reculé fe re-
marquent des femmes dans différentes attitudes

expreſſions de douleur ; on les juge être
l'épouſe, la mere, les filles, les parentes de Betis :
à la gauche eſt ſituée la tente d'Alexandre : à
l'entrée ſont ſes généraux, ſes confidents.

Il auroit été difficile de mieux ordonner ce
plan ; mais l'artiſte auroit pu donner plus de
mouvement à ſa figure principale : d'ailleurs,
quelle a été ma ſurpriſe de voir ſous le caſque
d'Alexandre un portrait de connoiſſance ; j'ai
reçu l'explication de l'énigme par un jeune voya-
geur de mes amis, qui m'a avoué, durant ſon
ſéjour à Rome avoir ſervi de modele à M. de la
Grenée pour la tête du barbare vainqueur de
Darius. Cependant nous avons des médailles
d'Alexandre, & malgré les diſputes des antiquaires
à cet égard (1), il auroit pu ſe diſpenſer de
mettre une tête françoiſe ſur le corps du héros
Macédocien : encore s'eſt-il trompé ſur ce point,
puiſqu'il l'a créé preſque coloſſal, quoique tous
les hiſtoriens s'accordent à lui donner une petite
ſtature.

Le même jeune homme m'a avoué auſſi qu'il
avoit ſervi pour modele de la tête d'Epheſtion,
qui ſe voit le premier à l'entrée de la tente,
mais dans une attitude peu noble, les jambes
croiſées ; enfin tous les compagnons d'Alexandre

-----

(1) M. l'abbé le Blond, dans une differtation lue
à l'académie des belles-lettres, à la ſéance publique
d'après la Saint-Martin 1786, a prétendu que le Brun,
dans les batailles d'Alexandre, s'étoit trompé ſur la
tête de ce héros, pour laquelle il avoit pris une tête
de minerve : mais en même temps il en a indiqué
une autre exiſtante.

ne montrent que de l'étonnement ou de la curiosité, au lieu de l'effroi & de l'horreur qu'ils devroient ressentir.

Quant au faire, M. de la Grenée en plaçant la scene en rase campagne, s'est mis à l'aise pour le développement du sujet : mais son site est triste & son ciel nébuleux : si par cet accompagnement il a voulu marquer l'indignation de la nature entiere contre l'atrocité d'Alexandre, c'est une conception trop outrée, & la beauté du ciel & du local auroit encore mieux fait ressortir la barbarie de l'action. On ne peut que louer les chevaux, le char, les courroies, tous les accessoires du supplice. Quant aux bourreaux, ils sont d'une grande vérité, d'une vigueur singuliere : mais on demiende ce que fait l'un d'eux, qui semble mollement soulever Betis, comme si, par un rafinement de cruauté, il craignoit que la victime ne traînât trop par terre & n'expirât ainsi plus vîte.

Par une innovation qu'on semble reprocher à M. de la Grenée l'aîné, il a exposé aussi l'esquisse de ce même tableau. Mais il n'en est pas des peintres, comme des gens de lettres : sans doute si ceux ci nous offroient leurs brouillons, nous verrions bien des sottises, que souvent beaucoup de réflexion & d'art ne peut couvrir encore : au contraire l'on est très-curieux des premieres conceptions des artistes, & celui-ci en fournit la preuve. Les connoisseurs en remarquant des améliorations dans son grand tableau, desireroient qu'il eût conservé plusieurs choses & sur-tout le feu de l'esquisse. Il me semble que la comparaison de ces premieres études avec le sujet exécuté en grand, pourroit être fort utile aux

éleves

éleves & fournir un plaifir de plus aux amateurs.

La plus grande machine après celle-ci, c'est
la reconnoiffance d'Orefte & d'Iphigénie dans la
Tauride (1), de M. Regnaut. Ce fujet, qui
confifte plus dans une expreffion de fentiment
que dans l'action phyfique, exigeoit d'être ref-
ferré davantage; il paroît nud & fe perd dans
les acceffoires. On a reproché à la fœur drapée
de la tête aux pieds comme une grande prêtreffe
de la chafte Diane, d'être habillée aux dépens
de fon frere (2), & après avoir ri de la plaifanterie, on riroit de l'ignorance de l'auteur s'il
pouvoit l'avoir faite férieufement. Qui ne fait
qu'Orefte, depuis qu'il fe rendit meurtrier de
fa mere, tomba dans un état de démence fré-
nétique : *Furiis agitatus Oreftes* ? Certes c'étoit
bien le cas de profiter de la licence des peintres
de ne vêtir fouvent qu'à moitié leurs figures,
pour marquer le nud & développer leurs connoiffances & les fecrets de leur art en ce genre.
On auroit perdu l'un des beaux corps qu'il foit
poffible de voir pour la vérité de l'anatomie,
la vigueur des mufcles, la fierté de l'attitude,
& le laqueux des chairs.

On ne peut fortir de cette famille d'Aga-
memnon. M. Doyen acheve le fujet commencé
par M. Vien, il y a quatre ans (3); il nous
montre *Priam fuppliant Achille de lui rendre le*

---

(1) Ce tableau a 13 pieds fur 10.

(2) Cette méchanceté fe lit dans les feuilles de
l'abbé Aubert.

(3) Voyez ma lettre du 13 feptembre 1783.

corps d'Hector. On doit louer l'artiste, malgré cette dégradation d'un Roi aux genoux d'un autre, d'avoir conservé une sorte de noblesse dans la figure de Priam. Quant au héros Grec, son expression est équivoque : le difficile étoit de réunir sur sa figure la colere & la pitié. Du reste on desireroit, pour mieux entendre l'action, de voir dans le lointain un cadavre, objet de la demande. Ce qui rend ce tableau estimable aux yeux des artistes qui s'accordent assez là-dessus, c'est d'avoir différencié la clarté que donne une lampe suspendue dans la tente d'Achille & celle que répand la lune au dehors.

Nous sortons de l'Illiade pour entrer dans l'Odissée, grace à M. de la Grenée le jeune, qui nous montre *Ulisse arrivant dans le palais de Circé*. Ce tableau placé à côté de celui d'Iphigénie en fait encore mieux sentir le vuide : au contraire, son champ est trop resserré (1) pour une action aussi compliquée. D'une part, il s'agissoit de montrer les compagnons du Roi d'Ithaque changés en pourceaux ; de mettre au centre ce prince, à qui la séductrice offre le même poison qui avoit opéré cette métamorphose ; de le représenter tirant l'épée, épouvantant Circé & exigeant qu'elle lui rende ses compagnons ; enfin de faire intervenir Mercure mêlant des herbes salutaires au breuvage, & par ce secours détruisant toute la magie de l'enchanteresse.

Vous concevez, Monsieur, qu'il n'étoit pas possible de rendre tant de choses en si peu d'espace : d'ailleurs le tableau placé trop haut doit

_____

(1) Il n'est que de 10 pieds carrés.

offrit des fineſſes dans la figure de Circé, dans celles d'Ulyſſe & de Mercure, qui échappent par l'éloignement. On trouve beaucoup de grace & de ſéduction dans l'enchantereſſe, perſonnage le plus ſaillant ; mais un chapiteau corinthien employé dans ſon palais choque par ſon anachroniſme (1) les antiquaires ; & le défaut d'entente du clair obſcur plus néceſſaire ici que jamais, eſt auſſi plus remarquable aux yeux des artiſtes.

Le tableau d'à côté plus ſagement compoſé, comme tout ce qui ſort des mains de M. Brenet, tient auſſi de ſa maniere ſeche & monotone : de plus il eſt froid & inſignifiant. On voit un conſul Romain ſur ſon ſiege, avec un jeune homme à côté de lui : deux perſonnages revêtus de robes éclatantes ſont en ſa préſence ; il ſemble leur parler. Il faut que le peintre nous apprenne que c'eſt Publius Scipion, à qui les ambaſſadeurs d'Antiochus ramenent ſon fils fait priſonnier, que Scipion étoit malade ; que le retour du jeune homme lui rend la ſanté ; qu'il témoigne ſa reconnoiſſance envers Anthiochus, &, pour preuve, charge les envoyés de ce Roi de lui conſeiller de conclure la paix avec les Romains.

Le ſpectateur engourdi par la contemplation de ces ſujets triſtes, la plupart ſans mouvement & ſans vie, ſe ranime à la vue des Bacchanales de M. Callet : c'eſt un tableau allégorique, caractériſant l'automne par la peinture des fêtes de Bacchus, que les Romains célébroient dans le

_____

(2) D'environ 500 ans, puiſque Callimaque, l'inventeur de cet ordre d'architecture, vivoit l'an du monde 3464, environ 472 ans après le ſiege de Troyes,

mois de septembre. De mauvais plaisants prétendent ne retrouver là que le grand salon, cette guinguette de toutes les coureuses de Paris, & non le riant cortege des Bacchantes, leurs danses vives & l'enthousiasme religieux qui régnoit même au sein du désordre de ces joyeuses orgies. En convenant qu'il manque peut-être quelque chose à l'ordonnance du tableau ; que le sacrifice, premier objet de la fête, n'est pas assez indiqué, on ne peut s'empêcher d'y reconnoître de la grace, de la gaieté, attributs ordinaires d'une assemblée composée de personnes du sexe, dégénérant insensiblement en ivresse, en fureur. Quant aux couleurs crues & au ton sauvage du tableau, il faut songer que, fait pour être exécuté en tapisserie, il ne peut être harmonieux comme un morceau travaillé & fini avec le plus grand soin.

A l'opposite est un tableau de M. le Barbier, encore plus rempli d'action & de mouvement ; il est fâcheux que le sujet, tiré de Pausanias, soit peu intéressant, sur-tout pour des François, étonnés de voir qu'un enlevement cause tant de ravages. Il s'agit du *courage des femmes de Sparte* que le peintre a voulu célébrer. Aristomenes, général des Messeniens, résolut de surprendre & ravir quelques beautés de Sparte, pendant qu'elles célébroient la fête de Cérès ; elles se défendirent si courageusement que, sans le secours de la prêtresse Archidamie, le ravisseur coutoit risque de perdre la vie. Ce monument en l'honneur du sexe est exécuté d'une façon savante & hardie. Quant aux grouppes, il y a de la grace & de la vigueur dans les femmes : le dessin est pur & correct ; le coloris point mauvais : on regrette feulement que les clairs, les ombres, les reflets mal diftribués ne laiffent pas affez fentir le mérite de la compofition.

M. le Monnier, fimple agréé, qui n'a débuté qu'en 1785 , termine cette riche collection de tableaux d'hiftoire pour le Roi : il n'a point été jugé indigne de figurer parmi les grands maîtres, & à cette preuve de fon mérite il faut en joindre une moins équivoque encore, c'eft que les critiques s'acharnent beaucoup fur lui. Quant à moi, faute d'avoir bien pu faifir fon *Amour Conjugal*, mal expofé, mal en jour, & d'ailleurs fort noir, je m'abftiendrai de vous en rien dire ; le fujet n'en eft point affez connu, ni l'exécution affez tranfcendante pour regretter de ne pouvoir vous en écrire plus de détails.

Je ferois plus tenté de vous rendre compte de fa grande efquiffe d'un tableau allégorique qui doit être exécuté pour la chambre du commerce de Rouen (1). Mais je fuis effrayé des détails dans lefquels il faudroit entrer. C'eft un poëme entier, & certes fon plan feul, s'il eft de M. le Monnier, annonce un génie vafte & hardi. Voilà, Monfieur, ma tâche remplie, quant aux tableaux d'hiftoire pour le Roi ; je dois vous rendre compte de plufieurs autres, dont quelquesuns plus eftimés que tous ceux-là ; mais comme j'ai anticipé fur le genre dans le commencement de cette lettre de peur de la rendre trop longue & trop fatiguante, je renvoie pour la feconde ce qui me refte à vous dire de nos peintres du grand genre.

J'ai l'honneur d'être, &c.

Paris, ce 18 feptembre 1787.

_____

(1) Dans la mefure de 24 pieds de large fur 13 & demi de haut.

SECONDE LETTRE.

Sur les peintures, sculptures & gravures,
exposées, au salon du Louvre, le jour
de la Saint-Louis. 1787.

SANS doute, Monsieur, vous aurez été surpris de ne point trouver le nom de M. David
parmi tous ceux des peintres employés à tra-
vailler pour le Roi : gardez-vous pour cela
de croire qu'il ait dégénéré de la haute opinion qu'on en avoit conçue & qu'il ait été
jugé inférieur en mérite. Outre que l'intrigue
& la faveur ont beaucoup de part au choix,
il faut savoir que c'est le premier peintre qui
distribue les sujets. M. David a refusé de s'asservir à cette gêne ; son génie fier & indé-
pendant n'en a voulu traiter que de convenables à sa fougue. Au reste, si par une injustice
criante on l'eût exclu d'une pareille destination,
le public l'auroit bien vengé, en lui assignant
le premier rang à son admiration. Son tableau, depuis l'ouverture, ne cesse d'être entouré, souvent de critiques, il est vrai, mais dont
l'acharnement est un éloge indirect, peut-être
plus flatteur pour l'amour-propre bien entendu
de l'artiste, que les extases de la multitude
ignorante & moutonniere.

Le sujet traité cette fois par M. David, dans
un genre différent, n'est pas moins attachant

que celui des Horaces : c'est *Socrate au moment de boire la ciguë*. Ce philosophe est au milieu de la scene ; on vient de lui ôter ses fers dont l'empreinte se voit encore sur ses jambes ; il se souleve sur le lit, où il étoit attaché : il est en action ; d'une main il prend la coupe fatale que lui présente un esclave en détournant la tête ; de l'autre, dont l'index est dirigé vers le ciel, l'artiste a caractérisé ingénieusement la nature du discours que tient le maître, & par l'expression sublime qui lui donne, a fait disparoître la difformité de sa figure. Il a également voulu rendre par autant d'attitudes variées, le genre de la douleur de chacun de ses disciples.

Dans le lointain on voit quelques-uns des juges qu'on suppose revenir à l'aréopage dont ils remontent les marches : après avoir appris à l'accusé sa condamnation, ils semblent gémir de cet étrange arrêt de mort.

Ce tableau qui, ce qu'il ne faut pas omettre, n'est qu'un tableau de chevalet, est parfaitement bien composé, sauf cependant un veillard tournant le dos, s'isolant en quelque forte de la scene, qui feroit un grand défaut s'il ne s'en rapprochoit par la douleur profonde dans laquelle il est plongé : au surplus, tout y est clair ; la figure de Socrate est d'un maître, mais sans pédantisme, sans charlatanerie ; il joint à la fermeté d'un philosophe qui reçoit sa condamnation injuste, cette sérénité du front, ce calme de l'ame d'un innocent. Ses principaux disciples sont désignés tous à être reconnus. On reproche à quelques-uns des attitudes équivoques, dans la maniere d'essuyer leurs lar-

mes. Le deſſin n'eſt pas toujours correct non
plus ; le bras du plus voiſin de Socrate ſemble ſortir, non de l'épaule, mais de la poitrine.

La ſcene éclairée de face, ſe développe avec
les nuances convenables ; mais auſſi lugubre,
peut-être, exigeroit-elle moins d'éclat & plus
de recueillement. Au contraire, le fond trop
rembruni ne laiſſe point percer l'œil autant qu'il
faudroit, & empêche les objets de ſe détacher. Il
faut que ce défaut ſoit bien ſenſible, puiſqu'il eſt
généralement reconnu.

On regrette qu'un accident grave (1) ait
empêché M. David d'achever un autre tableau
commencé dans un genre oppoſé. C'eſt Pâris
& Helene : quoique ce ſujet ſoit bien rebattu,
ſans doute ce grand artiſte s'eſt jugé en état d'y
mettre de nouvelles beautés. Quoi qu'il en ſoit,
le public auroit pu juger alors ſi M. David eſt
plus propre à peindre les graces que le ſublime,
a plus de diſpoſitions à la maniere du Correge
ou du Guerchin, qu'à celle de l'Albane ou du
Guide. Quant à moi, je crois que les ſujets fiers & même auſteres lui conviennent infiniment mieux que les ſujets aimables & vo-
luptueux.

M. Vincent, non moins fécond à cette expoſition qu'aux précédentes, nous offre trois
morceaux dont un de chevalet. Dans celui-ci
tiré de la Jéruſalem délivrée, *Renaud arrête
Armide qui veut ſe tuer.* Le grouppe eſt poſé

_____

(1) Il s'étoit caſſé le tendon d'~~achile~~. d'el Angle

favamment : l'attitude du héros est facile &
vigoureuse en même temps ; mais l'expression est
absolument manquée : les chairs d'Armide sans
couleur, sans élasticité & sans vie, sont d'un
pinceau mou & lui donnent l'air d'une morte.
L'artiste semble avoir mis toute son habileté à
rendre l'armure de Renaud ; elle est polie,
comme si elle sortoit des mains de l'ouvrier
& que ce guerrier l'endossât pour la premiere
fois. *Le tableau de Henri IV & de Sully*, personnages attachants pour des François, sur-tout
dans les circonstances, est d'un si mauvais coloris, d'une composition si confuse, que l'œil se
fatigue à le détailler. Par-là il manque non-
seulement d'harmonie & d'effet, mais même
d'intérêt.

L'auteur semble avoir réservé tout son talent
pour la clémence d'Auguste, dont l'idée lui a
été suggérée par ce vers de Corneille :

Soyons amis, Cinna ; c'est moi qui t'en convie.

A cet acte de grandeur d'ame, Livie, femme
de l'empereur, exprime son admiration : Emilie
tombe à ses pieds, Cinna est frappé d'étonnement, & Maxime pénétré de honte. Telle a
été l'intention de l'auteur, & il l'a parfaitement bien remplie. Quelques connoisseurs auroient desiré qu'à la surprise de Cinna se joi-
gnît un sentiment de reconnoissance, & que
l'impératrice, placée derriere Auguste, debout,
tandis que l'empereur est assis, jouât un rôle
plus noble & n'eût pas l'air d'une simple suivante. A ces deux taches près, la composition

du tableau eſt de la meilleure ordonnnace. Boileau
a dit :

Suivant que la penſée eſt plus claire ou plus obſcure ;
L'expreſſion la ſuit ou moins nette ou plus pure.

Et ce tableau en eſt la preuve. Le plan une
fois bien conçu, tout ſemble s'y être rangé naturellement : rien de pénible ou de recherché.
Les airs de tête, les attitudes, l'agencement des
draperies annoncent une facilité d'exécution,
fruit d'études bien digérées. Le coloris y eſt
infiniment meilleur & plus vrai que dans les
deux tableaux précédents ; en un mot, le ſtyle
en eſt auſſi harmonieux que le fond de la
compoſition.

Voilà, Monſieur, bien des artiſtes du genre
de l'hiſtoire paſſés en revue, quoique pluſieurs
n'aient pas expoſé, tels que MM. Menageot &
Barthelemy : il me reſte pourtant à vous parler
encore de quelques autres & ſur-tout des débu-
tants, mais ſuccinctement, pour vous marquer les
progrès des premiers, ou vous faire connoître les
derniers.

Par exemple, M. Taillaſſon ne paroît pas avoir
beaucoup acquis, & ſon morceau où il a voulu
rendre la ſenſation que produiſit le *tu Marcellus
eris*, de Virgile liſant l'Enéïde *devant Auguſte
& Octavie ſa ſœur*, n'annonce qu'un défaut
de bon ſens : car outre l'impoſſibilité de bien
caractériſer ce trait, eſt-il naturel, Octavie s'éva-
nouiſſant, que le poëte continue de lire & l'empereur d'écouter? Du reſte, il a certainement dégénéré pour le coloris, mieux entendu dans ſes tableaux de 1785 ; le ton en eſt obſcur & même un

peu noir, ainſi que celui de toutes ſes autres
compoſitions.

M. Peyron ne répond pas non plus à la haute
idée qu'on donnoit de lui à Rome, qu'il a ſou-
tenue par ſon début au ſalon & qui lui a valu la
place diſtinguée d'inſpecteur de la manufacture
royale des Gobelins, récompenſe qui ne devroit
s'accorder qu'à l'âge & aux travaux. Il s'avoue
lui-même vaincu en quelque ſorte par monſieur
David, en n'oſant lutter contre lui & expoſer
le tableau de la mort de Socrate, annoncé
dans le livret. A ne juger en effet de la compoſition que par le détail qu'il en donne lui-
même, comparée à celle de ſon rival, on peut
croire d'avance qu'elle lui eſt infiniment inférieure.

Son Curius Dentatus, qui après avoir été
trois fois conſul, fait cuire ſes légumes dans
un pot de terre, & refuſe les vaſes d'or que
lui apportent les ambaſſadeurs Samnites, eſt un
ſujet dont le détail, ignoble aujourd'hui, auroit
dû être ennobli par un ſublime de penſée bien
au deſſus de ſon talent. Quant au faire, il n'eſt
pas ſans mérite ; la touche en eſt moëlleuſe &
ſuave, peut-être trop, pour un ſujet auſſi
auſtere : peut-être auroit-il fallu un pinceau
plus mâle, plus de ſévérité dans le ton. Quant
au coloris, il eſt ſans harmonie & généralement
gris.

Un académicien ſans noviciat, c'eſt-à-dire,
ſans avoir paſſé par la claſſe des agréés, devroit, ce ſemble, annoncer un mérite rare &
ſupérieur. Si M. Perrin, dont je veux parler,
qui jouit de cette faveur, ne débute pas avec
l'éclat qu'elle ſuppoſeroit , il arrive du moins

au falon efcorté de nombreux ouvrages : trois
grands tableaux d'hiftoire ; trois efquifles ,
dont deux d'une vafte ordonnance ; une fu-
perbe figure académique , forment cette collection.

La trifte condition des nouveaux venus , dont
les ouvrages font les plus mal expofés , foit
pour l'élévation , foit pour le jour , empêche
de bien détailler le fujet & l'enfemble du tableau de M. Perrin , le plus eftimé , quoique
ce ne foit pas celui de fa réception. Au refte ,
le fujet en eft fi atroce , fi dégoûtant , fi fcan-
daleux , que pour l'intérêt des mœurs des critiques religieux voudroient l'exclure tout-à-fait
du falon. Cyanippe , roi de Syracufe , ayant
violé , étant ivre , fa fille Cyanée , une pefte horrible défola Syracufe & l'oracle annonça que ce
fléau ne cefferoit que par la mort du couple
inceftueux. Cyanée traîne elle-même fon pere à
l'autel de Bacchus , l'égorge & fe poignarde
enfuite.

Au défaut près du choix , ceux qui ont vu
l'ouvrage dans fon vrai point de vue , en font
l'éloge , mais en critiquent les formes & les couleurs pauvres. De loin , la compofition en paroît
pleine de chaleur & d'énergie ; les grouppes forment un contrafte favant ; on pourroit mieux
le fentir & le détailler , s'il y avoit plus d'entente du clair-obfcur , & fi la teinte noire dont
il eft généralement obfcurci , n'en détruifoit
l'effet.

Il n'eft pas jufqu'à MM. Girouft & Mon-
feau , les derniers agréés & fermant la marche des peintres d'hiftoire , auxquels on ne
trouve du mérite : on promet fur-tout au pre-

mier d'en laiffer bientôt beaucoup d'autres derriere lui , s'il foutient la pureté de fon deffin , le bon ton de fa couleur & la mefure
toujours proportionnément à l'effet qu'il veut
produire.

D'après cette longue énumération , Monfieur,
de nos tableaux d'hiftoire & les éloges dont
prefque tous font accompagnés , vous jugerez
avec raifon , que le grand genre a fait de fenfibles progrès ; que le mauvais goût égarant dé-
puis nombre d'années nos artiftes commence à
fe diffiper , que les bons principes renaiffent &
& que fur les ruines de la vieille école il va
s'en élever une nouvelle , qui marquera chez
nous le troifiéme âge de la peinture. Je n'ofe
annoncer qu'il deviendra fupérieur au premier ;
mais à en juger par la révolution rapide qui
s'eft faite , par l'émulation générale qui fait fer-
menter aujourd'hui les talents , par le génie qui
domine dans plufieurs compofitions de nos jeunes artiftes , on ne doit pas en défefpérer : ils
ont fur-tout un fecours qui manquoit aux anciens ; c'eft l'académie fondée à Rome : ils en
ont un autre dont ils ne conviennent pas ,
mais certes qui ne leur eft pas moins utile ;
c'eft la critique. Oui , Monfieur , tout en affec-
tant de dédaigner cette foule de pamphlets fatiri-
ques dont ils fe plaignent d'être inondés , de
dire qu'ils ne les lifent pas , de les écarter loin
d'eux ; il n'en eft pas un qui ne fe les procure
en fecret , qui ne les étudie , ne les médite , &
à travers la foule d'erreurs dont ils font infec-
tés , ne démêle quelque obfervation jufte & n'en
faffe fon profit. Je pourrois pouffer mes raifonnements plus loin à cet égard & prouver peut-

être pourquoi , tandis que l'hiſtoire ſe perfectionne, le genre ſe détériore & s'anéantit ; mais ce n'eſt pas une diſſertation que j'ai entrepriſe. Je reviens à l'hiſtorique des faits.

Le genre en effet , Monſieur, eſt tombé ſenſiblement cette année. Je ne crois que deux morceaux dignes d'attention : encore le premier appartient-il proprement à l'hiſtoire.

Vous avez toujours préſente à la mémoire la mort du duc Léopold de Brunſwick, victime de ſon amour pour l'humanité : ce ſujet propoſé long-temps par l'académie françoiſe à l'émulation de nos jeunes poëtes & qui a été l'écueil de tous, n'eſt pas mieux traité en peinture. C'eſt M. *Wille*, accoutumé à ſaiſir les anecdotes du temps, qui s'en eſt emparé. Mais il exigeoit un ſublime d'expreſſion au deſſus de ſes forces. Le héros eſt dans un eſquif au moment où il chavire : un des bateliers vient de tomber à l'eau & l'autre retient le duc qui chancele déja. On voit dans le lointoin des malheureux qui ſe noient, objets de ſes tendres alarmes. Il eſt dans un coſtume militaire, le chapeau ſur la tête, ganté & la canne à la main : tout cet attirail n'eſt point celui qu'il devroit avoir en pareil circonſtance : l'effroi qu'il témoigne , eſt encore moins le ſentiment qu'il devroit éprouver ; & le matelot qui l'arrête par ſon juſtaucorps, eſt dans une ſituation ſi équivoque , qu'au premier coup d'œil on le prend pour un voleur qui lui demande la bourſe ou la vie. Son camarade déja ſubmergé, quoique tenant encore des jambes au bâtiment & ſoulevant la tête, tandis qu'on cherche ſon corps couvert de vagues, eſt d'un deſſin hardi, mais ſtrapaſſé : il eſt impoſſible de trou-

ver dans la nature une telle attitude. En gé-
éral, les figures & la nacelle font trop fortes
pour le champ du tableau. Les citoyens entraînés par les flots, au secours desquels il s'agit d'aller, sont bien éloignés, bien rapetissés, en bien
petit nombre, & ne forment point une image assez
effrayante capable de donner une idée de la résolution magnanime du Duc. Le coloris est aussi
trop brillant pour la scene, & le devant n'est
point assez vaporeux. Au surplus, le tableau est
rempli d'effets piquants & ses défauts mêmes sont
ce qui attire le plus les spectateurs: en général,
M. Wille est le peintre du peuple, pour lequel
ce sujet seroit peut-être trop relevé, s'il étoit
traité dans le style sévere & majestueux de l'histoire.

M. Bilcoq est auteur du second morceau,
qui a pour titre l'*Instruction Villageoise*. C'est
encore de ces drames familiers faits pour attirer la foule; mais comme il est plus sagement
traité que le premier, il ne se saisit pas d'abord,
ainsi que lui, de la curiosité générale : mais
quand on en approche & qu'on le considere,
on a peine à le quitter. « La mere fait la
lecture de la *Vie des Saints*, près d'elle sa fille
aînée est appuyée sur un buffet; deux autres de
ses sœurs regardent leur pere, tandis qu'il fume
assis sur un tonneau : derriere lui, son gen-
dre, les bras croisés, écoute la lecture : & un
petit enfant de sa fille joue devant lui avec
un oiseau. Le lieu de la scene est une grange. »

Ce sujet, dont les détails sont précieux, est
au fond peu réfléchi; on ne sait pourquoi l'artiste a choisi une grange, plutôt que l'intérieur
d'une chambre : en outre, afin de mettre plus

de vérité dans le tableau , on voit des légumes , une botte d'oignons & autres préparatifs
qui annoncent l'heure du matin, où des villageois s'occupent de pourvoir à leur nourriture
du corps , avant celle de l'ame.

La figure de la mere est parfaite, celle du
pere amuse aussi ; quant aux enfants, ils ont
un caractere vague, indécis , qui ôte beaucoup
de l'intérêt. On reproche à ce tableau des défauts de dessin & de coloris d'une part , tandis
qu'on le trouve trop léché , trop maniéré de
l'autre.

Les palais, les ruines, les marines, les paysa-
ges font ce qui domine le plus après les tableaux
d'histoire. A la tête des artistes qui enrichis-
sent le salon de ce genre de productions, se
trouve M. le marquis de Turpin, honoraire,
associé libre. Jusqu'ici la destination de ces honoraires avoit été, pour les gens de qualité,
d'illustrer les listes de leur nom , de protéger
les artistes, d'en recevoir les dédicaces, de les
admettre à leur table, de les répandre, de les
prôner; pour les crésus modernes, de se former
des cabinets , d'encourager les talents en les
payant bien cher, de leur donner de la vogue
en excitant l'ardeur des étrangers à les posséder
& à nous les ravir à force d'argent. Si quelqu'un d'eux manioit la palette, ou le burin ,
c'étoit dans l'intérieur de son cabinet , & sa récompense étoit d'échapper à l'ennui, d'obtenir
de ses créatures des éloges peu flatteurs, mais
certains. Il faut donc déja louer le courage de
M. le marquis de Turpin de descendre en lice
avec les autres & de s'exposer à toute l'amer-
tume des critiques , à tous les sarcasmes des

plaifants. Le goût des arts l'ayant fait voyager en Italie, l'imagination enflammée de tout ce qu'il y voyoit, il nous reproduit le fruit de fes étu-des, une *Vue de Villa Madonna*, près de Rome ; *les portiques d'une rue de Tivoli* ; *plufieurs deffins faits d'après nature*.

A la vue de ces effais d'un amateur, l'envie s'eft éveillée à l'inftant ; on a dit qu'éleve de M. Robert, *il étoit fon fidele imitateur* ; *mais fi fi-dele qu'on prendroit les ouvrages de l'éleve pour ceux du maître, qui feroient exceffivement négligés.* (1) Le vrai eft qu'il n'a pas, au contraire, cette liberté, cette hardieffe de touche de mon-fieur Robert ; que fes ouvrages fentent beau-coup plus le travail, font plus terminés & ap-procheroient plus en cela de ceux de monfieur Machi.

Je ne vous parlerai de M. Vernet, dont la réputation ne peut plus rien acquérir, que pour vous apprendre qu'il exifte encore, & que cette année, loin qu'il s'affoibliffe, on le juge fupé-rieur à lui-même pour l'énergie. Il eft en outre d'une fécondité inépuifable ; il produit des ma-rines avec la même facilité que la Fontaine com-pofoit des fables.

On trouve que M. Hue a beaucoup acquis de-puis fon voyage d'Italie ; on lui remarque plus de fermeté dans le ton, plus de réfolution dans les formes, enfin une maniere plus à lui. (2) M. de Marne n'a pas fait les mêmes pro-

---

(1) Dans le journal de Paris, N°. 258, on croit cet article de M. Renoux, peintre.

(2) Voyez ma lettre du 24 feptembre 1781.

grès : ses tableaux plus chauds de couleur manquent souvent de vérité, de correction, de dessin
& sur-tout pechent du côté de la distribution des
lumieres trop égales. Mais on doit lui savoir
gré de ramener dans ses sujets la gaieté françoise qui se perd de toutes parts. On est fâché
que M. César Vanloo ne se soit pas corrigé de
la séchéresse de pinceau, de la confusion d'ordonnance, du défaut de nature dans ses ar-
bres & dans ses feuilles qu'on critiquoit avec
raison.

Les sujets de M. Nirard ne sont pas si bien
choisis cette fois; c'est du reste la même vérité,
la même précision, la même grace, la même perfection.

Je me hâte d'arriver, Monsieur, à quatre
artistes nouveaux que vous ne connoissez pas. Le
premier est M. de Lespinasse, chevalier de l'ordre royal & militaire de Saint-Louis. Il nous
offre différentes vues, entre lesquelles on distingue celle de Paris, d'un détail infini, d'une
précision si parfaite qu'on l'accuse d'avoir travaillé à la chambre noire; ce qui diminueroit
beaucoup son mérite, le réduiroit à un pur mé-
chanisme & à une grande patience.

Dans le second, qui est M. de Valenciennes,
on admire un paysagiste du genre héroïque,
dont le génie cherche à y jeter de l'intérêt par
des traits historiques, le rapprochant des grandes
compositions; c'est *Cicéron découvrant à Syra-
cuse le tombeau d'Archimede*: c'est *l'ancienne ville
d'Agrigente*, dont les habitants exercent l'hospi-
talité pour laquelle ils étoient renommés; ce
sont *des tombeaux, des colonnes, des statues de
Dieux, des femmes qui offrent des fleurs aux*

Naïades d'une fontaine. Son faire malheureufement ne répond pas à la nobleffe de fes conceptions; fes cieux font mauvais, fans vapeurs ;
fes feuillages fans verdure ; fa touche eft lourde
& fa maniere uniforme.

Le payfage du genre paftoral fe retrouve dans
les productions de M. Taunay, fimple agréé,
mais bien digne de figurer parmi les académiciens : fa *Rofiere* eft gaie : fa *bénédiction des trou-
peaux à Rome*, rappelle les ufages fuperftitieux
des villageois : fon grand tableau de *l'hermite*
eft une compofition bizarre fans beaucoup de
vérité, mais attachante par de nombreux détails.
le fond en eft noir : enfin, quoique fon pinceau
foit plus diverfifié que celui de M. de Valenciennes, il manque encore de ces touches fines
& fpirituelles qu'exigeroient certains de fes fujets.

Le dernier eft un peintre de portraits, M.
Mognier, qui entre plufieurs de fes productions
nous offre M. *le baron de Breteuil* en pied. Sa
touche ferme & vigoureufe étoit celle qu'il falloit
précifément pour nous rendre ce miniftre des
lettres de cachet, dont la phyfionomie & les
fonctions font très-analogues. Comme il eft à
fon bureau, l'on craint qu'il n'en émane encore
quelque ordre finiftre : on eft furpris qu'on ait
choifi ce moment pour l'offrir aux fpectateurs ;
on en a vu plus d'un effrayé détourner fes regards en le voyant : gefte qui, s'il étoit l'éloge
de l'artifte, n'étoit pas celui du perfonnage.

Je pourrois, Monfieur, vous compter prefqu'au
rang des nouveaux venus; un peintre, le doyen
des académiciens fur le livret, mais qui n'avois
pas expofé depuis 1773. C'eft une efpece de ré-

génération , d'inauguration nouvelle : il s'agit
de M. Roland de la Porte. Pourquoi vous diffi-
muler que frappé de vertiges pendant quinze
ans, il étoit reſté dans une inaction abſolue :
revenu tout-à-coup de cet état , comme d'un
long rêve, ſon talent ne s'en eſt point trouvé
affoibli : il produit encore les mêmes illuſions
que ci-devant. Son *Crucifix imitant le relief*, ſa
petite Collation , ſes *Inſtrumens de Muſique* attirent
la multitude tout autant qu'autrefois.

J'aurois terminé ma lettre ici & je n'aurois
pas plus parlé de M. van Spaendonck, peintre
du cabinet du Roi, que d'autres artiſtes eſtimables , mais dont les productions n'offrent
rien de nouveau à dire, ſi je n'avois à le venger d'une pure chicane que lui ſuſcite l'envie ou
la malignité. On lui reproche de trop finir les
différentes parties de ſes ouvrages & de n'y pas
obſerver les dégradations que la nature met
elle-même dans les ſiens. Sans doute, quand on
examine de près ſon *Tableau de fleurs* pour S. M.
on y trouve un art infini , & à la diſcuſſion rien
n'y ſemble à deſirer ; chaque fleur , chaque feuille
eſt parfaite : mais quand on s'en éloigne , elles
reçoivent les nuances différentes qu'elles doivent
avoir, & perdent tout ce qu'elles doivent perdre de
ce fini précieux. C'eſt donc mal-à-propos que le
journaliſte (1) rappellant à M. van Spaendonck,
l'exemple du chevalier Gluck, qui, avant de
compoſer un opéra , cherchoit à oublier qu'il

_____

(1) C'eſt encore dans ce Journal de Paris N°. 266
que ſe trouve cette obſervation.

étoit muficien, lui confeille lorfqu'il travaillera un tableau, d'oublier qu'il eft peintre : il feroit beaucoup mieux de prendre pour lui-même le confeil & d'oublier qu'il eft critique.

J'ai l'honneur d'être , &c.

Paris , ce 26 Septembre 1787.

TROISIEME LETTRE

Sur les peintures , fculptures & gravures expofées au falon du Louvre.

25 Août 1787.

DANS mes premieres lettres, Monfieur, j'exaltois beaucoup la fculpture parmi nous ; je vous obfervois qu'elle confervoit en Europe la réputation de l'école françoife, durant le période de la plus grande ftérilité, de la décadence la plus reconnue de la peinture. Aujourd'hui que celle-ci recouvre fon luftre, grace aux encouragements donnés par le Roi, au contraire, fa rivale, quoiqu'elle en ait reçu de pareils, lui devient bien inférieure : cette infériorité, de l'aveu unanime des critiques, eft principalement fenfible dans les ftatues ordonnées pour le Roi, foit que les fujets aient été mal choifis, foit que le coſtume françois ait gêné les artiſtes, ſoit que ce goût de nature pauvre dont je me plaignois, il y a deux ans, ait rétreci leurs conceptions, dégradé leur ciſeau; on le reproche aux ſtatues de ſaint Vincent de Paul, de Rollin, de Bayard, qui plus eſt.

M. Stouf, auteur de la premiere, a voulu cependant mettre de l'imagination dans ſon ſujet, & par-là rendre plus intéreſſant le fondateur de la ſalpêtriere, de l'hôpital des enfants-trouvés, des filles de la charité. Il a choiſi l'époque de la vie de ſon héros, où celui-ci conçut le projet de ces fondations.

En revenant de l'une de ces miſſions, ſaint Vincent de Paul apperçut un ſoldat qui mutiloit un de ces enfants abandonnés, dans l'eſpérance d'obtenir des aumônes plus conſidérables en l'offrant à la charité publique. Il l'aborde & lui dit : « De loin je croyois voir un homme, & » je me ſuis trompé. » Enſuite il lui retire cette victime & ſe rend dans la rue Saint-Landry, où l'on dépoſoit ces ſortes d'enfants. Là, conſidérant le malheur de ces innocentes créatures, il forma le deſſein de la fondation des enfants-trouvés, établiſſement dû à ſon éloquence & à ſa charité.

Pour déſigner l'inſtant de l'action, M. Stouf met aux pieds de ſaint Vincent de Paul quelques enfants abandonnés, qu'il contemple avec attendriſſement. On le ſuppoſe du moins d'après l'énoncé du ſujet; car le bon miſſionnaire a un ſourire qui n'a jamais été le ſigne de la pitié véritable. C'eſt un vrai contre-ſens : en outre, à ne diſcuter qu'en lui-même ce ſourire; où il eſt ſardonique, ce qui n'eſt pas le cas; où il est insultant, ce qui l'est encore moins ; ou c'est une grimace de Tartufe, ce qui ne vaudroit pas mieux. Abstraction faite des enfants, la derniere idée est celle s'accordant le plus naturellement avec l'attitude du héros, qui a la tête penchée, le visage très-macéré & tout l'extérieur d'un pénitent.

Cette statue est absolument à refaire quant à la composition mesquine & déchirante, quant à l'expression du personnage, fausse & inexplicable, quant à la position forcée, tourmentée, quant aux draperies dures & rocailleuses. On n'y peut louer que la ressemblance, quoique sans noblesse & dans toute son abjection.

Rollin, la seconde statue, étoit un sujet beaucoup plus ingrat donné à M. le Comte. Cet ancien recteur de l'université, professeur d'éloquence au college royal de l'académie des belles-lettres, en habit de recteur est représenté dans son fauteuil ; il tient le *Traité des Etudes*, & dans l'action de parler à la jeunesse, il semble étendre sur elle une main bienfaisante. Il y a de la vérité dans cette figure ; la composition en est sage & juste, mais commune, pédantesque & bonne pour être placée dans un college ; on auroit desiré quelqu'idée plus relevée pour le Muséum auquel elle est destinée. Quant aux draperies, elles sont bien ordonnées ; le costume est exact & sayant ; il y a de l'ampleur & de la majesté dans les attributs du personnage dont la tête seule, ainsi que les mains, sont d'un ciseau maigre & sec.

Après une bataille, François I voulut savoir quels étoient ceux qui s'étoient le plus distingués. Tous les officiers dirent que c'étoit Bayard,

comme il avoit toujours coutume. Alors il de-
sira recevoir l'ordre de chevalerie de la main de
Bayard. Après la cérémonie, Bayard prit son épée,
lui fit un discours & lui promit de l'employer
dignement pour son Roi, & la baisa.

Tel est le thême que s'est donné M. Bridan
pour la troisieme statue dont il étoit chargé,
& par le développement seul qu'il en fournit, il
est aisé de juger des difficultés qu'il avoit à sur-
monter quant à la composition & à l'expression.
Aussi n'en est-il pas venu à bout, ce qui a fait
dire à quelques plaisants jouant sur le mot, que
ce n'étoit plus le *Chevalier sans reproche* (1). L'attitude de Bayard regardant son épée & lui parlant,
est d'une bêtise saillante : on ne reconnoît point
dans cette statue M. Bridan, on y recherche
en vain son ciseau fier & vigoureux.

Le ciseau de M. Mouchy a plus de noblesse & de
moëlleux dans la statue du *maréchal de Luxembourg*.
Le costume en est beau, habilement traité;
mais, n'ayant pris, comme ses confreres, aucun point historique de la vie de son personnage pour en déterminer l'action, le caractere
de tête est vague & indécis. Beaucoup de spectateurs trouvent au maréchal plutôt l'air d'un
fanfaron que celui d'un héros ; qu'il est loin de
celui que Voltaire, dans la *Henriade*, peint par
ce distique :

Malheureux à la cour invincible à la guerre,
Luxembourg fait trembler l'empire & l'Angleterre.

---

(1) La devise du chevalier Bayard étoit comme l'on
fait ; *le chevalier sans peur & sans reproche.*

Il est d'usage, Monsieur, que la même statue, après avoir été modelée en plâtre, éprouvé toutes les critiques des amateurs, vienne se reproduire en marbre pour faire juger si l'artiste a profité de celles qui lui ont paru mériter son attention. C'est ainsi que quatre autres sont exposées de nouveaux aux regards du public.

On avoit reproché au *Racine* de M. Boizot, d'avoir les yeux au ciel (1). Ce qui marquoit un genre d'enthousiasme étranger à son mérite; aujourd'hui il écrit & regarde son papier, ce qui lui donne l'air d'un froid prosateur aux yeux de ceux qui veulent tout blâmer; mais la tête est superbe, d'une maniere large, d'un ciseau ferme & moëlleux tour-à-tour.

Le grand *Condé*, que je vous avois exalté dès ce temps-là, est aussi terminé, & sans contredit remporte aujourd'hui la palme qu'il a toujours méritée. M. Rolland a fait quelque changement dans l'attitude de la main gauche, & on la juge en effet plus noble & plus naturelle.

Le *Moliere* de M. Caffiéri, est sur-tout amélioré (2). Il est corrigé de beaucoup de défauts qu'on lui reprochoit, sans que l'auteur eût profité des beautés qu'on lui suggéroit; mais que son ciseau plus tendre que fier, plus moëlleux que vigoureux, n'auroit peut-être pas pu rendre.

M. Monot, qu'en 1785 j'avois soutenu contre des critiques injustes & tranchants, répond à mon attente dans la statue en marbre d'*Abraham*

---

(1) Voyez ma lettre du 28 septembre 1785.
(2). Voyez ma lettre du 29 septembre 1785.

Duquefne : on trouve cet amiral généralement bien pofé; l'attitude en eft expreffive & vraie, & il a acquis une fierté qui manquoit dans le modele. Peut-être y a-t-il encore de la maigreur & de la fécherelfe dans quelques parties ; mais c'eft le morceau de fculpture qui, avec la ftatue du grand Condé, dont il a l'air de faire le pendant, réunifle le plus de fuffrages.

Voyons maintenant, Monfieur, les fculpteurs abandonnés à leur génie & traitant les fujets qui leur conviennent le mieux.

On eft frappé d'abord par un ouvrage à grande prétention de M. de Joux ; c'eft *Caffandre qu'enleve Ajax.* La prêtreffe leve les mains au ciel & & implore le fecours de Minerve. Cette attitude eft rendue avec intérêt & la figure du héros eft fiere & bien prononcée. Les attributs du miniftere de la prêtreffe enrichiffent le devant du grouppe. Mais de grands défauts en gâtent la compofition. Quoi de plus indécent que de voir le ravilfeur nud au pied d'un autel fur les degrés d'un temple ? quoi de plus ridicule que de lui avoir confervé dans cet état fon épée & fon cafque ? En outre, les marches du temple font iné-gales, comme fi c'étoient des pierres placées là par hafard : ce qui eft contre les premiers éléments de l'architecture, même naiffante : au refte, ces défauts d'exécution font trop fenfibles pour que l'auteur ne puiffe pas s'en corriger facilement ; l'étude & la réflexion lui apprendront les conve-nances ; mais le génie ne s'acquiert pas & il poffede certainement ce don de la nature.......

Le Bacchus de M. de Seine a quelque chofe des belles formes que les anciens donnoient à leurs Dieux, mais celui-ci exigeoit un ton plus animé , plus de gaieté dans la figure : la froideur de la compofition annonce que le fculpteur facrifie peu à cette diyinité.

On aime beaucoup la Vierge de M. de Laitre : afin de faire fortir celle-ci de la foule des autres, l'artifle l'a figurée montrant fon fils fur le globe de la terre , foulant à fes pieds le ferpent , caufe de tous les malheurs du genre humain que vient réparer l'homme Dieu : par ces grandes vérités mêlées à fon action , M. de Laitre annonce du génie & rend intéreffant un fujet trivial à force d'être répété. Il eft fâcheux que l'exécution ne réponde pas à cette belle idée. La tête de la Vierge eft pure , mais fans nobleffe ; celle de l'enfant Jefus n'a rien de divin , & la draperie n'a rien de favant ni de gracieux.

Après avoir parcouru tous ces grands morceaux formant comme un fecond falon dans la cour, je monte en haut & fuis étonné du vuide qu'offrent par-tout les emplacements deftinés aux fculptures. Encore ne trouvé-je prefque que des buftes, dont plufieurs , il eft vrai, très-intéreffants.

Ici c'eft le Roi : fa popularité & fa modeftie fe caractérifent par l'affectation de le confondre avec les autres , de le placer même fur une extrêmité , prêt à être coudoyé & renverfé par tous les paffants. C'eft le prince Henri de Pruffe , dont le favoir profond & les grandes qualités font cachés fous des traits affez ignobles. C'eft le bailli de Suffren , dont la face large & fleurie diffimule parfaitement le grand marin : le marquis de Bouillé , qui annonce plus de fierté & d'étourderie que de grandeur & de fageffe : le marquis de la Fayette , dont la figure eft plus niaife qu'ingénieufe : le général Washington , dont la tête très-

belle a ce calme des vrais héros , & fur-tout convenable au Fabius moderne, mais peu reffemblante
au gré de ceux qui ont eu le bonheur de voir l'illuftre Américain. A tous ces buftes on en voudroit voir un autre joint & que chacun cherche
inutilement , c'eft celui du comte d'Eftaing : on
ne fait pourquoi on l'a omis dans cette réunion
des héros de la derniere guerre : certes, ce n'eft
pas refus de fa part , car la modeftie n'eft rien
moins que fa vertu favorite. Les différents buftes ,
très-variés dans les caracteres de tête , font de
M. Houdon , & font honneur à la précifion de
fon cifeau.

Ici M. Caffiéri offre le bufte en marbre de
Jean-Baptifte Roufleau , à placer dans le foyer du
théâtre françois. La tête a été exécutée d'après le
portrait peint en 1738 , par Aved. Il eft reffem-
blant , mais fous la vafte perruque dont il eft
enveloppé , l'on chercheroit en vain l'émule de
Pindare. Il eft vrai que fa deftination n'exigeoit
que le fouvenir de l'auteur comique ; ce qui n'eft
pas fa qualité éminente.

Plus loin je trouve le bufte de Greffet en marbre, deftiné pour l'académie d'Amiens, dont la
tête faite d'après un portrait peint par Nattier
en 1741 , eft abfolument fans caractere & n'annonce rien de fes œuvres ni de fes actions , fi
ce n'eft une difpofition à la tartuferie que Voltaire lui a reproché. M. Berruer a mieux carac-
térifé M. Hue. L'abbé Maury du même auteur
que celui de la ftatue de faint Vincent de Paul,
eft finguliérement mignardé & cependant l'artifte
n'a pu donner de la grace à cette figure lourde
& matérielle , comme l'éloquence de l'académicien.

Enfin M. de Crofne, le lieutenant de police actuel, le faint du jour, déja célébré par
la peinture, l'eft encore par la fculpture, mais
pas fi bien. Le cifeau doux & gracieux de
M. Caffiéri étoit peu propre à cette figure exigeant beaucoup d'auftérité. *Vénus recevant la
pomme des mains de l'Amour*, a dû fourire davantage à l'imagination de cet artifte, & il l'a
rendue avec toutes les graces qu'exigeoit le
fujet.

Je ne vois rien d'attrayant ou d'impofant dans
tout le refte : cependant je vous parlerai, pour
les faire connoître, de trois agréés qui ne font
pas fans mérite.

M. Milot, dans fon Minos, a de la févérité,
& a rendu affez bien ce juge des enfers. Un
Berger de M. Blaife le fait croire propre au
genre paftoral, & fans fortir de la vérité a
donné à fon fujet les proportions juftes &
le degré de belles formes dont il étoit fufceptible. Il a échoué dans une Leda, d'une
ftature trop grande, & conféquemment peu fé-
duifante.

L'*Etude en Marbre*, par M. Boquet. Charmante
figure de femme, quoiqu'un peu trop longue.
On pourroit en outre critiquer fon attitude &
fon fini précieux. Elle eft couchée, ce qui caractérife plus la pareffe que l'amour du travail;
elle eft enfoncée dans les méditations profondes
& abftraites du calcul & de la geométrie tranfcendante; une virtuofe de cette efpece ne doit
point avoir la délicateffe des traits, la fraîcheur, la pureté, la fineffe des contours d'une
beauté qui foigne continuellement fon corps &
fon vifage.

Mais qu'apperçois-je ? Du sein des diverses
productions de deux sœurs rivales s'élève un
chef-d'œuvre d'une troisieme, qui se montre ra-
rement au salon & semble vouloir les écraser
toutes par sa magnificence? Est-ce un obélisque,
une pyramide ! Il est surmonté d'une renommée
que je reconnois à ses ailes & à sa trompette :
il est chargé de trophées militaires : il est accompagné par en bas de deux figures, le Commerce & l'Abondance. Que signifie toute cette
décoration pompeuse ? Quels ennemis a-t-on
vaincus? Quel grand événement s'agit-il de célébrer ? Quelle époque importance à fixer ? Pour-
roit-on le croire ! J'approche & je lis : *Tour qui
doit servir d'ornement aux murs dont on entoure
Paris, du côté de la barriere du Trône.* Je fré-
mis & je m'écrie : « L'on a hésité plusieurs jours
à mettre au salon le portrait d'une Reine adorable, unissant les graces à la majesté, & l'on
ne craint pas d'offrir à la France entiere ce morceau d'architecture, monument de honte & d'esclavage ! Et il subsiste depuis un mois & il n'est
pas renversé, brisé, mis en pieces, réduit en
poudre ? O Parisiens vils ! bien dignes des fers
qu'on vous prépare ! » Après cette fougue d'indignation, je considere ce monument par la base,
où je trouve les armes du Roi, devenues celles
de la ferme générale. Dans cette base, qu'on prendroit pour une citadelle, pour un château antique, tant elle est fortement assise & construite,
se trouvent pratiqués le repaire des commis, une
salle d'audience pour le fermier général qui y pro-
noncera les oracles du fisc; & une prison, pour
les malheureux contrebandiers saisis en flagrant
délit.

Mais détournons, Monsieur, les regards de
ce spectacle révoltant & passons aux gravures,
qui ne sont en 1787 ni plus neuves, ni plus
abondantes, ni plus piquantes qu'en 1785.
Une anecdote pourtant à consigner dans les fastes de cet art, semblable à celle dont se glori-
fie la peinture, c'est qu'un homme de qualité,
un comte de Parrois, honoraire, associé libre,
ne dédaigne pas non plus de manier tour-à-tour
le burin & le crayon, & a exposé quantité de
morceaux de son exécution, soit comme des-
sins, soit comme gravures. Dans le premier
genre son *Roland s'éveillant en sursaut* est d'une
hardiesse digne des meilleurs maîtres; dans le
second, sa *Scene des voleurs* qui, dans une ca-
verne, jouent aux cartes la possession d'une
fille éplorée & attachée à une échelle, est pleine
d'esprit, de finesse & de sensibilité : on est
fâché seulement qu'il ait choisi un sujet aussi
répugnant, aussi immoral, & qu'à l'expression
la plus touchante de la victime, il ait joint la
gaieté la plus licencieuse de la part des ra-
visseurs.

Un dessin unique dans son genre, qui attire
généralement l'attention, fait pour conserver le
souvenir de l'époque, peut-être la plus importante du regne de Louis XVI & dont tous
les amateurs attendent avec impatience la gravure, c'est celui de *l'Assemblée des Notables*,
commandé par le Roi à M. Moreau. Son crayon
précis & facile semble se jouer au milieu de
tous ces personnages, malgré leur nombre &
la différence de leur costume. Il ne rend pas
moins bien tout le décore de la salle, qui faisoit infiniment d'honneur à M. Pâris, dessina-

teur ordinaire de la chambre & cabinet du Roi , dont l'ordonnance est parfaitement bien conservée ici : enfin, outre une exécution riche & précieuse, il regne dans ce dessin une harmonie qui plaît à l'œil de maniere qu'il le quitte avec peine.

M. Greuze qui , depuis nombre d'années , n'a rien exposé au salon, où le vuide qu'il a laissé pour les sujets familiers , se fait de plus en plus sentir, s'y reproduit aujourd'hui par deux gravures de M. le Vasseur d'après lui. *La Veuve & son Curé* excitent sur-tout la curiosité générale. Le but de ce tableau dédié aux curés de Paris, est de peindre les fonctions d'un pasteur qui vient rétablir la paix & l'union au sein d'une famille : l'estampe entrant parfaitement dans l'esprit de l'original, en rend tout le naturel & l'onction. Le burin doux & sage de M. le Vasseur est peut-être celui qui convenoit le plus à ce genre d'expression. Sans déroger à la noblesse, à la dignité du principal personnage , du curé conciliateur, quelques artistes dénigrants prétendent qu'il manque de fermeté & de résolution dans les formes , défaut d'autant moins pardonnable qu'il ne vient pas de son auteur.

Entre les trois portraits de M. Cathelin on distingue celui de Mlle. d'Eon de Beaumont , auquel son burin mâle a conservé toute sa virilité sous les habillements de femme : on la voit encore indignée de cet accoutrement.

M. Klauber , qu'on ne connoissoit point, annonce une grande vigueur dans le portrait de M. Allegrain, qu'il a gravé d'après M. Duplessis.

L'adoration des bergers , de M. Denion , quoique gravée à l'eau forte (procédé qu'on auroit cru peu propre au fujet), a toute la douceur , toute la légéreté du burin ; mais en général , l'énergie paroît être dans fes autres productions le caractere dominant de ce nouvel académicien.

M. Aliamet marche fur les traces de M. le Bas : il femble deftiné à rendre les fites , les payfages , les fabriques ; mais la foibleffe de fon burin le trahit dans *le maffacre des Innocents*, fujet à traiter d'une plus grande maniere & que les quolibetiers appellent un véritable maffacre. Deux nouveaux agréés , MM. Maffard & Preifler , ferment la marche. On connoiffoit l'*Adam & Eve* du premier, d'après *Carlo Cignani* : il deffine avec affez de correction & a le burin gracieux. Le fecond n'offre auffi qu'un morceau , mais neuf du moins : c'eft *Dédale attachant des ailes à fon fils Icare.* Sa maniere eft froide , comme celle de l'original , & fon deffin n'eft pas parfaitement pur.

Je ne fais , Monfieur , fi c'eft le goût pour les Eftampes angloifes qui décourage nos artiftes ; mais l'art de la gravure diminue fenfiblement chez nous. Il faut convenir auffi qu'il eft fort négligé par le gouvernement & ne participe à aucune des récompenfes , ou encouragements donnés aux autres : cependant il a fes difficultés , & les habiles gens , les gens de génie fur-tout y font pour le moins auffi rares qu'en peinture ou en fculpture. Enfin nous ne comptons dans ce fiecle que deux artiftes François , MM. Cochin & Moreau le jeune , qui aient gravé leurs propres productions. C'eft fur-tout la gravure à l'eau forte dont il s'agit , parce que deftinée fpécialement aux grandes ordonnances , elle feule perpétue facilement les cérémonies publiques , les fêtes , les momuments , les coftumes nationaux.

J'allois, Monſieur, terminer ma lettre par ces
réflexions , quand le ſalon fermé s'eſt rouvert
une ſeconde fois. C'eſt une imagination heu‑
reuſe , qui, ayant réuſſi il y a deux ans , s'exé‑
cute encore cette année & ſe conſervera vraiſem‑
blablement à l'avenir , afin de ſatisfaire les artiſtes
qui, ne pouvant occuper les meilleures places , ſe
plaignent que leurs productions ont été mal vues;
on retire les plus mauvais tableaux, les médio‑
cres, les plus vantés , ceux qui ayant joui de
l'expoſition la plus favorable n'ont plus d'examen
à ſubir , & on les remplace par les mécontents.
Il faut avouer que , ſi quelques-uns perdent à ce
rapprochement, quant aux vaſtes machines, il en
eſt beaucoup qui y gagnent. Les tableaux de
chevalet , chargés de jour , éprouvent auſſi des
révolutions heureuſes & reçoivent un accueil dont
ils n'auroient pas joui ſans cela. Mais les connoiſ‑
ſeurs ne varient que ſur les détails, & le jugement
une fois porté ſur les parties eſſentielles dans un
tableau d'hiſtoire, la compoſition, l'expreſſion ,
l'ordonnance , ne ſe révoque guere.

Quant à moi , mon objet eſt uniquement de
vous parler de deux nouveaux tableaux M. Peyron,
content d'avoir échappé à la comparaiſon que les
critiques n'auroient pas manqué de faire dans
leurs pamphlets de ſon Socrate avec celui de
M. David, a produit enfin le ſien à cette ſeconde
expoſition, & il s'eſt encore trop hâté. Il ne peut
ſoutenir le parallele. Son héros philoſophe n'eſt
qu'un homme ordinaire ; ſes diſciples ne ſont pas
moins dégradés par une douleur triviale, leurs
attitudes manquent de nobleſſe, ils ſont entaſſés,
accroupis, il ſemble que l'artiſte ait craint de leur
faire voir les extrémités : les vêtements , pauvres

comme les perſannages, ne déſignent que des ſec-
tateurs vulgaires. Nulle variété, nulle oppoſition, rien n'y reſpire le ſtyle majeſtueux de l'antique ; la priſon même a l'air d'une priſon moderne : enfin ce tableau qui n'eſt pas ſans mérite
aux yeux des artiſtes pour le faire, pour une
certaine harmonie, pour l'entente de la perſpec-
tive, eſt, quant à la compoſition, abſolument
écraſé par celui de M. David. C'eſt un nain à côté
d'un géant.

Le ſecond tableau eſt de M. Berthelemy qui,
tandis que je l'accuſois de pareſſe ou d'inſouciance
pour la gloire, gémiſſoit en ſecret de ne pouvoir
entrer en lice & concourir avec ſes illuſtres rivaux ; car ſon tableau eſt auſſi commandé pour
le Roi, &, qui plus eſt, traite un ſujet très-inté-
reſſant. C'eſt *après la rentrée de Paris ſous l'obéiſ-*
ſance de Charles VII en 1435, le connétable de
Richemont qui reçoit les fideles bourgeois de la ca-
pitale ayant contribué à la victoire, préſentés par
Lallier: le maréchal de l'Iſle-Adam leur montre les
lettres d'amniſtie. Comme cet événement rappelle
les temps de trouble & de ſédition du regne de
Charles VI, auquel dans ce moment on a comparé le regne actuel, la puſillanimité du miniſtere ne lui a permis de laiſſer peroître le tableau
qu'en cet inſtant, où la fermentation commence
à ſe raſſeoir & où le ſalon n'eſt plus guere fré-
quenté que par un petit nombre d'amateurs.

Au reſte, les ſuffrages dont le plus grand
nombre lui eſt favorable, n'en ſont que plus flatteurs pour M. Berthelemy. On trouve ſon ſujet
bien énoncé, ſa compoſition nette, & quelques
têtes ayant encore l'air de reſpirer le feu de la
ſédition rompent l'uniformité des autres, carac-

térisées par des sentiments plus calmes. Ce qu'on peut lui reprocher , c'est d'avoir distribué trop également ses lumieres. Ce tableau peu susceptible d'effets , est sur-tout recommandable par le costume d'une grande exactitude : il est à desirer que l'artiste qui a déja rendu plusieurs traits de notre histoire , s'y consacre entiérement. Ce peintre national sera le Dubelloy de la peinture, aussi chaud & plus correct.

J'ai l'honneur d'être , &c.

Paris, ce 7 octobre 1787.

Fin du Trente-sixieme Volume.

www.ingramcontent.com/pod-product-compliance
Lightning Source LLC
Chambersburg PA
CBHW050141030726
47505CB00005B/1190